JN041640

Judith Schalansky

VERZEICHNIS EINIGER VERLUSTE

失われたいくつかの物の目録

ユーディット・シャランスキー
細井直子 訳

河出書房新社

目次

はじめに……7
緒言……11
ツアナキ島……29
カスピトラ……47
ゲーリケの一角獣……65
サケッティ邸……83
青衣の少年……101
サッフォーの恋愛歌……119
フォン・ベーア家の城……137
マニの七経典……155
グライフスヴァルト港……173
森の百科事典……191
共和国宮殿……209
キナウの月面図……227
訳者あとがき……245
人名索引……259
掲載写真等一覧……260

失われたいくつかの物の目録

はじめに

本書が執筆される間に、宇宙探査機カッシーニが土星の大気圏内で燃え尽き、火星着陸探査機スキャパレリが調査予定だった火星の赤さびた岩石地表に墜落して粉々になり、ボーイング７７７機がクアラルンプールから北京へ向かう途中で跡形もなく消え、パルミラで二千年の歴史を持つベル神殿とバールシャミン神殿、ローマ風劇場の正面《ファサード》、凱旋門《がいせんもん》、四面門および列柱道路の一部が爆破され、イラクのモスルでアル・ヌーリの大モスクと預言者ヨナのモスクが破壊され、シリアで初期キリスト教のマール・エリアン修道院が廃墟《はいきょ》と化し、カトマンズの地震でダラハラ塔が二度目の倒壊をし、万里の長城の三分の一が人為的破壊と自然の浸食の犠牲になり、何者かがＦ・Ｗ・ムルナウの遺体の頭部を盗み、かつてその青緑色の水で知られたグアテマラのアテスカテンパ湖が干上がり、マルタでアーチ状の岩石形成物アズール・ウィンドーが地中海に没し、グレートバリアリーフに生息していたブランブルケイメロミス・ネズミが絶滅し、キタシロサイの最後の雄の個体が四十五歳で薬殺され、その結果この亜種で生存するのはその娘と孫の二体の雌のみとなり、ハーバード大学の実験室から八十年に及ぶ努力の末にようやく生成に成功した金属水素の唯一のサンプルが消失した。顕微鏡サイズの小片が盗まれたのか、破壊されたのか、それとも単に元の気体状態に戻ったのか、だれにもわからない。

本書が執筆される間に、ニューヨークのシャファー図書館の司書が一七九三年の暦のページの間に挟まれた封筒の中にジョージ・ワシントンの銀色がかった白髪の房を発見し、ウォルト・ホイットマンのそれまで未発表だった小説とジャズ・サクソフォン奏者ジョン・コルトレーンの行方不明となっていたアルバム『ボス・ディレクションズ・アット・ワンス』が姿を現し、十九歳の実習生がカールスルーエ州立美術館の銅版画収納棚で数百枚のピラネージのスケッチを発見し、アンネ・フランクの日記の包装紙が貼りつけられた見開きの二ページがふたたび読めるようになり、三千八百年前に石の小片に刻まれた世界最古のアルファベットが解読され、一九六六年から一九六七年にかけて月探査機《ルナ・オービター》から撮影された画像データが復元され、従来知られていなかったサッフォーの二つの詩の断片が見つかり、鳥類学者たちがブラジルのサバンナで一九四一年以降絶滅したと考えられてきたアオメヒメバトをたびたび目撃し、木の洞《うろ》にたくさんの房に分かれた巣を作り、それぞれの房に麻痺させたクモを入れて、生まれてくる幼虫の餌《えさ》にする新種のスズメバチ、デウテラゲニア・オサリウムを生物学者たちが発見し、北極圏で一八四八年に放棄されたフランクリン探検隊の二隻の船エレバス号とテラー号が確認され、考古学者たちがギリシャ北部でおそらくアレクサンドロス大王自身ではないがその友人ヘファイスティオンの最後の憩いの場所である巨大な墓丘を発掘し、カンボジアのアンコール・ワット寺院付近に、かつて中世最大の都市であったにちがいないクメール帝国最初の都マヘンドラパルヴァタが発見され、考古学者たちが死者の都サッカラでミイラ工房に遭遇し、はくちょう座の中の、私たちの太陽から千四百光年離れたいわゆる生命居住可能圏内《ハビタブルゾーン》に一つの天体が見つかった――その平均温度がほぼ地球と同レベルにあるため――そこには水が存在する、もしくはかつて存在した可能性があり、したがって私たちが思い描くような生命もまた存在するかもしれない。

緒言

数年前の八月のある日、私は北国の町を訪れた。その町は、長い入り江の最後の湾曲の一つに面していた。前の氷河期以降、陸地の奥深くへと浸食をつづける入り江の塩分を含む水には、春はニシン、夏はウナギ、秋はタラ、そして冬にはコイ、カワカマス、ブリームといった魚が見られ、その結果、今日にいたるまで漁師の仕事が営まれてきたのだった。漁師の男たちは家族とともに何百年も前から、まさに絵画的というほかない一角に住んでいた。ここにあるものといえば、円頭石を敷きつめた二本の石畳の道と、漁網の干場、それに今は年老いた貴族の婦人二人が暮らすだけとなった修道院くらいだった。要するにそれは時の流れからこぼれ落ちたような場所の一つだった。そうした場所にいると、漠として魅惑的な過去が今もなお生きていると信じたいという誘惑にあっさりと負けそうになる。しかし私の記憶にとくに深く刻まれたのは、花咲くバラの木でも、背の低い白い漆喰壁《しっくいかべ》の家々の前庭に咲く背の高いゼニアオイでもなければ、家々の色とりどりに塗られた木の扉でも、ごつごつした岩場へそのまま通じる建物と建物の間の狭い通路でもない。記憶に残ったのはある奇妙な状況、つまり居住地の中心にマルクト広場ではなく、緑なす若い菩提樹《ぼだいじゅ》の木陰に、鋳鉄の柵に囲われる形で墓地があるのを発見したことだった。通常ならモノと金が交換されるその場所で、地中の死者たちは、人々が根強い願望から呼び習わしてきた「休らう」ことをしているのだった。はじめ不快感のように感じられた私の驚きは大きかったが、ある女性の家に注意を促された時、その驚きはさらに大きくなった。彼女は台所で料理をしながら、早くに亡くなった息子の墓を垣間見ることができるのだった。この町で葬儀をとりおこなう葬儀組合《ギルド》の何百年もの伝統から、家族内の死者と生者をこのように近くに置くようになったとのことだった。それまで私は太平洋のいくつかの島でそうした風習があるのを知っているだけだった。もちろんそれ以前にもいくつか特筆すべき墓所を訪れたことはあった。たとえばヴェネツィアの干潟《ラグーナ》の青緑色の水中から、赤煉瓦《あかれんが》の高い壁に囲まれて難攻不落の要塞のようにそびえたつ死者の島、サン・ミシェル。あるいはメキシコ系住民が毎年にぎやかに死者の日《ディア・デ・ロス・ムエルトス》を祝う、ハリウッド・フォーエバー墓地。墓はオレンジと黄色の花で飾られ、カラフルな砂糖菓子や張り子細工の頭蓋骨《ずがいこつ》は、腐敗が進んで永遠の笑顔を浮かべているようだ。けれども、この漁師町の墓地ほどに私の心を動かす墓所はなかった。まるで円と四角の間の妥協のようなその独特の輪郭に、私はまさにユートピアの象徴を見たように思った。死を目の前にしつつ生きるというユートピアが、そこに実現されていた。長いこと私は確信していた。デンマーク語で「小さな島」とか「水に囲まれた」という意味の名前を持つこの場所に住む人々は、同じくらいの緯度の国々で通常行われているように、共同体の内部から市門の外へと死者たちを追放する代わりに、死者たちを文字通り町の中心に迎え入れた。だからこそ、より生に近いのだと。もっとも都市空間もまた人口膨張のために、ほどなくして墓地をふたたび内部へと取り込まざるを得なくなるのだけれど。

解体や破壊という現象の諸相を柱とする本書の執筆をほぼ終えた今になって、私はそれが死と向き合う無数の方法の一つにすぎないことに思い至った。これをヘロドトスが記しているインドのカッラティァアイ人の習俗と比べて、どちらがより粗野だとか、どちらがより思いやり深いとか言うことはできない。死んだ親の肉を食べる習慣を持つカッラティァアイ人は、親の死体を火葬にするというギリシャ人の風習を聞いて、大いに憤慨したという。死すべき運命《さだめ》をつねに見つめる者と、死を意識から排除することに成功した者と、どちらがより生に近いのか。すべての物には終わりがあると考えるのと、終わりはないと考えるのと、どちらがより恐ろしいか、という問いと同じで、これは非常に見解の分かれるところだ。

議論の余地がないのは、死とそれに伴う問題、つまり一人の人間が突然存在しなくなり、それと同時に故人の残した物、すなわちその死体から、持ち主のいなくなった全財産にいたるまでが存在をはじめる、そのこととどう向き合うべきかという問題が、時とともにさまざまな答えを要求し、何らかの行動を挑発し、その意味が本来の目的を越えていく、そうすることで私たちの古い祖先は動物的領域から人間的領域へと歩みを進めることになったのだろうということだ。同類の遺体をそのまま自然の腐敗に委ねないのは、一般に人類の特徴と見なされている。もっとも、これと比較しうる行動は他の高等動物においても観察される。たとえばゾウは、臨終を迎える仲間の周りに集まり、鼻でその個体に何時間も触れながら、興奮して鳴いたり、死んでぐったりした体をもう一度起こそうとしたりする。そして最後に亡骸《なきがら》に土や枝をかけてやる。仲間が死んだ場所を、何年も後まで繰り返し訪れたりもする。これには疑いなく高い記憶力と、ことによるとある種の来世のイメージを要すると思われるが、それが私たちの持つ来世のイメージより見劣りするものと考えてはならないし、そもそも双方とも検証のしようがない。

死という節目は、遺産と追憶の出発点であり、死者を悼む行為はあらゆる文化の源である。それはぽっかりと口をあいた空白、突然襲った静寂を歌や祈りや物語で埋めようとする行為で、その時死者はもう一度甦る。あたかも鋳型と同じように、喪失の体験は亡き者の輪郭を浮かび上がらせる。哀悼のうちに死者が美化され、渇望の対象と化すことも稀《まれ》ではない。ハイデルベルク大学のある動物学教授は、『新ブレーム叢書』の一冊の前書にこう記している。「失われたものに今あるものよりも価値を置くのは、理性では理解しがたい西洋人の特性の一つであるらしい。そうでなければ、そもそもフクロオオカミに端を発するあの奇妙な熱狂は説明がつかない」

過ぎ去りしものをつなぎ止め、忘却をくい止めるための方法はじつに多様だ。伝承を信じるなら、私たちの歴史の記録は、ペルシャ人とギリシャ人の間で長くつづいた破壊的戦争とともに始まったのだし、今日ほとんど忘れ去られている記憶術の発端は、多くの死者を出した事故だった。紀元前五世紀初頭、ギリシャのテッサリア地方で家屋が倒壊し、祝宴に集まっていた人々が下敷きになった。唯一の生存者であったケオス島の詩人シモニデスは、その訓練された記憶の力を借りて、記憶の中であらためて倒壊した建物内に入り、来賓たちの席順を読み上げることに成功した。おかげで瓦礫《がれき》に埋もれ変わり果てた遺体の身元を確認することができた。死者が二度と取り戻せない失われた者と呼ばれることで、その喪失の悲しみは倍になると同時に半分にもなるというのは、生か死かの二者択一に内在する多数のパラドックスの一つだ。それに対して、行方不明者や失踪者の曖昧な運命は、胸苦しい希望と禁じられた弔いの悪夢の中にその家族を封じこめ、その体験を乗り越えることも、人生を先に進めることも困難にする。

生きるとは、喪失を経験するということだ。未来はどうなるのだろう、という問いは人類そのものと同じくらい古い。だが変えようのない、私たちを不安にする未来の特徴とは、それが予測可能性の外にあり、したがって死がいつどのような状況で訪れるのかも闇の中だということにある。甘くて苦い苦悩の先取という防御魔法を知らない者がいるだろうか。心の中で先取りすることで、恐れていることを防ぎたいという抑えがたい衝動を。惨事を予測し、あり得べき被害を想像することで、最悪の事態に対して心の準備ができていると思い込むのだ。古代において、夢は慰めを約束するものだった。ギリシャ人たちはそう言いふらした。夢は神のお告げと同じように、来るべきものを予告してくれる。それによって未来を変えることはできないが、予想外の出来事に驚かされることは防げる。死への不安から命を絶つ者は少なくない。自死は、未来の不確実性に打ち勝つためのもっともラディカルな手段のように映るのかもしれない。もちろん生存を短くすることと引き換えにだ。言い伝えによれば、アウグストゥス帝がかつてサモス島でインドの使節から贈られた献上品の中に、トラ一頭、手の代わりに足を器用に使える腕のない少年、そしてバラモン階級出身のザルマノケガスという名の男がいた。彼はそれまでの人生が望み通り運んできたというまさにその理由で、自ら命を絶とうとしていた。今後予想外のことに遭遇しないことを確定するために、彼はアテネで身体を香油で清め、全裸で笑いながら炎の中に身を投げた。こうして彼は間違いなく苦しみに満ちた焼死を遂げ、自ら決めた死の演出とともに、歴史の一部になった。かつて八十巻から成っていたカッシウス・ディオの『ローマ史』の一冊に出てくる奇妙な逸話として、その内容が偶然後世に伝えられたにすぎないにせよ。結局のところ、現在あるものとは残されたものにすぎない。

すべてを保存する記憶は、基本的に何も保存していないに等しい。記憶術を使わずに、一九八〇年二月五日以降のすべての日を思い出せるという例のカリフォルニアの女性は、たえず雪崩《なだれ》のように襲ってくる自分の記憶のこだまから逃れることができない。彼女はアッティカの軍司令官、テミストクレスの亡霊だ。テミストクレスは故郷の町の住人全員の名前を言えたといい、記憶術者シモニデスに、自分が学びたいのは記憶術よりむしろ忘却術だと伝えたという。「記憶に留めておきたいことでなくても、私は覚えていることができる。だが忘れたいことを忘れることができない」しかし、忘却術というのはあり得ない技術だ。なぜならすべての文字は存在を表しているからだ。たとえそれが不在を示す文字であろうと。ローマ帝国で「記憶の抹消《ダムナティオ・メモリアエ》」に問われた人物のほぼ全員の名前を、百科事典はちゃんと知っている。

すべてを忘れるのはもちろん悪いことだ。だがさらに悪いのは、何も忘れないことだ。知ることは、まず忘れることによって生み出されるからだ。電力を消費するデータ記憶装置と同じように、もしすべての記憶が無差別に保存されれば、それは意味のない、使えない情報の無秩序な集積にすぎなくなる。

もしすべてのアーカイブ施設が、その範となったノアの方舟《アーク》のように、すべてを保存したいという願望によって支えられているとしたら、たとえば南極のような大陸であるとか月そのものを、あらゆる文化的産物を同等に陳列する中央的で民主的な地球博物館に作り変えようという、間違いなく魅力的なアイデアは、その誘惑的な理想像がすべての人類文化のイメージの中に温存されている楽園《パラダイス》を再現しようとするのと同じくらい全体主義的なのであり、あらかじめ失敗する運命にある。

基本的にすべての物はすでにゴミであり、すべての建物はすでに廃墟であり、すべての創造は破壊に他ならない。人類の遺産を保管していると標榜する各専門分野や公共機関のする仕事もまた同様である。考古学ですら、たとえどんなに細心の注意を払って過去の時代の堆積物を取り扱っていようとも、それは荒廃の一つの形にすぎない。そして資料館、博物館、図書館、動物園、自然保護区とは管理された墓所に他ならず、そこに保管されるものは、現在の生の循環から引きはがされたものであることが少なくない。そうしてわきへ取り除《の》けられ、そう、忘れ去られるのだ。町の景色にあふれる、英雄的な出来事や人物の記念碑と同じように。

故意に破壊されたにせよ、あるいは単に時の経過とともに紛失したにせよ、どれほど偉大な思想や感動的な芸術作品、どれほど革命的な偉業がこれまでに失われたかを人類が知らずにいるのは、おそらく幸福というべきなのだろう。知られざるものに口なし、と思うかもしれない。少なからぬ近代ヨーロッパの思想家たちが、周期的に起こる文化の滅亡を合理的で、それどころか救済的な措置と考えていたことは奇異に思われる。あたかも文化的記憶が一つの世界有機体であって、その生命維持機能は活発な新陳代謝によってのみ成り立ちうるのであり、新陳代謝のためには栄養摂取の前に消化と排泄が不可欠だとでもいうかのように。

このように偏狭で独善的な世界観のために、未知の土地の躊躇《ちゅうちょ》ない占領と搾取、非ヨーロッパ民族の征服、奴隷化、殺戮《さつりく》、そして蔑視された原住民文化の抹殺が、自然の経過の一部と理解されたのであり、より強い者だけが生き残るという、誤って解釈された進化論のスローガンが、犯した罪の正当化に使われたのだ。

当然のことながら、私たちの哀悼の対象になりうるのは失われたものや行方不明のもの、その何らかの名残や知らせ、または時として単なる噂《うわさ》、半分消えかけた跡やこだまの残響が私たちの元に届いた場合のみだ。ペルーの大草原《パンパ》にあるナスカの地上絵が何を意味しているのか。サッフォーの断片三十一番がどのように終わるのか。その全著作のみならず、自らの身体まで切り刻まれ殺害されたヒュパティア、彼女の何がそれほど危険視されたのか。どんなに知りたいことだろう。

残存するものが自らの運命を説明しているように見えることもある。たとえばモンテヴェルディのオペラ『アリアンナ』のうち現存するのは、よりによって絶望したヒロインが歌う嘆きの歌だけである。「私を死なせて。かくも辛い運命、かくも大きな苦しみの中にいる私を、だれが慰められるでしょう。私を死なせて」現在は複製が残されているだけのルシアン・フロイドの絵は、オランダ・ロッテルダムの美術館から盗み出され、その泥棒の一味の母親によってルーマニアで風呂場の薪《まき》としてくべられてしまったのだが、その絵は目を閉じた一人の女性を描いており、彼女が眠っているだけなのか、あるいはもう死んでいるのか定かではない。悲劇詩人アガトンの作品のうち、いまに伝えられているのはわずかにアリストテレスが引用した二つの警句のみ。「芸術は偶然を愛する。偶然は芸術を愛する」「神々ですら過去を変えることはできない」

その神々にも禁じられた事柄を、独裁者たちはいつの時代も繰り返し要求してきたように見える。彼らの破壊的な創作欲にとっては、同時代に自分の名を刻むだけでは不十分ということだ。未来を支配しようと望む者は、過去を廃さなければならない。新たな王朝の祖、あらゆる真実の源を名乗る者は、先駆者たちの記憶を抹消し、いかなる批判的思想をも禁じなければならない。「秦の最初の神皇」を自ら名乗った秦始皇帝がそうだ。彼は紀元前二一三年、記録に残る最初の焚書《ふんしょ》の一つを行わせ、逆らう者はすべて処刑するか、道路網や万里の長城、または巨大な陵墓を建設するための強制労働につかせた。この始皇帝陵の誇大妄想的な副葬品には、等身大の兵士、戦車、馬、武器からなる素焼き粘土製の軍隊も含まれている。その複製品が今日世界中に流通していることは、他に類を見ないほどの世俗化をも意味し、後世にまで自らの偉大さを示したいという皇帝の野望は、達成されると同時に骨抜きにされてもいる。

過去を白紙《タブラ・ラサ》にするという怪しげな計画が、もう一度一から始めたいという理解可能な願望に端を発していることは珍しくない。十七世紀なかばの英国議会では、ロンドン塔の公文書庫を燃やすことが真剣に議論されたという。「過去のすべての記憶を消し去り、新たに人生を始めるため」だというが、ホルヘ・ルイス・ボルヘスがサミュエル・ジョンソンから引用したというこの言葉の原典を、私は見つけることができなかった。

地球自体は周知のとおり、過ぎ去った未来の残骸の山であり、人類は色とりどりに寄せ集められ、互いに相争うヌミノース的な太古の相続共同体として、たえず獲得・変革され、拒絶・破壊され、無視・排除されなければならない。その結果、世間一般の想定に反して、未来ではなく過去が可能性の空間となるのだ。だからこそ、過去の解釈を変更することが、新しい支配体制の最初の公務の一つになる。私のように勝者たちによる聖像破壊、さまざまな記念碑の撤去といった歴史の断絶を体験したことのある者にとって、あらゆる未来のヴィジョンの中に未来の過去を見ることは難しくない。たとえば再建されたベルリン王宮が廃墟となり、今度は共和国宮殿の再建のために場所を譲るのである。

一七九六年、共和制五年めのパリのサロンにおいて、バスティーユ牢獄の襲撃やムードンの城の見取り図、サン・ドニ聖堂の王家の墓の冒瀆《ぼうとく》をスケッチに留めていた建築物画家のユベール・ロベールは、二枚の絵をルーヴル宮殿で展示した。一枚は王宮をルーヴルのグランド・ギャラリーに改造する計画案を示していた——ガラス天井のおかげで十分に採光できる、多くの人々が訪れる広間に、絵画や彫刻作品がたくさん並ぶ——そしてもう一枚は、同じ空間を廃墟として描いている。一方の未来図において天窓があるところに、もう一方では雲に覆われた空が顔を覗《のぞ》かせている。丸天井は崩落し、壁はむき出しの裸で、床には壊れた彫像が転がっている。ナポレオンの侵略戦争の戦利品だったベルヴェデーレのアポロ像だけが、煤《すす》にまみれつつも無傷のまま屹立《きつりつ》している。破壊の跡を見に来た野次馬たちが廃墟の風景をうろつき、瓦礫に埋もれたトルソーを掘り出したり、焚き火で身体を温めたりしている。崩れた丸天井の割れ目から草が生えている。廃墟は過去と未来が一つになるユートピア的な場所だ。

　建築家アルベルト・シュペーアは、その思弁的な「廃墟価値」の理論によってさらに先へ進んだ。彼は国家社会主義《ナチズム》の終焉《しゅうえん》から数十年後に、単なる暗喩《メタファー》として理解すべきでない彼の千年王国構想が、とくに耐久性のある建築素材を使用する予定であっただけでなく、崩れた状態でもなおローマの遺跡の偉大さと肩を並べられるように、それぞれの建築物が未来の廃墟になった時の姿まで考慮したものであったと主張している。一方、アウシュヴィッツが廃墟なき破壊と呼ばれたのは、故なきことではない。それは徹底的に非人間化された建築物であり、その細部に至るまで指示され、何も残さず稼働をつづける工業的な絶滅装置は、何百万人もの人間を抹殺することにより、二十世紀ヨーロッパにおいて最大の空白を後に残した。被害者側と加害者側、双方の生存者とその子孫の記憶の中で、分裂した統合しがたい異物として、いまだ総括的な見直しを俟つトラウマである。ジェノサイドという犯罪こそ、喪失をどこまで追体験可能にしうるかという問いの緊急性をさらに高め、後世の少なからぬ人々の見解を、そこで起こったことはいかなる方法によっても表現不可能であるという、無力感に満ちた、しかし理解しうる結論に至らしめた。

「歴史的資料は何を保存しているか。リエージュ占領の際に踏みつぶされたスミレたちの運命でも、ルーヴェン焼き討ちの際の牛たちの苦しみでも、ベオグラードの雲の形でもない」と、テオドア・レッシングは第一次世界大戦中に成立した著作『無意味なものへの意味付与としての歴史』の中で書いている。そこで彼は、理性的に進歩するものとして歴史を叙述するすべての試みが、形のないものに後付けで形を与えたにすぎないことを暴いている。初めと終わり、台頭と没落、開花と衰微という語りの原則に従った物語にすぎないと。

どの生物が一定期間存続するかは、偶然と適応が複雑に絡まり合った相互作用により決定されることを進化の法則は示してきたにもかかわらず、啓蒙主義的な進歩信仰がほとんど無敗のまま命脈を保ちつづけているのは、立身出世的な歴史年表が単純な魅力を持つことと、それが西洋文化の直線的な文字の形に相応することによるのかもしれない――こうした状況を前に、信仰が意味を失った後ですらなお、人はあまりに易々《やすやす》と所与の現実を望ましい意味深いものと見なす誤った自然主義的推論に傾きがちである。不断の進歩という単純だが非常に説得力のある筋書きにおいて、過去の唯一の利用価値は新しい物よりも劣っていることと、歴史を――個人の歴史であろうと、国家や人類の歴史であろうと――必然的な、いずれにせよ偶然ではあり得ない進歩の歴史として思い描くことにある。しかしながら疑う余地なく、年代順に並べる方法、収蔵品が新たに加わるたびに連続した番号をふる方法は、どの保管員も知っての通り、その救いがたい首尾一貫性ゆえに、あらゆる組織体の原理の中でもっとも独創性を欠いている。秩序はただの見せかけにすぎないからである。

さて、世界とはそれ自体、ある意味で自らの記録保存庫《アーカイブ》である――そして地上のあらゆる有機物および無機物は、とてつもなく巨大で長い時間に及ぶ書き込みシステムによる、過去の経験から教訓と結論を導き出そうとする無数の試みの記録であり、分類学とは、多様な生物の混乱した記録保存庫《アーカイブ》を見出し語の下に整理し、進化の系統のほとんど無限の混沌《こんとん》に一見客観的な構造を与えようとする事後の試みに他ならない。この記録保存庫《アーカイブ》においては基本的に何も失われない。なぜならそのエネルギー量は不変であり、すべてのものはどこかにその痕跡を残すように見えるからである。ジークムント・フロイトの、夢や考えられたことが本当に忘れられることはないという、エネルギー保存の法則を思い起こさせる驚くべき言葉が真実であるなら、人間の記憶という腐葉土の中から、考古学の発掘に似ていなくもない努力によって、過去のさまざまな体験――受け継いだトラウマ、ある詩の中の互いに脈絡のない二つの行、幼い頃に雷雨の夜に感じた影のような胸苦しさ、ポルノ的な恐怖写真――を骨や化石や粘土の破片と同じように掘り起こすことができるだけでなく、その痕跡を探し始めさえすれば、数えきれないほど多くの滅亡した種の営みもまた冥界からふたたび連れ戻すことができよう。そして真実もまた、抑圧されたり削除されたり、または過誤行為へと変えられたり忘却に委ねられたりしたものも含めて、否定されることはなく、つねにその場に存在しつづけるだろう。

だが、物理法則は限定的にしか慰めにならない。というのは、有限性に対する変化の勝利を謳《うた》うエネルギー保存の法則は、ほとんどの変化の過程が不可逆であることを言わないからである。燃やされた芸術作品の熱が何の役に立つだろうか。その灰の中にはもはや賛嘆に値するものなど見つからないだろう。かつての無声映画のフィルムから銀を取り除いた材料で作られたビリヤードの玉は、緑色のフェルト張りの台の上を無感動に転がっていく。最後のステラー海牛《カイギュウ》の肉は、あっという間に消化された。

確かに、すべての生命と創造にとって、その滅亡は存在の条件である。当然ながらすべてのものが分解・腐敗し、殲滅《せんめつ》・破壊されて消滅するまでは、時間の問題にすぎない。大災害のおかげで存在を救われた過去の証《あかし》にしても同様である。長い間解読されなかった、絵文字《ピクトグラム》的な古いギリシャ語の音節文字である線文字Bの唯一の記録は、紀元前一三八〇年頃にクノッソス宮殿を破壊した大火が、宮廷の収入と支出が記された何千枚もの粘土板を同時に焼き固め、伝承に耐える状態にしたことによってのみ保存された。ヴェスヴィオ火山の噴火の際に生き埋めになったポンペイの人や獣の石膏《せっこう》像は、その死体が腐敗した後、冷えて固まった岩の中に残した空洞に石膏を流し込んで作られたものだ。また、ヒロシマの家々の壁や道路に残された幽霊写真のような黒い影は、原子爆弾によって蒸発した人々の名残だ。

　死すべき運命を悟ることは屈辱的であり、無常に抗《あらが》いたい、未知の後世に痕跡を残したいという願望は理解できる。そう、御影石の墓石に刻まれた碑文がその志を倦《う》まず語っているように、記憶の中に「忘れ去られることなく」留まりたいと。

　宇宙探査機ボイジャー一号とボイジャー二号に乗って星間空間を遠ざかっていく二つのタイムカプセルに書かれたメッセージもまた、知的生命体の存在をアピールしたいという感動的ともいえる希望を示すものだ。まったく同じ二枚の金メッキを施した銅板レコードには、写真やイラスト、音楽やさまざまな音、ならびに五十五種類の言語による声の挨拶が収録されているが、その恐れを知らない不器用さ――「ハロー、こちらは惑星地球の子どもたちです《ハロー・フロム・ザ・チルドレン・オブ・ザ・プラネット・アース》」――が人類について多くを物語っている。いつの日か人類が残した物のすべてが、モーツァルトの夜の女王のアリア、ルイ・アームストロングのメランコリー・ブルース、アゼルバイジャンのバグパイプのけたたましいラッパ音になるのだと想像することは少なからぬ魅力を持っている。大気圏外の発見者が、絵解きとして板に彫り込まれた、アナログ方式で記録されたレコードのかけ方を解読するだけでなく翻訳することに成功したと仮定しての話だが。その可能性は、この宇宙版の瓶入り手紙の発案者たちも自ら認めている通り非常に低く、したがってこの試みは科学の中に生きつづける魔術的思考の結果であると解釈することができる。科学はここで、何よりもまず自らの完全な無意味さを受け入れる用意がない生物種の自己確認に役立つ儀式を演出した。しかし、受け取り手のいない記録保存庫《アーカイブ》、見つけてくれる者のいないタイムカプセル、相続人のいない遺産とは何であろう。経験は教えている。過去の時代のゴミが考古学者にとって、もっとも雄弁な収集品であることを。産業廃棄物、プラスチックゴミ、核のゴミからなる地層は、私たちが何も手を加えずともいくつもの時代を生き延び、私たちの生活習慣についての情報をありのままに伝え、長期にわたって私たちの子孫の地上での生活にとっての重荷となることだろう。

もしかするとその頃には私たちの末裔《まつえい》は、人類の記憶が始まって以来ずっと私たちが憧れてきた第二の地球に向かって、とっくに出発しているかもしれない。もう一度時間を巻き戻し、かつて犯した過ちを正し、無思慮に破壊した物を、必要とあらば大変な手間暇をかけて新たに作り直すために。そしてもしかすると人類の文化遺産は実際に人工ＤＮＡという形で、とくに抵抗力の強いバクテリアの遺伝子内に保存されているかもしれない。

紀元前二九〇〇年頃の第一エジプト王朝期に由来する一巻のパピルスの巻物が残されているが、保存状態が非常に悪いため今日まで開かれぬまま、その中にどんなメッセージが含まれているのか私たちは知ることができない。私は時々こんなふうに未来を想像してみる。今日のデータ記憶装置、奇妙なアルミの箱を前にして、後の世代の人々は途方に暮れて立ち尽くす。その内容はプラットフォームやプログラム言語、データフォーマット、再生装置の急速な世代交代のために単なる無意味なコードと化しており、しかも物体としては、インカの結縄《キープ》の雄弁かつ沈黙した結び目や、もはや戦勝の碑なのかそれとも哀悼の碑なのか知る由もない謎めいた古代エジプトのオベリスクと比べて、明らかに発散するオーラが少ない。

永遠に保たれるものはないにせよ、他のものより長く存続するものはある。教会や寺院は宮殿より長持ちするし、文字の文化は複雑な記号体系を持たない文化よりも持続する。かつてホラズムの学者ビールーニーは、文字のことを時間と場所を通じて繁殖するものと呼んだが、文字とはそもそも初めから遺伝と並行して、および血縁とは無関係に情報を伝える体系であった。

人は書くこと、読むことによって祖先を訪ね、従来の生物学的な遺伝に対して第二の、精神的な遺伝系統を対置することができる。

もし人類それ自体を、時おり提案されるように、世界を保存《アーカイブ》し、宇宙の意識を保存する神の器官として理解しようとするなら、これまでに書かれ印刷された無数の書物は――当然ながら神自身およびその多数の流出《エマナチオン》によって書かれた本を除いて――この無益な務めを履行し、すべての物の無限性をその身体の有限性の中に止揚しようとする試みとして現れる。

あるいは私の想像力の乏しさによるのかもしれないが、私には依然として本こそあらゆるメディアの中でもっとも完璧なメディアのように思われる。ここ何世紀か使われてきた紙は、パピルスや羊皮紙や石や陶器や石英ほど長持ちするわけでもないし、もっとも多く印刷され、もっとも多くの言語に翻訳された書物である聖書ですら、完全な形で私たちのもとに届けられてはいないのであるが。それは後の何世代かの人間に受け継がれる機会を高める複製芸術《マルティプル》であり、執筆され印刷されて以降の過去の時間の痕跡が一緒に書き込まれた、開かれたタイムカプセルである。そのタイムカプセルの中では、あるテクストのどの版も、それぞれ廃墟と似通っていなくもないユートピア的空間であることが明らかになる。そのユートピアにおいて死者たちは雄弁に語り、過去は甦り、文字は真実となり、時間は止揚される。もしかすると本は、一見身体を持たず、本からの遺産を要求し、あふれるほど膨大な量の情報を提供する新しいメディアに比べて多くの点で劣る、言葉の本来の意味で保守的なメディアであるかもしれない。だが、このメディアは文章、挿絵、造本が完全に溶け合い一体となった、まさにその身体の完結性ゆえに、他のいかなるメディアもなし得ないように、世界に秩序を与え、時には世界の代わりにさえなるものである。さまざまな宗教による死すべきものと不死のもの――すなわち身体と魂――への観念的な分割は、喪失を乗り越えるための、もっとも慰めになる方策の一つであるかもしれない。しかしながら運び手と内容の不可分性は私にとって、本を書くだけでなく、造本もしたいと考える理由である。

すべての本と同じように、本書もまた、何ものかを生き延びさせたい、過ぎ去ったものを甦らせ、忘れられたものを呼び覚まし、言葉を失くしたものに語らせ、なおざりにされたものを追悼したいという願いによって原動力を得ている。書くことで取り戻せるものは何もないが、すべてを体験可能にすることはできる。かくしてこの本は探すことと見つけること、失うことと得ることの双方を等しく取り上げ、存在と不在の違いは、記憶があるかぎり、もしかすると周縁的なものかもしれないということを予感させる。

そして長年に及ぶ本書の執筆の間の、わずかな貴重な瞬間、消滅は不可避であるという考えと、書棚で埃《ほこり》にまみれてゆくこの本のイメージが私の目の前に浮かんだ。それはどちらも慰めであるように私には思われた。

南クック諸島

ツアナキ島

もしくはツアナハ島

＊この環状珊瑚島《さんごとう》は、ラロトンガ島から南へ約二百海里、マンガイア島から南西へ約百海里の位置にあった。

†一八四二年から一八四三年にかけて起きた海洋地震で、ツアナキ島は海に沈んだと思われる。一八四三年六月には宣教師たちはもはや島の場所を特定できなかった。一八七五年になってようやく、島はすべての地図から抹消された。

ちょうど七年前の明るい、完全に無風状態の春の日のこと、私は国立図書館の地図部門に置かれた地球儀上に、ガンジス島という名の、私の知らない島を発見した。その孤島は太平洋の絶海の北東に、力強い黒潮、すなわち大量の温かい高塩分の海水をフォルモサ島［台湾］から日本列島に沿って絶えず北へ押し上げる、あの黒青色の渦巻く海流の通り道に、マリアナ列島とハワイ列島の想像上の延長線が北で交わる点にあり、このハワイ列島は、少なくともその子どもの頭ほどの大きさの、石膏と精巧に印刷した紙でできた球上では、まだジョン・モンタギュー――第四代サンドウィッチ伯爵――の名を冠していた。ガンジスという聞きなれた名前と、その珍しい位置に興味をそそられて調べてみると、北緯三十一度、東経百五十四度付近に岩礁《がんしょう》が二回、さらに陸地が四回目撃されたこと、しかしながらこれに該当する島の存在は各方面からたびたび疑問視され、一九三三年六月二十七日に日本の水路学者一行が詳しい調査を行った結果、ガンジス島の消滅を公式に発表したこと、そして世界はその消失にとりたてて注意を払わなかったことが明らかになった。

実際、古い地図には無数の幽霊島が記されている。地図が正確になればなるほど、そして未探索の領域がわずかになればなるほど、航海者たちはますますそれらの島を目撃したと信じ込んだ。残された最後の空白部分に興味をかきたてられ、果てしなく続く荒涼たる海に魅了され、低く垂れこめた雲や漂流する氷山に幻惑され、塩辛い飲み水、ウジのわいたパン、硬い塩漬け肉に嫌気がさし、陸地と名声を喉《のど》から手が出るほど渇望した、そうして彼らの底なしの欲望の中ですべての夢が溶け合い、きらめく黄金の塊となって、航海日誌に奇妙な名前を客観的な座標とともに書きつけるよう、彼らをそそのかしたのだ、何の事件もない単調な毎日に、発見をちりばめるために。こうしてニムロド、マタドール、アウロラといった名前が地図に書き込まれるにいたった。イタリック体の大胆な筆跡が、あちこちに散在する島々の弱い輪郭線と並んだ。

けれども私の心を虜《とりこ》にしたのは、長い間異論をさしはさまれることすらなかったこれらの主張ではなく、かつて存在し、後に消滅したとされる島々に関する数々の報告、とりわけ海に沈んだツアナキ島についての証言だった。それは響きのよい、まるで風に吹き消された呪文を思い起こさせるような島の名のせいもあるかもしれないが、むしろ主にこの島の住人について書かれた風変わりな記録に負うところが大きい。その記録によると島民らは闘いというものをまるで知らず、いかなる好ましからぬ意味合いの戦《いくさ》という言葉にも馴染みがなかったといい、私は心の奥底に埋もれた子どもらしい希望の残骸から、すぐにもそれを信じる用意があった。もっとも、それは同時にあの啓蒙冊子に見られるユートピア願望を思い起こさせもした。その主張するところはまさに、別の世界が可能であるということ、だがその世界は――よく考え抜かれているがゆえにますます生存の脅威となりうる社会体制の、しばしば常軌を逸した描写が示すように――概して強者の空論の中でのみ優遇されるということだ。私は無駄とは知りつつ、多くの先人たちがしたのと同じように、思い出を知らぬ現在だけの国、暴力も貧困も死も忘れた国、それらを知らない国を追い求めた。ツアナキ島は私の前に、記録の中の描写に負けず劣らぬ美しい姿を現した。乳青色に輝く礁湖《ラグーン》の、魚の多い浅瀬で、海面からかろうじて顔を出している三つの島からなる環状珊瑚島。周りの珊瑚礁によって荒い磯波や絶え間ない潮の干満から守られ、ほっそりと背の高いココヤシと豊かな果樹が生い茂り、温和で平和を愛する人々が暮らしている。要するに貴重な場所、私はそれを単純化するため、天国のような場所として想像したのだが、古くから幾重にも賛美されてきた楽園とこの島の、小さいけれども決定的な違いは、去るよりもここに留まった方が幸福であるという自明の理を除いて、ここに生える木の実が一切の知恵を含んでいなかったことだ。というのも、私はまもなくそれに気づいて驚嘆したのだが、この天の一角にあるエデンの園は避難場所であって、追放地ではなかったからだ。

タスマンもウォリスもブーガンヴィルも、航路を逸《そ》れた捕鯨船の船長でさえ、この島の穏やかな浜辺を目撃しなかった。そのため島の正確な位置がクロノメーターで特定されることはついになかったが、それでもこのあり得ないように思われるちっぽけな陸地に関する記録は、かつて島が存在したことを証明するに足る、詳細なものだった。私は何度も何度も南太平洋調査隊の航路を見つめ、紙の海の上を走る経線と交叉する破線や点線を目で追った。そしてそのルートと、いつか私が帝国主義的な気分で印を付けておいた、いちばん下の四角い空白部分にある推測上の島の位置とを見比べた。

やはり疑いの余地はなかった。ある小さな大陸のおかげで、世界の隅々まで征服した航海者たちの中でもっとも偉大な航海者として今日まで賞賛されているあの発見者は、三度目にして最後の航海で、あともう少しのところでツアナキ島を見逃したに違いなかった。そう、かつて石炭運搬船としてウィトビー港の霧の中で進水した彼の二隻の船は、一七七七年三月二十七日、ツアナキ島の目と鼻の先ほどのところを通過したに違いない——帆をいっぱいに膨らませ、フリゲート船のように誇り高く、晴れがましい姿で。ジェームズ・クックの長年の相棒レゾリューション号と、より若い小型の僚船ディスカバリー号が、慣れ親しんだニュージーランドのシャーロット海峡の入り江で微風を受けつつ錨《いかり》を揚げ、その船長にちなんで名づけられた海峡を通過し、ようやく二日後に靄《もや》の中で暗緑色に輝くポート・パリサーの丘を後にして、広い公海へ向けて船出してから、すでに一か月以上が経過していた。けれども風は彼らに味方しなかった。清々《すがすが》しい、くるくると向きを変える海風の後に、惨めなほどの凪《なぎ》が続き、叩きつける雨と突風の嵐が過ぎると、今度は無風状態に苦しめられた。この季節の通常の予想に反して、北東のオタハイチ［タヒチ］島の経線まで彼らを根気強く運んでくれるはずの、西風による吹送流すら起こらないまま、次の投錨地はどんどん遠のいた。多くの時間がすでに失われていた。北半球のこの夏のうちに、ニューアルビオンの海岸沿いに進み、まだ不完全な地図の、太平洋と大西洋を結ぶ航路を短縮できる念願の水路の入口を発見するという希望は日ごとにしぼんでいった。というのも流氷に縁どられた、しかし航行可能な海峡を見つけるという夢は、すべての地理学者の夢と同じくらい古く執拗で、クックが南方の海域を大胆にジグザグ航行して探索した結果、氷の山しか発見できず、南極大陸の夢をあきらめざるをえなくなって以来、さらにはっきりと輪郭を現していた。

こうして二隻の船は、帆が垂れ下がった状態で漂っていった。耳を聾《ろう》するような静寂が訪れた。その静寂は、図書館にこもる私の調和に満ちた静けさとは根本的に違うものだった。それでも私には時おり、間隔をあけて押し寄せるうねり、あざけるような晴天、無限に寄せては返す波の音が聞こえる気がした。この波がかつてマゼランをそそのかし、この大海に「太平」の名を与えさせたのだ。不気味なまでの協和、荒れ狂う嵐よりもなお恐ろしい、永遠の無慈悲な音。何となれば、嵐はいつか必ず過ぎ去るからだ。

しかしこの海は、平和でも静かでもなかった。光の届かない深部で、飼い慣らすことのできない巨大な力が再来する好機を狙っていたからだ。海底はひび割れて溝を穿《うが》たれ、地殻には海溝と海山によって深い皺《しわ》が刻まれていた。それは太古の癒《い》えない傷跡だった。いまだ分かれずに一つの塊として漂っていた大陸が、巨大な力によって引き裂かれ、地球のマントルに押しつけられた結果、プレート同士が重なり合い、互いに下へもぐり込んで、慈悲も正義も知らない自然の法則に従って、あるいは不意に深淵へ引きずり込まれ、あるいは明るい山頂へと押し上げられた。海水が火山の火口を覆い、無数の珊瑚がその縁に棲みつき、太陽の光を浴びて礁を形成した。新しい環礁の骨組みだった。その肥沃な土の上で、漂着した木の種子が芽ぶき、繁茂していった。一方、火の消えた火山は深く暗い海底へと沈んだ。無限ともいえるゆったりした速度で。そしてそれが耳には聞こえない轟きとともにいまなお起こりつづけている間、甲板の下では飢えた動物たち、牡牛、牝牛とその子牛たち、牡羊、牝羊、ヤギがけたたましく鳴いていた。牡馬、牝馬はいななき、孔雀《くじゃく》とその雛《ひな》たちは甲高い叫び声をあげ、鶏たちはガアガアと鳴きわめいた。クックはいまだかつてこれほど多くの動物を乗船させたことがなかった。王のたっての希望でノアの方舟の半分を引き連れ、その手本と同じく繁殖させることを目的としていた。クックは自問した、全船員と同じだけの食糧をむさぼり食う、腹を空かせた獣たちの餌を、ノアはどうやって工面したのだろう。

公海に出てから十五日目のこと、船は目標とする航路から大きく逸れ、酒蔵管理職人の日記から窺《うかが》えるように日頃からとくに馬の健康に気を配っていたクック船長は、残り少なくなってきた干草を節約するため、南太平洋の島に住まわせる予定だった羊のうち八頭を屠殺するよう命じた。ところがその肉の一部が、調理する前に士官食堂から消えた。盗みはこれまでにもたびたび起きていたが、ここにいたって彼の堪忍袋の緒が切れた。船長は不服従と裏切りの臭い、それればかりか——犯人がわかるまで船長が全乗組員に支給される肉の量を減らさせ、船員たちがその粗末な食事に手をつけることを拒否すると――反乱の臭いまで嗅ぎつけた。ぎらぎらと照りつける日差しの下、発火寸前のマッチのような言葉が投げつけられた。無限に続くかに思われたこの数日間、めまぐるしく向きを変える風はいまや南から吹き、昔から顕著だった司令官の気難しさがここで一気に表面化し、むきだしの怒りとなって爆発した。クックは地団太を踏んでわめき散らした。背の高い、孤独な姿。その罵声は弾薬庫まで響いた。憂慮に代わっていまや不信感が彼の心を蝕《むしば》み、船員たちの多くが抱いていた、厳しくとも公正な父親という彼のイメージは翳《かげ》りを帯び、海風と同じくらい気まぐれな、年老いた独裁者のイメージへと変わっていった。あるいはその気になれば、この航海中の不幸な出来事、そしてクック自身が日記の中でこの事件に一言も触れなかったという事実の中に、この男の命を二年後にオワイヒー［ハワイ］の湾内で暴力的に終わらせることになる、さまざまな事情の連鎖の遠因を見出すこともできよう。

　こうして無限に延びていくかに思われるひと月の、残りの日々が過ぎていった。とうに時間は静止状態に近づきつつある永遠へと変化していた。そこではもはや一時間、一日が何の意味も持たなかった。アホウドリとミズナギドリが船の上空を旋回し、トビウオが乾いた空気中を飛び交い、ネズミイルカやイルカ、そしてマスケット銃の弾のように丸く小さいクラゲの群れが船のそばを通過していった。ある時は赤い尾羽を持つ一羽の大きな白い鳥が姿を現し、見えない陸地が近くにあることを知らせた。またある時は大きな流木に遭遇した。すでに長い間海を漂流してきたらしく、その表面はまるで膨らんだ膿《うみ》のような白っぽいフジツボにびっしりと覆われていた。

　そしてついに一七七七年三月二十九日十時、風下に向かって先に航行していたディスカバリー号が赤、白、青のオランダ国旗を揚げた。陸地発見の合図だった。ほぼ同時に北東の水平線に、まるで蜃気楼のように灰青色に輝く岸が、レゾリューション号の帆柱の上からも確認できた。日没まで二隻の船は彼方にゆらめく細い筋のような未知の陸地に向けて舵《かじ》をとり、その後明け方まで夜を徹して船を巧みに操りながら、島から四マイルほどの所まで近づいた。大海の中から昇ってくる太陽の光を受けて、島の南面はたいそう魅惑的に見えたに違いない。神々しい眺めに深く心を動かされ、幾人もの船員がただちに絵筆やペンを手に取ると、淡い色彩と多かれ少なかれ熟練したタッチでもって、その希望にあふれる眺望を、移ろいやすい記憶の中だけでなく留めようとした。ほどよい高さの、朝の太陽を受けて紫色に光る丘、色とりどりの木々とまばらなヤシの樹冠によって覆われた頂、丘の斜面に生い茂る鮮やかな緑色の豊かな植生、青色とピンク色の霞によって光り輝くココナッツ、パンノキ、バナナ。

私は彼らの心に養分を与えた憧れがいまなお見て取れるそれらの絵を、図書館の地図室の風通しの良くない広間でじっと観察した。問い合わせてみて知ったのだが、その広間の曇りガラスの窓は、資料保存のため開けられないようになっていた。スケッチの中には、ディスカバリー号の航海士が描いた海図もあった。彼は船から可能な範囲で島の大きさを測定し、大まかな地図を作成するよう指令を受けて、あまり大きくないその島の周りをスループ型帆船で一周したのだった。島の輪郭が二重線で縁どられたこの地図には、まるでもじゃもじゃの毛房のように見える大胆な線で丘陵が描き込まれ、二重の意味で不条理な表題がつけられている。筆記体の文字が華々しく、それが「ディスカバリーの島」であることを宣言している。余計な名前、そう私は思った。何の根拠もない主張。この名を生んだ古い習慣と同じく、不遜で馬鹿げている。

というのも、浜辺にはとっくに島民たちが集まってきていたからだ。彼らは自分では気づかないうちに発見され、異国からの報告書に欠かせない原住民の役割を負わされることになっていた。そんなわけで、こうした目的のために島民たちはすでに浜辺に大勢並んで棍棒《こんぼう》を担ぎ、槍を構えていた。茂みの陰からさらに多くの島民が続々と朝日の中へ姿を現すにつれて、彼らの喉の奥から発せられる歌もまた大きく、緊迫したものになっていった。彼らは武器を振りかざし、叫び声のリズムに合わせてそれを空中に突き上げた。それが威嚇《いかく》なのか、それとも歓迎の意を表しているのか、何度望遠鏡の助けを借りて見ても判断がつきかねた。なぜなら接眼レンズの中でいつの間にか二百人ほどに膨れあがった群れは、明らかに大きく見えるようになってはきたものの、木と真鍮《しんちゅう》とガラスで作られたこの道具は結局のところ、はるかに重要度の高い疑問を解明するには役に立たないとわかったからだ。報告書の率直な好奇心にもかかわらず、また彼らの言葉や身振り、体格や服装、髪型や肌の入れ墨についての詳細な描写にもかかわらず、またこの部族を他の部族と比較する際の精確さにもかかわらず、あらゆる言葉以前にこれらの人々に向けられるまなざしには、本質的なことはすべて隠されたままだった。なぜならこのまなざしは、未知か既知か、類似かそれとも独自のものかという区別しか知らず、もともと一つであったものを分け、境界線のないところに境界線を引くからだ。それはまるで航海図の複雑に入り組んだ海岸線が、どこで海が終わり、どこで陸地が始まるか、知っているかのように見せかけているのと同じだ。

私は長いこと考えつづけた。いろいろな合図を、だれが真に解釈できるだろうか。火縄銃や船の旋回砲の言葉、無数の右手や左手、それを上に挙げているか前に伸ばしているか、乱暴な仕草や穏やかな仕草、火にかざした串刺しの手足、互いに鼻をこすりつける仕草、まっすぐに立てたバナナや月桂冠の枝、挨拶の仕草、融和のシンボル、人肉食。何が平和で、何が戦争か。何が始まりで何が終わりか。何が慈悲で何が策略か。私はカフェテリアの暗赤色のビロード張りの椅子に身を預け、食事に夢中になっている周囲の人々を観察しながら自問した。同じ食事を分け合うこと、夜更けに焚き火の炎の照り返しを浴びつつ共に座ること、喉の渇きを癒すココナッツを鉄器やその他とるに足りない物と交換すること。

人々は浜辺に立ち、よろめきながら浅瀬に足を踏み入れると、記録によれば、踊ったり、甲高い叫び声をあげながら、礁の中へと進んできた。彼らはその時何を考えていたのだろう。それを判断する私は一体何者だろう。私は当時、他所《よそ》の土地に招かれる機会には事欠かなかったにもかかわらず、家の周りでの生活、図書館通いの生活を送っていた。そうして自らの存在の隠れた起源を明らかにするためにつねに新しい研究対象を探し求め、毎日規則正しく仕事をしているふりをすることで、その存在に何らかの意味を付与しようとした。つまるところ、彼らには彼らなりの考え方や、彼らなりの見方があるのであり、そしてそれはすべて正しい。

　ほぼ確かなのは、二人の島民が幅の狭い、長い二叉に分かれた艫《とも》のついた小舟に乗り、櫂《かい》で漕《こ》ぎながら二隻の船に近づいてきたということ、鉄製の針やガラス玉、赤い布でできたシャツなど、彼らに向かって投げ与えられる物には一切目もくれなかったということだ。さらにこうも伝えられている。二人のうち一人が豪胆な男で、レゾリューション号の縄ばしごに手をかけ、するすると登ってくると、船内に降り立ち、マンガイア島のムルーアと名乗った。彼は船長室の中でしばしの間、クックと対峙したに違いない。目と目を見合わせ、初めて出会う二頭の獣のように、互いに探り合いながら。二人の男、均等に丸い頭蓋のムルーアと、鳥を思わせる頭蓋のクック。一方は穏やかな顔つき、白く輝く目、たっぷりした唇。もう一方は大きな鼻、薄い唇、深い眼窩《がんか》の底で射るような光を放つ目が際立つ厳しい顔つき。頭のてっぺんで大きな髷《まげ》に結った長い黒髪と、銀灰色のかつらの下に隠された、すでに薄くまばらになった髪。肩から肘まで黒い入れ墨のあるオリーブ色の肌と、青白い肌。膝までの長さの、樹皮布でできた象牙色の衣をまとった、がっしりと太った身体。背の高い痩せた身体に、白っぽい半ズボンと、金モールのついたマリンブルーの前開きの制服の上着。ただ彼らの容姿を歪めている大きな傷跡だけが、この二人の男を結びつける密かな絆《きずな》の証のように私には思えた。クックを描いた多数の水彩画や版画も、また船の画家がその日の午後に描いたムルーアの肖像も、その傷には善意から触れていないのであるが。ムルーアの額に残る、戦で負った長い傷跡と、クックの右手の親指と人差し指の間から手首まで延びる、膨れあがった火傷跡《やけど》。まるでこの予期せぬ接近の瞬間を強固なものにするためとでもいうかのように、一本の鉄斧《ておの》がその所有者を変えた。ムルーアは船の小ボートで浜辺まで送り届けられ、鉄斧を持ち帰った。打ち寄せる波は依然として荒いままだった。まもなく上陸や投錨の望みは絶たれた。測鉛をどこに投げても、海底が深すぎる上に、硬い珊瑚に覆われていることを示すばかりだったからだ。一歩も足を踏み入れることなく島を去らねばならない無念さが、乗組員たちを襲った。夕方になり、風がかぐわしい香りの靄を運んでくると、その気持ちは苦しい失望へと変わった。

ここで証人たちの報告は私を置きざりにする。彼らの証言は矛盾に満ちてはいるものの、とにもかくにもベンガラ色の旗を掲げた黄色と青色の船に乗せて、私をここまで連れてきてくれた。船は翌日の夜明けにはもう、はるか彼方に色褪せて見えることだろう。不意に私は一人で船の甲板に立っていた、いやむしろ、曖昧な線で描かれた地図で知るだけの島の浜辺に立っていた。そして、私がたどり着いたのはツアナキではなく、その隣のマンガイア島だということを一瞬忘れた。海底から五キロメートル隆起した、エイのような形の環状珊瑚島の周りを、荒波によって孔を穿たれた無数の顕礁を含む幅の広い石灰岩礁が、巨大な輪のように取り囲んでいる。一方、島の内部には、頂は水気が多く、風下の側面は乾いた丘陵が、休閑地と沼沢を見下ろしている。マンガイアの伝承は豊富だ。彼らの祖先が、丸木舟やカヌーで犬の星《シリウス》に従ってひたすら東へ漕ぎ進み、この離れ小島に住みついて以降、だれがだれの息子で、だれがだれの称号を引き継ぎ、だれを欺いたかを教えてくれる。ただし、彼らの物語は年代順ではなく、血統に従って語られる。彼らの血統は部族内で細かく枝分かれし、その後たび重なる戦闘でその血が流された。

岸に戻ったムルーアがどんなふうに迎えられたかは、推測することしかできないが、それでも私は何となく不純な動機から、詳細に思い描いた。島民たちは青白い訪問者たちの素性について、彼を質問攻めにしたに違いない、そして全員一致で、タンガロアが彼らを遣わしたのだ、という結論にいたったことだろう。タンガロアとはかつてマンガイア島で信奉されていた神で、太古の昔に弟のロンゴと戦って敗れ、大海へ逃れたのだった。私は眼前に見た、彼らがあの宿命の対決に思いを馳せながら、浜からそう遠くないロンゴの石像まで練り歩き、ロンゴが宿敵タンガロアとその家来を再度敗走させたことに感謝を捧げる様を。私の貧弱な想像の中で、像の前に最初に進み出るのはムルーアだ。彼は名誉ある男の誇りをもって、誉め歌を歌う。その力強い姿は、老練な戦士であることを物語っている。まだ割礼前の少年だった彼が、鉄木の棍棒を握りしめて戦列の最後尾についたのは、遠い昔のことだった。一戦ごとに前の列へ進み、年長者たちの遺した隙間《すきま》を決死の覚悟で埋め、玄武岩を打ち出して作った斧と槍先へと武器を変えた――巨大な円形劇場の観覧席のように、風の吹きつける断崖が屹立するかつての礁湖《ラグーン》の谷底で、さまざまな部族の戦士たち、敵対しあう神々の末裔たち同士が、有史以来くりかえし同じ一つの戦を戦い、それが長く続いた。とうとう戦太鼓の鈍い響きがその終わりを告げ、踊りが始まり、そのけたたましい音が、死にゆく者たちのうめき声をかき消した。ぞっとするような、夜を震わせる勝利の歌。ようやく夜明けになって、平和の太鼓の歌がそれに取って代わるだろう。勝者にふさわしいものは、支配者の称号である「マンガイア」だった。マンガイアとは平和であり、権力であった。一時的な力ではあったが、すべてを決定するには十分強固なものだった。だれがどの土地を耕し、そこに住んでよいか、だれが乾いた草しか生えない不毛なカルスト状の岩礁へ追放されるべきか。湿って冷たい石灰岩の洞窟で、敗者たちは時として骨と皮ばかりに痩せ細るまで待ちつづけ――あるいは大いに子孫を増やし、かつて彼らを屈服させた敵に次の戦で勝つという宿願を抱いた。私には薄暗がりの中で白く光る彼らの目が見えた。鍾乳石から彼らの頭や首に水滴が落ちる音を聞き、かび臭い空気の味を舌に感じた。

この島の儀式や風習について、最初の宣教師たちが書き残した民俗学的な記録を読んでいてわかったことだが、権力はマンガイアでは世襲ではなく、獲得されるものだった。戦の場で勝ち取る場合もあれば、夜の宴の最中にこっそり手に入れる場合もあり、そこから大量殺戮に発展することも稀ではなかった。欺かれた者たちは、カヴァの根を煎じた茶で酩酊させられ、熱い岩場の穴の中で自分の体液とともに蒸し煮にされた。

しかしいま、ムルーアの両手には見たことのない、光る斧が握られていた。それがただの木の柄に取り付けられたひと塊の鉄、善意からなされた贈り物にすぎないと思う者は、その威力を知らぬのだ。以後、マンガイア島の覇者はこの斧を身に帯びることを許された。どんな道具よりも便利で、桶や盆や武器を作るための木も、新しい支配者が誕生するたびにロンゴの祭壇の上で死神に捧げる生贄《いけにえ》に選ばれた者の頭も、この斧で容易にかち割ることができた。

マンガイアはこの計り知れない海域に浮かぶ無数の島の一つというだけでなく、全世界であった。そこではかび臭い洞窟の迷路で餓死するよう宣告されるのも、または灼けつく日差しの下、朽ちた丸木舟の中でのたれ死ぬよう言い渡されるのも大差はなかった。敗北者はすべてを失った、名前も土地も生命も。かろうじて生きながらえた者は、二度と戻ろうとは思わなかった。幾人かは逃げおおせた。少なからぬ痕跡の示すところによれば、幸運な彼らは舟で二日間の距離にあるツアナキ島に避難所を見つけたらしい。一方、マンガイア島では支配者が次々と交代したが、その勝利と敗北の循環は不意に終わりを告げることになった。それはいつも似たような話の繰り返しだった。よそ者がやって来る、侵入者は追い払われる。ひびだらけの手に斑模様《まだら》の貝を持った捕鯨船漁師が現れる、そのギザギザの開口部はまるでお腹を空かせた口のよう。宣教師たちとその妻が来る、しかし岸に着くやいなや死の恐怖にとらわれて波間に身を投げ、全財産を浜辺に置いて逃げ帰る。つがいの豚は樹皮布を着せられて男女神として崇《あが》められ、入れ墨のような黒い文様の分厚い本からはごく薄い紙のページが破り取られ、カサカサと音を立てて踊り子たちを飾る衣装となった。そして最後に名もない伝染病が、すべての戦を合わせたよりも多くの犠牲者を生むことになった。それは始まりであり——その次に来たのは終わり、神々との永い別れであった。鉄木でできた神々の像は奪われ、神聖な森は汚され、神殿は焼き払われた。最後に残った異教徒の部族の訴えも、最後の戦いでの慈悲乞いも聞き届けられなかった。改宗を拒む者はアメリカ製の鋼鉄の斧で殺され、破壊されたロンゴ像の瓦礫からはキリスト教の教会が建てられた。クックの斧はもはや、克服された時代と支配者の錆《さ》びついた遺物にすぎず、その役目を果たし終えた今、英国の二代目の宣教師に差し出されたが、それが誇りを込めてか、それともそうすることによりかつて結ばれた絆を強めたい、または終わらせたいという漠然とした期待を込めてなのか、私にはわからなかった。宣教師にもやはりわからなかったので、彼はその鉄の塊をすぐに大英博物館へ送ってしまった。

私は地球の内部の力に思いを馳せずにいられなかった。その力が作用している所では、隆起と沈降、興隆と衰退という太古の循環が短縮される。島々が現れ、また沈んでいく。島の一生は陸地の一生よりも短い。この海の何百万年という時間軸と無限の広がりに比べて、それは一時的な現象だ。地図室に陳列されたすべての地球儀の、青緑色や紺碧色や淡青色に光る裏側を、私は一つ一つ厳かに眺めていった。そしてついに一本の糸を見つけたと確信した。マンガイア島とツアナキ島を互いに結びつける細い臍《へそ》の緒を。ある日マンガイア島を海底から海面上へ押し上げたのは、海洋地震の力だった。死滅した珊瑚と玄武岩の溶岩からできた環、海底から鋭く突き出した山の頂。そして宣教師たちがその環状珊瑚島を探し始めて間もないある日、ツアナキ島を海中深くに引きずり込み、太平洋の大量の水の下に葬り去ったのもまた海洋地震の力だった。ほとんど音もなく、巨大な波の灰色の影が水平線から押し寄せ、たった一度の大波ですべてを飲み込んだに違いない。そして翌日、そう私は想像する、島があったその場所には、ただ死んだ木々だけが、鏡のように滑らかな海面を漂っていたのではないか。

その前年のこと、七人の男たちを乗せた一隻の小さなスクーナー型帆船が、礁の入口を発見し、人影のないツアナキ島の浜辺にたどり着いた。船長の命令で、船員の一人が剣一本だけを帯びて、島の奥へと分け入った。バナナの木やココヤシ、ブーゲンビリア、野生のランの生い茂る藪《やぶ》を抜け、ハイビスカスやプルメリア、白いジャスミンの香りのする空気を呼吸し、とうとう空き地にある集会所を見つけた。そこには数人の男たちが集まっていた。この出会いについて書かれた唯一の記録を、私はこの上なく満足しつつ読んだ。彼らは全員、マンガイア風のポンチョを着て、マンガイア方言を話していたという。

彼らのうちの一人、おそらく長老が、訪問者に中に入るよう勧めた。彼がその勧めに従うと、長老は船長はどこかと尋ねた。

「船にいます」船員は正直に答えた。

「彼はなぜ陸に上がらないのか?」長老は表情を変えずに尋ねた。その首には法螺貝《ほらがい》が揺れていた。

「あなた方に殺されるのを恐れているんです」

静寂が訪れた。ほんの一瞬、波の音が危険なほど近くに感じられた。長老はじっと森を見つめた。とうとう彼はきわめて静かに言った。「われらは殺し方を知らぬ。われらが知るのはただ踊り方のみだ」

最後にもう一度、私の視線は淡青色の地球儀の上に落ちた。私はすぐにその位置を見つけた。赤道の南、いくつかの点在する島々の間に、この完璧な一片の陸地はあったのだ。世の中から遠く離れ、世の中についてかつて知っていたことすべてを忘却して。しかし世の中はといえば、既知のものの喪失を嘆くのみで、このちっぽけな島とともに何が失われたか想像だにしない。この島と地球を結びつけたのは、通商や戦争といった頑丈な索具ではなく、きわめて繊細に紡がれた夢の糸であったとはいえ、地球の丸い形は、この失われた土地にも等しくその臍となる権利を与えたはずなのだが。なぜなら神話とは、あらゆる現実の中で最高の現実だからであり、そう私は一瞬考えた、図書館とは世界の出来事の真の舞台だからである。

外では雨が降り始めていた。湿っぽい、この北の緯度にしては温かいモンスーンだった。

古代ローマ

カスピトラ

学名パンテラ・ティグリス・ヴィルガータ、別名ペルシャトラ、マーザンダラーントラ、ヒルカニアトラ、トゥラントラ

＊一万年近く前、生活圏の分離によって、アムールトラとカスピトラの亜種が分かれた。カスピトラの生息地はアラス川上流域、タリシ山脈の丘陵および台地に広がる森からレンコラン低地にかけてと、カスピ海の南岸および東岸、エルブルズ山脈北側のアトラク川流域まで、コペトダグ山脈南側のムルガブ川流域ならびにアムダリヤ川上流およびその支流域、アムダリヤ川河口からアラル海まで、さらにザラフシャン川下流、イリ川をさかのぼり、テケス川に沿ってタクラマカン砂漠まで及んだ。

†乱獲、生活圏の消滅、主要な獲物の減少がカスピトラ絶滅の原因となった。一九五四年、トルクメニスタンとイランの国境にあるコペトダグ山脈のスンバル川付近で一頭が射殺された。別の記録によると、一九五九年、イラン北部のゴレスタン国立公園で最後のカスピトラが殺されたという。また、タリシ山脈の麓と、カスピ海周辺のレンコラン低地の河川流域では、一九六四年に最後のカスピトラ数頭が目撃された。一九七〇年代初め、イラン環境省の生物学者たちがカスピトラを求めて人里離れたカスピ海沿岸の森林を調査したが、発見できなかった。捕獲されて生き延びたカスピトラはいなか

った。一握りの標本死体がロンドン、テヘラン、バクー、アルマトイ、ノヴォシビルスク、モスクワ、サンクトペテルブルクの自然史博物館にたどり着いた。一九六〇年代半ばまで、剝製のカスピトラ一体をタシケントの自然史博物館で見ることができたが、火災のため焼失した。

夕方、彼らは空腹で落ち着きがなかった。もう何日も肉を食べていない。捕らえられてから狩りもしていない。囚われの状態で本能を切り詰められ、まるで肉をむしり取られた骨のように、むき出しの神経で寝そべっている。ネコの目に炎が燃えている。松明《たいまつ》の照り返しだ。それが見回りのたびに棒と棒の隙間から覗いて暗闇に耳を澄ます番人に、彼らの積み荷がまだ生きているかどうかを知らせた。

檻《おり》が開けられる。だが食事の代わりに、彼らに用意されていたのは木箱だった。松明が行き先を示す。槍が彼らを黒い、窓のない穴へ追い立てる。それは板で囲った二つの箱で、せいぜい彼らの肩ほどの高さしかない。番人たちが木箱を押して、待っていた馬車に載せる。感覚は空腹のために研ぎ澄まされている。喧騒、人の出入りや声。番人たちが荒っぽく命令する声、御者の甲高い口笛、馬勒《ばろく》がカチャカチャ鳴る音、遠くの埠頭に穀物舟が当たる音、車輪がガタゴト回る音、鞭《むち》の鳴る音。

不意に行列は出発し、あらかじめ決められた道を進んでいった。街のいちばん中心へ。存在のいちばん外側へ。車軸は回転するたび、きしむような音を立てた。

二頭の獣を隔てるのは一枚の壁だけだ。彼らは闇の中にうずくまっていた。すべてを知りつつも、何も見てはいなかった。朽ちかけた船溜まりも、湯気を立てる皮剝ぎ場も見なければ、彼らの通るプラエネステの門も、夜も光を放つような、大理石とトラバーチン石でできた建築物ですら見なかった。彼らは獣。私たちと同じ獣。私たちと同じ、死すべき運命《さだめ》。

まだ夜のうちに、彼らは地下墓所《カタコンベ》に移された。暗闇の最後の時間に、二頭は囲いの中で小さい無意味な弧を描く、互いによそよそしく——両者が互角かどうかは、もうじきわかるだろう。地下の牢獄はかび臭く、太陽は見えない。ようやく太陽が昇っても、ここには一条の光も届かない。通路とスロープ、昇降装置《エレベーター》、揚げ索と扉からなるこの地下世界には。

彼らのはるか頭上に天幕が張られ、まるで第二の空のように石の漏斗を覆う。漏斗は次第に人間で満たされていく。執政官《コンスル》と元老院議員、ウェスタの巫女《みこ》と騎士たち、市民、自由の身となった者、退役軍人、そしていちばん上の端に婦人たち。彼らは皆、見るために来た。そして見られるために来た。それは祭の日、大きな見物であり、それをただのゲームと呼ぶ者は、そこに内在する神聖な秩序と、後に続く血みどろの真剣勝負を見誤っている。

日はまだ早い、皇帝が桟敷席《さじき》に入り、ローブの頭巾をはねのける。力強い、丈高い姿があらわになる。太い首、だれもが硬貨で見たことのあるがっしりした横顔。彼がようやく腰を下ろすと、地下牢が開けられ、深淵がぱっくりと口を開ける。くぼみから巨大な、見たこともない一頭の獣が姿を現し、闘技場に飛び出す。柵に沿って走り、高くジャンプし、観客と舞台を隔てている壁に突進する。そして鉄の門に大きな音を立てて強烈な前足の一撃を食らわせたかと思うと、不意に攻撃をやめて周りを見回し、永遠のように思われる一瞬の間、じっとその場に立ちつくす。

この怪物にまつわる噂は、いくつもの海や山を越えてきた。ヒルカニアの森の奥深く、カスピ海のほとり、険しい常緑の地よりやって来たこの獣。その名をば呪いとも、妖かしともいう。速きこと矢のごとし、荒々しきことティグリス川のごとし、あまたある川のうちもっとも激しき川に、その名を負う。赤く燃えさかる焚き火のごとき毛皮、煤のごとき縞《しま》は熾火《おきび》の中の枝葉、繊細な模様を描く顔、ぴんと立つ耳、力強い頬、白いひげの生えた鼻面《はなづら》、太い眉の下で緑色に光る眼、そしてだれもその意味を知らない、額の左右対称の黒いあざ。

獣はがっしりした頭を振り、大きなぞっとするような歯をむき出して、二本の尖《とが》った牙と、肉色の喉を見せた。舌でぺろりと鼻を舐める。喉の奥から唸り声が漏れる。聞いたことのない、かすれた唸り声が闘技場にこだまする――恐ろしい音に、人々のおしゃべりが一瞬でささやきに変わる。ある噂が広がる、なかば知識、なかばは詩。この獣には雌しかいないそうだ。というのもこの獣はひどく残酷だという、これほど残酷になれるのは、子を奪われそうになった母親だけだ。それが正解だったのは単なる偶然にすぎない。黒と茶の輪模様の尾の下に隠れていたのは、もはや子を産むことのない子宮だった。

獣はふたたび動き始めた。足音を立てずに広場を横切り、壁の作る影に沿って、身を守る場所、休み、隠れられる場所を探した――しかしそれは見つからない。あるのはただ灰色に汚れた杭《くい》、格子の付いた穴、白く輝くトーガ、明るい点、凍りついて仮面のようになったあらわな顔。

この獣が最初に彼らの前に姿を現したのは、いつのことだったか。意地悪な子どものような顔、ずらりと並んだ鋭い歯をむき出した口、矢の付いた尾を持つ人食い獣マンティコアとして悪夢の中に登場するのではなく、生身の獣として現れたのは、インドの使節団に随行してサモス島岸に到着した時だった。その時も一頭の雌だった。捕らえられ送られた数頭のうち、惨めなほど長く苦しい旅を唯一生き延びた個体だった。それを鎖につなぎ、アウグストゥス帝の御前に差し出した。恭順の証として――そしてまた、この獣の隣を歩まされている、ヘルメス柱のごとき少年と同じくらい、珍奇で不気味な、恐るべき自然の驚異として。全身に香辛料を振りかけられたその半裸の少年には、腕がなかった。まだ赤ん坊の頃に付け根から切り落とされたのだ。そうして歯をむき出した獣と、腕をもがれた人間は立っていた――二つの不可思議な存在、奇妙な一対。だれしも詩人であれば、恐ろしいものの持つ崇高さという題でエピグラムを書くだろう。

六年後、この獣が初めてローマにやって来る。五月四日、長く待望されていたこの劇場の奉納式で、一頭のサイ、長さ十エレの模様のある蛇とともに披露された。野獣らしさはすっかり影を潜め、ざらざらした舌で、衆人の眼前でまるで犬のように世話係の手を舐めた。

強大なローマ帝国は、東西南北すべての方位に拡大していた。彼らはラテン族、ウォルスキ族、アエクイ族、サビニ族、エトルリア人を征服したのみならず、マケドニア人、カルタゴ人、フリギア人をも打ち破り、シリア人、カンタブリア人にまで勝利した。そしていまや蛮族と同じように、この怪物まで飼い慣らし、鞭と鉄梃《てってい》でもって荒々しい野性を叩き出し、ヤギやウサギの肉でその信頼を手に入れ、その見返りとして、すべての服従者に対すると同様に保護を与えた。日差しをまばたきでかわしつつも、食い入るような人間のまなざしを避けようとしないこの雌トラは、あたかも解放される前の奴隷のように、もう少しでこの帝国の市民として認められるかに見えた。しかし、猜疑心《さいぎしん》からというよりはむしろ気まぐれから、どこからともなく報復を求める声があがると、それに賛同する者が次々に現れ、とうとう兆す疑惑と突然の不信のけたたましい大合唱になった。獣の服従は演技にすぎず、穏やかな顔は策略に他ならないと言いがかりがつけられた。たとえその鉤爪《かぎづめ》を隠し、仰向けになって腹を見せて世話係に愛撫を求めようと、その恐ろしさは何ら減じない。一度は制圧し、勝利を収めたにもかかわらず本当は自分の方が劣勢なのを感じている敵ほど、つねに不安を掻き立てるものはない。なぜなら真実は否定できないからだ。自然を克服することはできず、野性は依然として制御できぬままだ。この獣が呼吸するたびに、かつての恐怖と、迫り来る災いの予感が呼び覚まされた——そして勝利を収めた戦の後の感謝の生贄と同じように、この獣の速やかな死は、不可避のものとされた。満場一致で審判は下された。飼い慣らされた野獣は、すべてのローマの敵と同じく、闘いのうちに死すべし。しかし、いざ野獣と闘う相手を選ぶ段になると、だれも名乗りを上げなかった。それで檻に入れたまま刺し殺した。

鎖のガチャガチャいう音、剣の触れ合う音がし、木の鎧戸《よろいど》が砂の上に落ちた。地面が口を開け、観客席にささやきが走る。暗闇の中から、赤っぽい頭が覗く。一頭のライオンが、闘技場に姿を現した。静かに落ち着き払って、黒錆色のたてがみに包まれた頭を高く掲げて。毛むくじゃらの黒っぽいたてがみは、肩から下腹まで達している。ライオンは見知らぬネコを見、その猛獣の完璧な姿を捉えた。二頭の獣はその場に立ち、初めて互いを見た——安全な距離をとって。門の外で馬がいななき、鞭が鳴る。それ以外は静かだ。だれもが身を乗り出し、野獣たちの視線や無言の態度、身動きしない存在の意味を読み解こうとする。しかし何の手がかりもない。服従のかけらも見えなければ、捕食者と被食者を広い自然の中で結びつける融和の痕跡もない。

ライオンは悠然と座った。興奮したそぶりも見せず、脇腹をへこませ、誇り高く胸を張って、長年統治した王の石像のように動かない。支配者の地位と英雄的な外見、そのいずれが先であったか、だれにもわからない。ライオンを崇拝しない世界など想像できない。ライオンを支配者にしない寓話に、語られる価値はない。日差しを受けて赤っぽく光るたてがみ、凍りついたまなざし、琥珀色に光る眼。房の付いた尾が鞭のように、ざらざらした乾いた砂を叩く。ライオンが口を開ける、だんだん大きく。大きな黄色い牙がむき出しになる。頭を伸ばし、耳を伏せ、目をすっと筋のように細め——そして唸り始める——胸の奥から絞り出すような呻《うめ》き声、何度も何度も、そして恐ろしい轟き。それは一声ごとに、さらに深い奈落から聞こえてくるようだった。声はさらに大きく切れ目なく、ますます切迫し、威嚇的になっていく。それは猛《たけ》り狂う暴風の唸り声のよう、とインド人は言い、エジプト人は、攻め寄せる軍隊の轟音《ごうおん》だと言う、そしてヘブライ人は、エホバの怒りの雷鳴だと。しかしそれはまた、世界の終末を告げる、創造の太古の音かもしれなかった。

雌トラは首をすくめ、長くほっそりした体を弓弦のようにぴんと張ると、白いふさふさのひげを砂に押しつけ、後足をネコのように伸ばした。両肩の下には、純然たる筋肉の力がくすぶっている。片方の前足を、そろそろと慎重に前に出し、もう片方を引っ込め、するすると這うように進み、徐々に間合いをつめて、ぴたりと止まった——ライオンに狙いを定めて。

ライオンは雌トラが近づいてくるのを見ながら、落ち着き払っていた。ライオンの勇気を称えることわざはじつに正しい。恐怖が彼を襲うことはない。身じろぎもせず、何が来ようとじっとその場で待ち構えている。ただその尾だけが行ったり来たりしながら、毎回同じ弧を砂に描いた。その目には破滅の炎が燃えている。もしかすると書物に書かれたことは正しいのかもしれない。ライオンの血は煮えたぎるように熱く、ダイヤモンドをも熔《と》かすと。

一陣の風が起こる、一羽のハトが天幕にかかり、すぐに羽ばたいて遠くへ飛び去る。その時、トラが不意に前進して空中にジャンプし、ライオンに突進した。ライオンが迎え撃ち、二つの体が鈍い音を立ててぶつかり合った。二頭はもつれ合い、肉と毛の玉となって砂の中を転げまわる――そして狂ったようにピルエットを描く。唸り声と鼻息が闘技場を満たし、観衆のわめき声や叫び声と混ざり合い、耳を聾する騒音へと膨れあがった。そこにはすべてが含まれていた。光の差さない穴の中で疲れ果てたライオンの悲嘆、網にかかってもがくトラの子の悲鳴、傷を負ったゾウの弱々しいラッパの音、狩り立てられ力尽きた雌ジカの呻き、子を孕《はら》み深手を負ったイノシシの哀れな叫び。

彼らはこの巨大な帝国の、遠く離れた周縁からやって来た。モーリタニア、ヌビア、ゲトゥリアの森のヒョウやライオン、エジプトのワニ、インドのゾウ、ライン川岸の野生イノシシ、北方の沼沢地のヘラジカ。彼らは櫂と帆のある船に積み込まれ、土砂降りの雨や暑さ、霰《あられ》や雹《ひょう》に耐え、波にもまれて疲れ果て、前足には血がにじみ、歯はすり減り、楡《にれ》やブナの粗い材で作った檻に入れられ、戦争捕虜や罪人と同じように、重い牛車に乗せられて運ばれてきた。牛たちは軛《くびき》の下で曲がった頸を回し、積み荷を一目見るやいなや、轅《ながえ》から逃れようとした――恐怖のあまり口から泡を吹き、白眼をむいて。

高い空の下、車は陽炎《かげろう》の揺らめく平地や暗い森、不毛な土地や肥沃な土地を横断し、多くの村や都市のもっともみすぼらしい場所を通過していったが、ローマ法はそうした村や都市に、動物とその世話係の面倒を見ることを要求していた。すべてはローマのために。周縁によって養われている帝国の、この一時的な、壊れやすい中心のために。しかし、彼らの大半はその途上で死んだ。船べりから投げ捨てられた死体は水中で膨れあがり、あるいは日差しで干からびて、犬やハゲタカの餌食《えじき》になった。彼らの運命は過酷だったが、それでも生き延びたものたちの運命に比べれば、まだ慈悲深いもののように思われた。

そして彼らはローマに到着する。戦の物資と一緒に大きな車輪の車に乗せられ、他の珍しい高価な品々と同じように賞賛される。大きな文字が、彼らの名前と捕獲された場所を知らせる。

獣たちは市壁の外の、船渠《せんきょ》に近い場所で檻の中に押し込められ、狩る者すべてが狩られる者と化す闘技場に向けて調教された。無関心な獣は、わざと憎悪を煽《あお》られた。獣が大人しすぎる時は、何日も餌を与えず、尖った棘《とげ》や火の付いた粗朶《そだ》を投げつけ、ガチャガチャと音を立てる鎖につなぎ、赤く塗った藁《わら》人形で刺激した。闘技場で闘いを拒む者、与えられた役割を受け入れず逆らう者は、命を失ったも同然だった。このゲームは真剣勝負だ。武勲に輝く司令官たち、カエサルの後継者たち、皇帝の父母など、彼らが追悼する祖先の男たちや女たちの死と同じくらい真剣なものだった。

闘いは神聖だ。見世物を強要するために、狩り立て役の奴隷たちが獣同士を鎖でつなぐ。オーロクスとゾウ、サイと雄牛、ダチョウとイノシシ、ライオンとトラ。広い世界では決して遭遇するはずのない者同士を闘技場の半円内で対決させ、敵対させる。生活空間を奪い、脅かして狂暴にさせ、衆人の眼にさらし、目に見えない縄で生存につなぎ、苦痛に満ちた娯楽的な死を迎えさせる。獣たちはそのために生かしておかれるのだ。たとえ審判が明らかな場合も、その罪は最後の最後まで闇の中だ。

この儀式の起源は古いかもしれない、だがここではだれも頭からトーガを被り、死の光景から目を背けようとはしない。湯気を立てる彼らのはらわたを捧げて、神の機嫌をとることもできない。この死者たちを悼む歌は歌われず、彼らの死体の上に建つ記念碑もない。無数の闘いを生き延び、何度も死に抗い、闘獣士すら倒して、闘技場に残った最後の一頭だけが後世まで名を残した。雌熊のイノケンティア、雄ライオンのチェロ二世。チェロ二世は、最後は熱狂する観客の前で、無名のトラにより八つ裂きにされた。

雌トラは身をふりほどき、転がってわきへ避けた。雄ライオンは右前足の一撃を加えた。それはトラの頭に当たり、毛皮の一部を頭蓋骨からはぎ取った。ライオンは血の臭いを嗅いだ。傷を負い、母親を求めて鳴く子ヤギの臭いを嗅いだ。それはかつてアトラスの荒野で、彼を罠に誘い込んだ子ヤギだった。彼は敗北と勝利の臭いを嗅いだ。全力を込めて、ライオンはトラの背にのしかかった。後足を地面に踏ん張り、トラの首筋に鉤爪を叩きこんで頭をぐいと後ろに引っ張る。トラはわめき、唸り声をあげ、その恐ろしい牙をむき出した。ライオンは再度攻撃に移り、闘技場の壁にトラの尾が触れるまでトラを後退させ、その後を追って何度も襲いかかり、喉元を狙い、全力でその牙をうなじに食い込ませた。すでに勝負はついたかに見えた。トラの口から、溜息のようなかすかな呻き声が漏れた。左耳の下に三角形の赤い傷口がぱっくりと開いた。トラは体勢を低くして身をよじり、束縛からようやく逃れると、ジャンプして敵の背に飛び乗った、前足を首に食い込ませて地面に引き倒し、毛皮に鋭い爪を立て、ふたたび飛びすさり、尾の先をぴくぴく震わせながら、二ルーテ離れた砂埃の中に着地した。どっと歓声が湧き起こり、拍手喝采と、ファンファーレが鳴り響いた。

ライオンはまるで麻痺したように空気を求めて喘《あえ》ぎ、重い頭を回して、自分の傷を見た。背中に二本の赤いミミズ腫れが走っていた。それから彼はたてがみを振り、ふたたび戦闘態勢に入り、トラに突進していった。呻き、喘ぎ——痛みに吠えながら。トラは身構え、ライオンの前足に狙いを定めた。二頭は棒立ちになって、互いに爪を食い込ませた。赤と黄と黒の毛が飛び散った。観客は歓声をあげ、声をそろえて叫び、荒々しく闘いを煽った。人々はそれを狩りと呼んだが、そこに茂みはなく、すべての出口は防護壁で、鋸壁《きょへき》のように高い壁で塞《ふさ》がれていた。

彼らは処刑とショーをかけ合わせたのだった。繊細な神経を持つ、野蛮な群衆——巨大な物、おびただしい数、恐ろしい物、彼らは想像しうるありとあらゆる物に慣れていた。あらゆる限界は、ただ踏み越えられるためだけにある。彼らの愉悦には嫌悪が混じり、嫌悪の中には愉悦が混じっていた。それはひとえに好奇心が産む愉悦、思いついたことをすべて実行に移したいという衝動だった。というのも、自分には選択の自由があると自慢する者たちもまた、単に衝動に従っているだけであって、ただ楽しみのためだけに石を投げてカエルを殺す子どもと変わらないからだ。

　好奇心はまたこんな疑問も生む。動物園のすべての動物たちに力比べをさせたら、彼らをこの砂の淵に一斉に閉じ込めたら、どの獣が勝つだろうか。恐怖を解放し、同時にいかなる恐怖も克服する見物。早世した世継ぎを追悼するためにアウグストゥス帝が開いた闘技会よりも、さらに大きな見世物。すべての猛獣の頂点に立つのは、いったいどの獣か。大人しいライオンを八つ裂きにする、調教されたトラか。闘技場でウサギを追いかけ、自分の血肉のように大事に口にくわえて連れまわし、一緒に遊び、放してやってはまた捕まえるライオンか。わずか一日の間に闘技場へ引き出されて殺される、おびただしい数の猛獣たちか。ついに婦人たちが失神し、地面が死体に覆われ、しかもその死体はもはや体とは言えず、ずたずたに引き裂かれて血まみれになり、頭は痙攣《けいれん》し、胴体は食われ、四肢は冷たくこわばっている。

　サーカスは円形競技場の末裔だ。ひとたび世に生まれた考えは、別の物の中に生き続ける。台座の上に座った猛獣をピラミッド状に積み上げたり、四角形《カドリーユ》を組んだり。猛獣が馬に乗ったり、自転車に乗ったり、シーソーを漕いだり、綱渡りをしたり、ジャンプして火の輪をくぐったり——はたまた衣装を着た犬たちが飛び越すハードル役をしたり、ピシリと鞭の合図が鳴れば、剣闘士《グラディエーター》のいでたちの猛獣使いのサンダルを舐め、彼の乗る戦車を引いて円形演技場を回ったり。ライオンとトラ——群れで生きる草原の獣と、単独で生きる雨林の獣——隣り合わせに並んだ、不揃いな一対。まるで古代都市のモザイク画に描かれた、バッカス神の馬車の轅につながれたアフリカ対アジア、抑制と情熱のように。英雄的な過去や、カエサルの栄誉ある称号が、彼らにとって何の役に立つだろう。皇帝や聖人のペットとしてのライオンの生活。ライオンが殉教者たちの心の最奥の願いを叶える一方、人々は彼の支配圏を略奪した。彼は一つの特権を得るのと引き換えに、別の物を失った。都市や国々や王たちが、ライオンを無理やり紋章に押し込んだ。その与えられた役割を果たすうちに、彼は自らの出自を忘れ、広い平原、太陽の力、集団での狩りを忘れた。では、ヨーロッパが千年の間トラを忘れていたことは、トラにとっていま何の役に立つだろう。たしかにトラはその希少性から、硬直したシンボルにされることは免れた。ラテン語の動物寓話に登場する奇妙な生き物として、蛇や鳥の仲間に分類され、異国の価値基準の中に組み込まれた。本当なら賢いと呼ぶべきところを、卑怯《ひきょう》と罵《ののし》られた。トラはできるかぎり人間を避けた。

遠い未来に目を向け、この悲しい運命を見よ。彼らの種族はユリウス一族のように没落し、消滅し、その最後の末裔は鳥標本と同じように詰め物をされた。永遠にジオラマの中に閉じ込められ、埃っぽい草原と折れた葦の前で威嚇しながら、ガラスの眼、大きく開いた口、むき出した巨大な牙で脅しながら――あるいは死の瞬間のように懇願しながら。保護区での、人間の庇護下での生活、ガラスと堀の向こう、人工岩の手前の、タイル貼りの空間、鉄格子のない囲い地、日々を無為に捧げ、頭にはハエが群がる、捕食と消化の間の存在、空気中に漂う羊や馬や牛の肉の臭い、温められた血の臭い。

観衆がどよめく。不意に闘いは終わりを告げた。獣たちは互いに離れ、じっと止まって苦しげに息をしている。両者の脇腹から血が流れている。トラは足を引きずりながらその場を離れると、皮膚のむけた体を柵にもたせかけ、空気を求めて喘いだ。後にはライオンが残った。筋肉をぴくぴくと震わせ、唇は血だらけで、泡を吹いている。そのまなざしは鈍く虚《うつ》ろだ。胸郭が上下しながら、埃を呼吸する。舞台に影が落ち、ほんの一瞬の間だけ、雲が太陽を覆い隠す。

突然、あたりが明るくなり、どこからともなく光が差して闘技場を照らした。まるで奇跡のように、一つの可能性がにわかに輝きを放ち出す。未来へのまなざし、だれも思いつかなかった逃げ道、あらかじめ定められた道筋からの分かれ道、近づく死などおかまいなしの、別の新しい道。にもかかわらず、それはまさに生き延びたいという抑えがたい衝動でもあった。それがあの幻影《まぼろし》の中で、まるで運命のように二頭の獣を互いに引き寄せる。終わりではなく、始まりへ向かう強い力。その儀式は、古い強力なルールに従っている。ルールとはすなわち、汝の一族を維持せよ、その血筋が途絶えぬうちに、種族を保存せよ。さかりの時が近づいたなら、手段を選ぶな。ある本能がしくじる時は、代わりに別の本能を働かせよ。生きる者は食わずにいられない。食う者は子を作らずにはいられない。子を作る者は滅びることはない。個々の仕草は矛盾するかに見えても、メッセージは明白だった。尿に含まれる麝香《じゃこう》は、重大なゲームへの誘いだった。脅すような仕草の次に中途半端な尻込みをし、近づいては逃げ、逆らったかと思うと不意に一瞬、身を委ねるそぶりを見せる。

二頭は体を寄せ合い、互いに頭をこすりつける。互いにじゃれ合い、ふと動きを止め、前足をあげて視線を絡ませ、避けられないものを拒み、愛しい敵から逃げ、情熱を掻き立て、恍惚がいよいよ頂点に達する、もはや回り道は許されない、我を忘れ、呪縛されたようになる。

とうとう赤と黒のネコが身を低くして、地面に平らに寝そべる、その上にライオンが乗り、黄灰色の体を沈める。近縁の彼らに違いはあるとはいえ、事の成り行きは周知の通りだ。ライオンが吠えながらトラのうなじを噛み、トラは唸り声をあげライオンに襲いかかろうとする。そして二頭は交尾する――その目は見えているのか、いないのか――ひとえに非自然な距離に強いられて。いま起きていることを妨げられる力はこの世にない。何が反自然で、何が自然法則か、だれが決めるのか。彼らは繁殖を拡げる者と何が違うのか。彼らは種族の裏切り者であると同時に守る者でもある。彼らの交尾が強制されたものであったことが、彼らの子を悲しませることはない。

そして百日後、あたかも幻のように、始めは夢であったもの、キメラのような生き物が帰ってくる。その生き物において両親の性質は二倍になると同時に半分になっている。黒いが房のない尾、白っぽい腹、短いたてがみ、明るい砂色の毛皮、赤みを帯びた黄土色に光る斑点や縞、立ち姿は父親、横から見た姿は母親。その輪郭はライオンの真っすぐな背中と、コイのようなトラの背中が混ざっている。怪物じみた巨大さと、矛盾する性格。刺激に敏感な性質はトラで、ストイックで粘り強い性質はライオン――孤独を強いられた群棲動物、水を嫌う泳ぎ手、人々の視線を釘付けにする恰好の呼び物――雑種、ライオントラ、ライガー。

彼らは至る所に登場する。色彩銅版画に描かれた、ある英国の興行師の移動動物園で飼われていた三頭の子ライガー。母トラの元から奪われ、乳母としてテリア犬をあてがわれたが、すべて一年以内に死んでしまった。素朴な色彩画には、建物の中のライオンとトラとライガーの親子、そして真ん中に猛獣使いがまるで彼らの子のように描かれている。また、砂色のライガーが銀色の水着姿の女性と一緒に写っている映画もある。巨大な獣、世界最大のネコ科、この雄は旺盛な性衝動を持ちながら、生殖能力を封印されている。

甲高い叫び声が、上の方の席に響き渡った。人々はびくっとして周りを見回すと、ふたたび闘技場へ顔を戻した。夢は不意に終わりを告げ、彼らの子は産まれぬまま終わった。そんな考えを振り払うかのように、出来事はテンポを速めた。広い地球とそこに存在する無数の世界は一瞬で小さく縮んで、この半円の中、この不毛な場所、砂と人間と岩からなるむき出しの囲い地、ハエが飛び回り、人々が手でせわしなく風を送る囲い地の中へと凝縮した。

トラは立ち上がり、ふたたび敵の周りをぐるぐる回った。追いつめられたライオンは防戦するが、その攻撃はたびたび狙いを外した。赤いネコはいったん下がり、大きくジャンプすると、矢のように空を切ってライオンの背に着地した。二つの巨体は血だらけになり、茶色い埃まみれになりながら闘技場を転げまわった。ライオンはかすれた声で吠えてトラを振り払い、喘ぎ、よろめいて膝をついた。その背には二つの傷がぱっくりと口を開き、深い噛み跡からは血が吹き出していた。つづいてトラはライオンの肩に飛び乗り、その喉に裂肉歯を食い込ませた。ライオンはたてがみのおかげで、かろうじて窒息死を免れた。トラは自分も息を吸うために顎の力を緩めた。その口にはライオンのたてがみがごっそりと付いていた。ライオンは体勢を立て直し、反撃に出た。トラは体勢を崩しかけて踏みとどまり、もう一度突進した。ふたたび二頭は組み合った。トラはライオンの上にのしかかり、その肉に食らいついた。ライオンは立ち上がってトラを振り落とし、口を開けてかすかな声をあげ、砂の中にどうと倒れた。そしてそのまま動かなくなった。

トラは自分の作品を眺めると、崩れるように腹ばいになり、震えながら自分の傷を舐めた。毛皮の縞模様が血でぼやけていた。

クラウディウス帝は、いつもの大きく下品な声で笑った。口角に泡が貼りついている。彼は立ち上がって一歩前に出ると、亡き母を讃える演説を始めようと口を開きかけた。今日は死んだ母親に生贄を捧げる追悼闘技会だった。

しかし、口の中で言葉はもろく崩れ去り、彼は黙って肘掛椅子にふたたび身を沈めた。かつて母親が彼に投げつけた酷い名前が、耳の中でこだまする。生まれ損ない。その悪意に満ちた言葉が、彼の中でいつまでも響いていた。物心ついてからずっと彼につきまとう呪いの言葉が。だれが母を責められよう。何が彼を権力の座につけたのか。それは彼が生きていたというだけのこと、皇帝一族の唯一の生き残り、一族最後の人間であったという、ただそれだけの事情だった。だれも彼のことをまともに相手にしなかった。生まれ損ないの彼を。

つまり彼がその地位を継承したのはまったくの偶然にすぎず、彼は最初から対象外だった。民衆のための慈善者、生と死の支配者。彼は元老院議員たちの大理石の肘掛椅子、騎士たちのトーガの緋色の縁取りと、彼らのもの問いたげな視線を見た。この不安さえなければ、支配することも容易になろうものを。彼のこめかみを汗が流れた。

鐘の音が鳴り響き、門が開く。観客たちが歓声をあげる。一人の男が闘技場に姿を現す。闘獣士だ。身にまとうのはチュニカのみ、甲冑《かっちゅう》も盾もない。両脚に脚絆《きゃはん》を巻き、左手に馬勒、右手に槍。彼はその槍を、観衆を指揮するかのように何度も高く突き上げた。トラは半裸の人間を見ると、そろそろと近づき、とびかかろうと身構えた――だがその瞬間、槍がその胸を貫いた。トラは無我夢中で身をよじり、槍を振り落とそうともがいた。頭ががくりと垂れ、目は信じられないようにまだ何かを探し求めた。そのまなざしは闘獣士へ、狂ったように沸き立つ観客へと向けられ――そしてトラはどうと倒れた。目が曇り、視線は凍りついた。鮮血が鼻の穴から流れ出し、開いた口から赤い泡が溢れた。すでに闘獣士は闘技場をぐるりと一周し、盛大な喝采と声援、翻る旗、熱狂的振舞いをその身に受け取っていた。職務は果たされた。ふたたび秩序が取り戻され、混乱《カオス》は一瞬克服された。

観客席は次第にまばらになった。静寂が戻ってくる。男たちが来て、死体を闘技場から引きずり出し、何百もの他の獣の死体が積み重なる地下墓所《カタコンベ》へと運ぶ。空気には腐敗臭が漂っている。午後にはメイン・プログラムの剣闘士《グラディエーター》試合が始まることになっていた。

ヴァリス・アルプス

ゲーリケの一角獣

＊物理学者オットー・フォン・ゲーリケはとりわけその真空実験によって名を知られるようになったが、発掘された個々の骨から動物骨格模型を作った最初の人物でもある。しかし一六七二年の著作『新たなマグデブルクの実験』において、クヴェトリンブルクにほど近いゼヴェッケンベルク丘陵の石膏採石場で一六六三年に発見された「一角獣の骨格」に言及しているゲーリケは、実際には一角獣の骨を発見したのでも、ましてや復元したのでもなかった。一七〇四年と一七四九年に描かれた二枚の銅版画が与えてくれる手がかりによれば、これらの骨はマンモスやケブカサイなど、何体かの氷河期の脊椎動物のものであった。

†問題の骨はクヴェトリンブルクの女子修道院に保管され、一つまた一つと好事家《こうずか》の手に渡っていった。今日、高さ三メートルを超える複製品《レプリカ》の一角獣骨格が、地元貯蓄銀行からの長期貸与品として、マグデブルクの自然史博物館に展示されている。

何年か前のこと、私はしばらく山で過ごした。絶え間ない緊張に疲れ、知人が提供してくれた人里離れたアルプスの集落にある山小屋に二、三週間籠《こも》ろうと決心したのだった。私は怪物《モンスター》のガイドブックを書こうという、当時の私には独創的に思えたアイデアを宿していた。人間の空想から生まれた怪物たちは、この本の企画を提案する際、私はそう無邪気に主張した、その存在を再三否定されているにもかかわらず、現実の動物相《ファウナ》の代表者たちと同じように、いまなお当然のようにこの世界に棲まいしている、そしてそれゆえに、と私は潜在的資金提供者たちに訴えた、彼らの性質や姿形、古くからの生活空間および特徴的行動を探求し、体系化することができる。竜を殺す必要はない、解剖するのだ、私はいくらか荘重な口調で付け加え、その本の対象読者やボリュームや装丁について深く考えないまま契約書にサインすると、次の夜行列車に飛び乗り、南へ向かった。

昼頃、中世の姿を残す小さな町の駅に着いた。四月半ば、空気はまだ冬のような冷たさで、太陽は弱々しく、乗り継いだバスの道のりは永遠に続くかに思われ、バスの終点から集落までの道は石だらけで険しく、隠者の庵《いおり》への道とはこういうものだろうと私がかねがね想像していた、まさにその通りだった。大きな岩がごろごろした、つづら折りの狭く険しい山道を辿《たど》りながら、子どもの頃どちらかというと怖がりで、ホラー映画と一人でいることを何より恐れていた私が、いまや好き好んで孤独を求め、身の毛もよだつような人間の想像力の産物にあえて取り組もうとしていることを考えて可笑《おか》しくなったことをいまでも覚えている。しかし登りの道がこれほど長く骨が折れたのは、何よりまず鞄に詰め込んだ大量の本のせいだった。

あたりが薄暗くなり始めた頃、岩の多い斜面の向こうに、山腹に散在する黒と白の家々がようやく姿を現した。周囲は静まり返っていた。頭上の送電塔の電線だけが、ブーンとかすかに唸っていた。私は言われた通りの隠し場所に鍵を見つけ、上階にある、質素だが広々としたカラマツの厚板張りの部屋に足を踏み入れると、薪入れから薪を取ってきて暖炉の横に積み、火をつけ、紅茶を淹れ、ベッドを整えた。それからまもなく、夕闇が山の斜面と私の新しい住処《すみか》の上に降りた。最初の夜は、私の記憶が正しければ、夢も見ない深い眠りだった。

翌朝目を覚ますと、天窓の空はまるで水っぽい粥《かゆ》のようで、自分がどこにいるのか思い出すまでしばらくかかった。窓の外には樹木でびっしりと覆われた谷壁と、無数の皺が刻まれ、雪をかぶった頂が聳《そび》えていた。私は台所のテーブルに置いてあった地図の書き込みとそれらの山頂を見比べてみたが、特定することはできなかった。もしかすると私が海辺で育ったせいかもしれない。海は高みもくぼみも知らず、嵐の時ですら形を持たないから。谷間《たにあい》の広い盆地をえぐる溝の黒い線影に目を奪われたまま、そう私は考えた。

パーカを着、登山靴を履いて外に出ると、まっすぐに森へ向かった。アオガラがさえずり、クビワツグミが高い声で鳴き、窪地には残雪がきらめいている。蛍光緑色に発光する、彫金細工のように繊細な腕を持つ繊維の塊がそこかしこの木の幹を覆っている。これもまた、自然界にはきわめて人工的に見える生物すら存在しうるという私の主張を裏づけるものだった。緑色の塊は簡単に樹皮から剥がれ、私の上着のポケットの中で乾いた苔のような感触を与えた。三十分ほど歩くと、峡谷がまるで傷口のように山腹にぱっくりと口を開けているところに出た。手の甲ほどの幅しかない細い橋板が、暗く湿った深淵にかかっていた。

私はただちに回れ右をした。ふたたび集落に戻った時、太陽はちょうど東の稜線を越えたばかりだった。空気はまだ冷たい。自分の吐く息が白く見えた。それは私の山小屋の煙突の煙とともに、人間の存在を示す唯一のしるしだった。他の二十数軒の家々は沈黙している。それらは石の土台の上に建てられた黒い丸太造りの建物で、屋根の棟は谷間へ向いていた。窓と鎧戸は閉ざされたままで、集落の端にある礼拝堂の扉も鍵がかかっていた。その前に標石を削り出して作られた、家畜用の水飲み場の桶があった。水は氷のように冷たかった。

最初の一週間は、とくに何事もなく過ぎた。毎日八時に起き、朝食前に例の谷間まで長い散歩をして戻り、まるでそれまでの人生で他の事などしたことがなかったように、薪を何本か火にくべ、コーヒーを淹れ、ゆで卵を一つ作り、台所の丸いテーブルに座って本を読んだ。私はまったく一人きりで、谷を下った村にある食料品店へたびたび行かなくてもいいように、最初の数日のうちに膨大な量の備蓄をした。薪は豊富にあったし、同様に大量の本と、精神分析学、医学史、隠棲動物学、その他空想関連の研究文献のコピーがぎっしり詰まったファイルもあった。私が繰り返し白日夢で見るような大災害がもしも訪れたとしても、少なくとも燃料にはしばらく困らないだろう、と考えて私は満足した。

こうして私は研究に没頭し、あっという間にまる一冊ノートを埋めてしまった。さまざまな怪物や空想生物の形態的特徴、彼らの伝説を構成する要素、恐怖の渦巻く世界において彼らがそれぞれ担う役割をそこに書き留めていったのだ。正直なところ、私は少し失望した。同じ話の繰り返しなのは一目瞭然だった。どの新しい物語も旧知の物語の混合物であり、そこに登場するどの生物も想像と経験の少し意外な混血児《あいのこ》であることが露見した。要するに種の多様性に乏しく、むしろ本物の自然の方が架空の物よりいくぶん奇抜だった。これらの怪物の物語がそろって証明していたのは、せいぜい典型的なストーリーとモチーフを飽かず繰り返す粘り強さくらいのものだった。五百年ごとに炎の中で焼け死んで、自らの灰の中から甦る《よみがえ》る不死鳥《フェニックス》、尊大なスフィンクスとその謎解き、メドゥーサやカトブレパスやバジリスクの死のまなざし。最後に必ず退治される、ありとあらゆる種類の竜、硬い皮膚に覆われたその翼、大気を悪臭で満たす息、黄金への渇望、そして避けがたい彼らの血の海。異なる文化圏の空想動物すら、期待したような変化をもたらしてはくれなかった。基本的につねに同じだった。女性の純潔は守られるか、あるいは犠牲に供されなければならず、男性の勇敢さは証明されなければならず、獣は屈服させられ、異国の物は征服され、過去は克服されなければならなかった。こうした記述においてとくに気に食わなかったのは、わざと声を潜めて重大なことを話すような態度、前代未聞さを強調する大袈裟な身振り、迫り来る厄災あるいは太古に起きた厄災をほのめかす常習的手口だった。そしてそれにもましてうんざりしたのは、そうした怪物の中に誤解された現実しか見ようとしない学者たちの導き出す結論だった。彼らには謎めいた物など一切存在しない。犬の頭を持つ民キノケファルは略奪行為をはたらくならず者の一団に過ぎず、不死鳥《フェニックス》は輝く朝の太陽に溶け込むフラミンゴ、古い宗教的ビラに登場する海坊主は迷子のモンクアザラシ、一角獣はサイを間違って翻訳したもの、もしくは横から見たオリックス。ところがよりによって、なぜ竜はまぎらわしいほど恐竜に似ているのかという身近な疑問に対する納得の行く答えは、残念ながらどこにも見つからなかった。

それでも私は当初の計画通り、とりあえず怪物の分類を試みた。しかしまもなく私の分類は、たとえばチューリヒの自然科学者が十八世紀初めに行ったスイスの竜の分類と比べて、より役に立つものでも珍奇なものでもないという結論にいたった。私はたしかにグリフィンがヒュペルボレアまたはインド由来であり、巨鳥ロックがアラビア由来であること、中国の竜は五本の足指、朝鮮の竜は四本、日本の竜は三本の足指を持つこと、バジリスクが湿った井戸の竪穴に棲むこと、南米の食肉植物ヤテベオが持つ棘のような腺毛《せんもう》は死に至る潰瘍を引き起こすことを学びはしたが、それで理解が格段に深まったということも、いくばくかの満足感を得られることもなく、モンゴルの緋色の死の虫オルゴイ・コルコイをそもそも線引きが曖昧な隠棲動物のグループに入れるべきか、それとも単純にヘビの仲間に入れるべきかについて頭を悩ませた。

私がある日、もっとましな怪物を自分で創ろう、できることなら宇宙論を含む一つの世界、オリンポスをまるごと創造しようと思い立ち、執筆に行き詰まった時によくやるように、絵を描くことに向かったのも無理はない。ところが、持ってきていた一握りの水彩絵の具を使ってスケッチした最初の生き物からしてすでに、毒々しい緑色に光る鱗《うろこ》のある皮膚、鉤爪の付いた足指の間の分厚い水かき、赤くただれた眼にもかかわらず、恐怖をかき立てるというよりはむしろおどけた印象を与えた。自分をそれほど無能に、退屈で空っぽに感じたことはめったにない。人間の想像力よりも自然の進化の方がはるかに発想に富んでいることは否定すべくもなかった。船乗りの物語に登場する巨大クラーケンなど、ダイオウイカのパートナー探しに比べれば何であろう——そのあまりにも長い旅ゆえに、ダイオウイカは光の届かない深海で出会う同族すべてに、相手の性別を確かめることなく即座に精子を注入するという。同様に、ギリシャ神話のハルピュイアの鉤爪は、同じ名を持つ鉤鼻の猛禽《もうきん》の見るも恐ろしい姿と比べて、ヘラクレスに首をはねられてもがき苦しみながら死ぬ九頭のヒュドラは、淡水ヒドラの不死性と比べて、ヒステリックに宝物を守る神話やメルヘンの竜は、ガラパゴス諸島の岩場でまどろむ巨大イグアナの悠然とした無頓着さと比べて、一体何であろう。

私は読書をたびたび中断しては、熾火を見つめ、硫黄色に光る繊維の小さな塊に触れ、ここへ着いてすぐにより分けておいた奇形についての記事のコピーの裏面に、いろいろな書体で自分の名前を書きつけた。また時おりナイトテーブルの引き出しに見つけた上ヴァリス地方の伝説集を少し読んで、そこにさまよう罪深い使用人たちや子殺しの女たちの魂でもって怪物のことから気を逸らし、爪を切り、太く黒い髪の毛がまるで栞《しおり》のように本の溝に落ちるまでひたすら髪を梳《と》かし、ほとんど電波が届かないにもかかわらず携帯の画面に目をやり、まるでだれかを、それとも何かを待っているかのように、窓から谷の向こう側の山壁を眺めた。

それから十二日めか十三日めの夜のこと、私は浴槽いっぱいにあふれるヘビの夢を見た。そのずんぐりした短い体は、どちらかというと足を切り落とした大トカゲを思わせた。いちばん奇妙だったのはヘビたちが少女の頭を持っていることで、初々しいバラ色の顔とブロンドの長いおさげ髪をしていた。私は彼女たちと話そうとしたが、彼女たちは黙ったまま、代わりにふわふわと宙に浮かび上がると、部屋の中を飛び回った。ただそのまなざしから、彼女たちが私と同じように感じていることがわかった。目が覚めると、私はついバクのことを思った。バクはゾウの頭、雄牛の尾、トラの脚を持つ日本の妖怪で、主に人間の悪夢を養分としている。私の夢ははたしてバクの口に合ったかしら、と私は考えてみる。

私はこの日の調べ物を中断して、人中に出ることにした。空は曇り、灰色の靄状の雲が森の上にまばらにかかっている。色彩は生気がなく、しかしそれゆえにかえってすべてが非現実的にくっきりと浮かび上がっている。タール舗装の道、アスファルトの亀裂、車道を縁どる蛍光オレンジ色、どれもヘビのようにも、できそこないのクエスチョンマークのようにも見える。私にはわかっていた。仮に双頭のヘビがいたとしても、それだけではしるしにはならない。それに遭遇する人がいて初めて、それはしるしとなるのだ。坂が急になるにつれて、高低差に合わせて私の歩みは速く、小刻みになった。遠くの斜面に羊が数頭いる。動物は人間よりも容易に傾斜に耐えるらしい。彼らは急傾斜の土地でも生きられるのだ。この一時的な状態が、私にとっての平地と同じように、彼らにとっては通常なのだ。斜面の至る所から岩が突き出し、まるで意図したかのように偶然に風景の中に散らばって、風雨にさらされた側は苔むしている。これがすべてひとりでに生成したもので、考えて設計されたのではないというのは想像しがたいことだった。人の手を加えずに生み出され、次第に形を整えられた。ただしまったく予測はつかない。自然の方が神よりもはるかにいろいろなことをなし遂げ得る。それでも私は、じつは神が私たちをからかうために、いまだかつて存在したことのない生き物の化石を地層の中に隠したのではないか、という想像に心を動かされた。そんなお粗末な冗談のために、これほどの手間をかけたのだとしたら。私は一瞬、本当にそうだったらよいのにと願った。

私はだんだん汗ばんできたが、かといってセーターだけで歩き回れるほど温かくもなかった。いちばん難しかったのは、下りのリズムを見つけること、重力を推進力に変えることだった。なだらかな丘を一つ越えると、靄が晴れた。眼下には草原《ステップ》のような斜面、そしてさらにその下の、不意に驚くほど近くに、黄緑色の谷底の平地、かつての海の底が広がっていた。可能性は強力な温床だった。何千年も前の脊椎動物が、地球内部の迷宮のような洞窟で発見されるのを恐れている、いや、それとも待ち焦がれてさえいるなどというのは、ほとんどあり得ないことのように思われたが。もしかすると竜とは原初の経験の色褪せた写し絵、太古の時代の残留物ではないのか。生物と同じように、記憶もまた存続の確保、自己保存、子孫を残すことを強く求めるのではないか。結局のところ画像の力、一度目で見た物の力ほど化け物じみたものはないだろう。白い肌の女たちの、伝説めいた逸話が頭に浮かんだ。彼女たちは受胎した時に聖マウリティウスまたは洗礼者ヨハネの聖人画を見ていたために、肌の黒い子ども、または毛むくじゃらの子どもを産んだとされる。だがもしその通りだとすれば、この世はどんな生き物であふれていることだろうか。記憶の痕跡はどこまで辿れるのか。ある地点から先はすべてが霧の中だった。世界蛇ウロボロスは自分の尾を噛んでいた。

道の分岐点に、いつもの黄色い案内標識が立っていた。私はその身振り、精確な指示と揺るぎなさに感心した。世の中にはかくも明白で誤解の余地のないことがあるのだ。いろいろなことわざや言い回しが頭に浮かんだ。ほら、何と言うのだったか。歩めば、それが道となる。とにかく力を抜いてみよう、手を放してみよう。何度この言葉を聞き、その場で凍りついたことだろう。頭で考えることは山ほどできる、だがそれは感じることの役には立たない。全身は握りしめた拳のよう、力ずくで開かせることしかできない。心臓の下ではなく、手の中。とにかく固く信じること、という例のおまじない。クリスマスツリーの下に置いた願い事の紙。世界の脱魔術化は結局のところ、あらゆるおとぎ話の中でもっとも偉大なものだった。子どもの魔術的思考は、どんな統計やどんな経験値よりも強力だ。数え歌が突然現実になり、敷石の道の割れ目は得も言われぬ恐怖となって、そこを踏んだらおしまいだった。神話が相手では勝ち目はない。たしかに、奇跡が絶対に起こらないとは言いきれないが、奇跡はあてにできない。原因と効果は混同されがちだ。何が願望で、何が意志で、何が単なる身体の機能にすぎないか。手を放すこと、それともしっかりつかまること。器になること。計算するのを諦め、いまあるよりも大きな存在を認めること。神の恩寵だとか、恭順さのようなもの。それはただの屈辱。

ようやく地形が平らになってきた。道はここから段畑と牧草地に沿ってつづいていた。牛が一頭だけ立っていた。張り出した角《つの》とピンク色の濡れた鼻、毛むくじゃらで、どこにも眼はなく、あるのは赤茶色のもつれた毛ばかり。電流のかすかな音。サクラの木が数本、瘡蓋《かさぶた》だらけの樹皮が緑青《ろくしょう》のように光っている。そして穀物倉の向こうに、村の家々の灰青色に光る屋根が現れた時の驚き。集落は谷と牧草地《アルプ》の中間ほどの高さにあり、空気は薄く、草地は青々としている。道は集落の通りへつながっている。まるで雨の後のように、アスファルトが光っている。その場所はまるで死に絶えたように、しんと静まり返っている。ネコ一匹いない。建物は互いに密接して建ち、屋根から屋根へ飛び移ることもできそうだった。住宅は納屋や廏《うまや》やガレージで変化をつけていた。家と家の間に、狭くて暗い通路と石段が付いていたが、せいぜい腕半分くらいの幅しかなく、そのあまりの暗さにまるで山の内部へ、時間のより深い層へまっすぐに通じる道のように見えた。

どこからか唸り声が聞こえてきた。つづいて鈍い衝撃音と、ドンドンという音、そして不意にうめき声。音はある山小屋の下の階から来るようだった。木の扉は古びて銀色がかった灰色をしていた。膝くらいの高さに割れ目が一か所あり、ちょうど目一つ分の幅だった。私はそこから中を覗いた。中は真っ暗だった。少し経つと、何かが見えてきた。不恰好な塊が藁の中にある。表面はねばねばした、白っぽい膿状の層で、血の混じった粘液にまみれている。それが何であれ、まだ生きているようだ。脈は不規則で虫の息、終わりの始まり。細胞の増殖、良性か悪性かは切ってみないとわからない。女医の言葉に誤解の余地はなかった。生理学上はすべて申し分ありません。「生理学上は」身体はいつでも正しかった。目の前の肉の塊は、まるで手術で摘出された臓器のようにぴくぴくと動いた。私は博物館の展示ケース内の、色褪せた、しばしばそれが何なのかもはっきりわからない臓器を思い出した。ホルムアルデヒド液の中で保存され、分類された寄せ集め、そこでは規格外の物を標準的な物から区別するのは困難だった。重要なのは視覚性。音楽と照明も大事、あとは想像に委ねる。目それ自体は愚かだった。塊はまたぴくりと動いた、あるいは動かされた。血まみれの袋状のものが見える。ぶるんと揺れ、床に滑り落ちる。袋はまるで縛られているかのようにもがきはじめる。屠殺の場面。仕留められた獣。突然、黒い口が現れ、下へ降りていく。小さな、尖った黄色い歯、長い舌、それがリズミカルな動きで粘液を舐めとり、平らげる。蹄が一つ、塊をつつく、するとそれはふたたび動きはじめ、形をとりはじめる。胴体、そこから脚が出る――痩せてひょろ長い、黒と白の曲がった脚が、宙に突き出している――短い尾、頭、後頭部は平べったく、顔は真っ黒だ。目が一つ。その時になって初めて私は臭気に気づいた。汚れた毛と、羊の糞と、滴る血の臭い。私は気分が悪くなり、頭を引っ込めた。膝に刺すような痛みを感じたが、何歩か歩くと痛みは和らいだ。人気のない中央通りを下り、白い漆喰塗りの教会へ。教会の細く尖った高い塔は、まるで目打ちのようだ。教会広場にはバス停や郵便ポストや赤い消火栓が並び、何もかもが無害な感じで、まるで新聞の趣味の悪いページ、「あれこれ」とか「パノラマ」とか「世界から」と題した欄に出てくる生々しい犯行現場のようにだった。世の中の犯罪がいっぺんに二倍になる――行為と、考えと。だれかの願望は、別のだれかの恐怖。すべての限界は越えられるためだけにある。

店に入ると、小さなベルが明るい音でせわしなく鳴り響いた。人の姿はない。天井までぎっしり詰め込まれた棚に、色とりどりの商品がきちんと小綺麗に並べられている。まるで迷路のようでいて、そのわずかな狭い通路は必ずレジと、そしてふたたび出口へ通じているのだった。お腹は空いておらず、喉も渇いていなかった。他に何かを買う気もなかった。欲しい物もなく満ち足りたような、そうでもないような気持ちで、私のカゴは空っぽのままだった。ふたたびベルが鳴った。一人の男が駆け込んできた。ぴかぴか光るボタンの付いた古い制服を着て、いかにも話しかけてほしそうに私を見た。私はレジを通り過ぎた。するとそこにまるで湧いて出たように女性が立っていた。店員だ。その目はまるでこの場所で一生暮らしてきたかのように虚ろで、疲れていると同時に期待に満ちていた。ここでこの女性を見るのは初めてだった。私は本能的に新聞をつかみ、小銭を探した。店員はさっきの男に向かって何か声をかけた。私は一言もわからなかった。どんなに頑張っても、絶対に理解できるようにはならないだろう。店員は座り、手を膝に置いた。するとそれが見えた、右手首の内側の刺青《いれずみ》が。白い馬の頭部で、額に淡青色のねじれた角が生え、全体はバラ色の雲に縁どられている。私の硬貨がキャッシュトレイの中でシャリンと音を立てる。店員が何かたずね、私は慌てて首を振る。そしてまたしても羞恥にかられる、ここでは話しかけられても、何もわからなかった。金色の腕輪が二本、刺青の上を滑り、また戻る。手と一角獣が店員の顔に近づく。指がブロンドに染めた髪に触り、毛の房を整える。ほんの一瞬、それはごく近くから私を見つめた。大きな青いコミック的な目の中で、白い点が輝いている。その視線は親しげで無邪気であると同時に厚かましくもあった。あっという間に一角獣は消えた。開いた引き出しの中で、釣り銭を探しているのだった。

だがそれはしるし、きわめて明白な指示だった。見過ごすことも、聞き逃すこともできないしるし。私は聞こえないようなふりをして外に飛び出した。神経に障る音がもう一度鳴り響く。私はふたたび教会前広場に出ると、中央通りを足早に、ほとんど足どりも軽く、しかし慌てずに山を登っていく。戻るのか去るのか、どちらでもよかった。心臓の音が不意に大きくなる、まるで狩りに出る時のように、それとも逃げる時のように。心臓はひどく臆病で、口から飛び出しそうだった。歩き続けること、重力に身を任せることは気持ちがよかった。一歩一歩、角から遠ざかる。竜は退治されたかもしれない、死んで土に埋められ、化石となったその骨は骨格として組み立てられ、鋼鉄のコルセットの助けを借りて博物館に展示されるかもしれない。しかし一角獣は、この悪趣味で滑稽な、底の見透かせる獣は不死身だった。根絶しがたく、つねに至る所に存在した――店員の手首だろうと、バーゼルの死《トー》者通り《テングスライン》にある驚異の部屋《ヴンダーカンマー》だろうと。それはつやつやと光りながら立っていた、硬く、眩暈を起こさせるほど大きく。自分自身の顕微鏡標本《プレパラート》として。それは最大の怪物。「さわるな」とそこには書いてあった。まるで私が象牙を愛撫する隙を狙っているとでもいうように。自然がろくろで作り上げたカルシウム燐酸塩。あらゆる毒に効く薬。奇跡の薬。しかし私は病気ではなかった。申し分ない状態。角にだまされるほど絶望してもいない。それに私はもはや処女ではなかった。だがことによると、一角獣の目にはそう映っているかも。彼は私を一体どうするだろう、森の中で。頭を私の胸にこすりつけるだろうか、角を私の膝にうずめるだろうか。いずれにしても結果は同じことだろう。処女の愉悦? 角のある所には穴がある。処女膜もまた単に貫通すべき敵にすぎない。もぎ取られなければならないリンゴ。事がそれほど簡単だったらよいのに。

通りはカーブして、その向こうの卓状地に小さな村落が現れた。黒褐色の家々は教会にぴったりと寄り添い、牧草地に囲まれ、険しい岩の斜面のはるか上に建っている。そこまでは百メートルも離れていないが、峡谷によって私とは隔てられていた。深い谷間からそう遠くない柵の中で、二頭の茶色い馬が草を食《は》んでいる。二頭は互いに反対方向を向いて立ち、鏡のように、頭ではなくふさふさした尾を向け合い、まるで見えない馬車につながれて号令を待っているかのようだった。私はその絵に見覚えがあった。だがどこで? 二頭の馬、背中合わせの。学校での授業、歴史の教科書に写真が出ていた、セピア色の図版が。互いに反対方向へ進もうとする馬、鞭の下に首を伸ばし、力いっぱい引く、はみは泡だらけだ。馬具の下の汗のしみ。六頭立て、いや八頭立ての馬車、互いに顔をそむけている。そしてその間に、空気を抜いた一つの球。真空、想像を絶する空虚、死んだ空間。その背景には丘陵地帯の眺望、上空には二つの半球が浮かんでいる、神の盲目の眼球が。空虚より恐ろしいものはなかった。そして怪物はどれもその空虚を埋めるためだけに、見えない恐怖の点を隠すためだけにいた。それを二重に見えなくするために。お腹の力が抜けるような感覚、身体が重くなる。どこにも岩がない、座って休める場所が。私は止まってしゃがみこんだ。内臓がぎゅっと握りしめた拳のようになる。こんな感触なのだろうか、空虚は。空虚はどのくらい重いのか。可能性は強力な温床だった。不可能性もまたしかり。白いトラックが轟音を立てて私の前を通り過ぎる。私は道路を渡り、道の反対側の茂みに暗い開口部があるのを見つけた。それは谷間に作られた林道で、森の奥深くへ分け入るようにつづき、両脇の下草が壁を作っていた。広葉樹は裸で、ところどころモミの木が影を落としている。地面はやわらかく、赤褐色の針葉に覆われている。どこからともなく虚ろな木を叩く音が聞こえてきた。それ以外は完全な静寂だった。私の足音は吸い込まれて、ほとんど聞こえない。道は曲がりくねり、針路が定まらない。ある時は峡谷を下り、またある時は岩場すれすれに進み、日陰の高台まで来たところで道は消えた。地形はいまや広々として、大きな西側の盆地への視界が開けた。山の斜面がまるで舞台の書き割りのように平地へつながっている。靄の中で、この谷の名の由来となった川がきらきらと光っている。そう遠くない場所に、森の禿げている箇所があるのも見えた。地面に落としたマッチ棒のように、木々がでたらめに散らばっている。上空をキバシガラスが旋回し、急降下してはまた上昇して、森林限界の上へと飛んで行った。向こうの山腹に、なかば朽ちかけた干草小屋がかかっている。近寄りがたく、まるで絵に描いたように——白い雪に縁どられ、まるで夏のようにはるか遠くに。あそこへ行く道が実際にあるとは想像もできなかった。道案内はどこだろう、この必要な時に。固められた斜面の、二つの岩塊の間に、石がいくつか段状に並んでいる。ほとんど階段のようだ。方向を示すもの、つまり道ということらしい。膝に痛みが走る、鼠径《そけい》部と、腰にも。身体が教科書に出ている通りにすら動かないなんて。私が何をしたというのだろう、身体が私の言うことを聞かないなんて。身体は自分がしたいようにするだけで、私のしたいことはしないなんて。道はますます険しくなり、もはやカモシカの道といった方が良さそうだった。いずれにしても四つ足の方が向いていいそうだった。私はそうやって少なくとも前進し、手探りしながら、割れた粘板岩やがれの間を這い登っていった。やがて植生がふたたび増えてきた。うっすらと草に覆われた土地、ほとんど牧草地のようだった。それから家が一軒、さらにもう一軒、つづいてまとまった数の家々が山腹に散らばって建っていた。一つの開拓集落、小さな村だった。白い礼拝堂と、家畜用の水飲み桶。それはあの集落、私の集落だった！　私が何時間か前に出発した、あの集落だった。まるでなぞなぞの答えを最初から知っていたかのようだった。すべての回り道は無駄だった。私はまともに迷子になることすらできなかった。私はほっとしただろうか、それともがっかりしたのだろうか。たぶん両方だった。煙突の一本からうっすらとのろしが上がり、小さな駐車場に赤い車が一台停まっていた。私はもうひとりぼっちではなかった。

部屋は寒く、暖炉に熾《おき》はなかった。薪はなかなか火がつかなかった。コピー紙を丸めて足してやると、ようやく炎が火の粉を吹いて燃え始めた。脚が鉛のようだった。夕食の後になっても、痛みは消えなかった。何かに内臓をえぐられるような感じだった。下腹部の鈍痛と胸のひきつる感覚と同じくらい、誤解の余地のないしるしだった。夜、トイレに行くと、下着に黒褐色の血が付いていた。それはしるし、下腹部の鈍痛と胸のひきつる感覚と同じくらい、誤解の余地のないしるしだった。床のタイルの上に新聞が置かれていた。第一面に火事で燃えた森の写真、霧に包まれた景色の中に、焼けて炭になった木々の幹と干からびた緑色の松。ようやく眠りに落ちた頃、外はもう明るくなりかけていた。二、三時間後、私は目を覚ました。すべてが灰色の靄に包まれ、最初は霧かと思ったが、やがてそれは上空から降りてきた雲だと気づいた。私は薪を足し、ベッドに戻ると、アルプスの自然ガイドブックをぱらぱらと眺めた。だんだん目の前がぼんやりしてきて、うとうとと眠りに落ちた。ふたたび目覚めると、雲は濃くなっていた。あたりはとても静かで、世界は死んだのではないかという考えが頭をよぎった。不安ではなかった、むしろ反対に、その考えは慰めに満ちていた。私はテーブルの本を片付け、洗面所で下着を洗って暖炉の上に干し、皺の寄ったジャガイモをいくつか茹《ゆ》でた。晩になって、流し台の下に見つけてあった赤ワインを一本開けた。それから私は自画像を描くことにした。ところが、一つしかない鏡は暖房のない浴室にかかっていて、留め具から外せなかった。

数日後、散歩から戻る途中、一人の男性に行き会った。男は背が低く、その肌はなめし革のようにつるつるしていた。私を見て嬉しそうに、すぐに話しかけてきた、興奮して、この地方の方言にしては珍しく早口で。何か大事なことらしい。私は何も理解できないと伝えた。男はさっきとまったく同じ速さで繰り返し、私はまた首を振った。彼の目は黒褐色で、深い眼窩の奥で濃い眉に守られていた。男は私をじっと見、それから自分の長靴に目を落とし、残念そうな身振りも挨拶もせずに去って行った。

その夜、長い稲光を伴う雷雨があった。嵐が窓の鎧戸を引き剝がそうとした。眠れなかったので、自然ガイドの写真を眺めるうちに、あの蛍光緑色の繊維の塊を見つけた。私の台所のテーブルを飾っているあれだ。それは肉食の脊椎動物の神経系に対して高い有毒性を持つ、オオカミゴケだった。私は乾いた緑色の塊をつまむと、スコップを見つけてきて、雨の中家の裏に埋めた。その後、長い時間をかけて洗剤で手と腕と顔を洗った。そしてようやく深い疲れ切った眠りに落ちた。

翌朝目が覚めると、カッコウが呼んでいた。私はその呼び声に従い、外に出た。温かい山おろしが吹いていた。淡青色の空を背景に、ギザギザの稜線がまるで切り絵のように見えた。空が山の手前側に食い込んでいるのか、それとも山が雲の手前にあるのか見分けがつかなかった。草の上に露がたまっていた。森の中の白い塊は、溶けて縮んで小さな点になった。遠くからザアザアという音が聞こえた。峡谷を水が流れ、音を立てて低い所へと流れ下っていた。雪解けが始まっていた。私は小屋に戻り、荷物をまとめ、掃除機をかけ、鍵を薪の後ろに隠すと、谷間へ向けて出発した。

地獄谷

サケッティ邸

あるいはピニェトのサケッティ侯爵邸

★ジュリオならびにマルチェロ・サケッティ兄弟によって発注され、一六二八年から一六四八年にかけて建築されたサケッティ邸は、建築家ピエトロ・ダ・コルトーナの初期のもっとも重要な作品と見なされている。

†十七世紀末頃、館は早くも崩壊を始めた。十八世紀半ば、建物の両翼が倒壊。一八六一年以降、最後の残骸が撤去された。

すべての支配者と同様、この街も二つの身体を持っている。死すべき運命《さだめ》の身体は、辱められた死体のように横たわっている。大理石が窯で焼かれ石灰と化す採石場。その青白い岩石は化石を秘めてはおらず、自らが太古の写し絵、記憶の傷ついた塊である。一方、不死の身体は、廃墟の前で夢見つつ立ち止まり畏敬の念に打たれる異国人の空想の塵《ちり》の中から立ち現れる。貴族や富裕層の子弟の一団が、画家や版画家や文士に率いられてこの街に来襲し、スペイン広場周辺の宿屋を占領する。来る年も来る年も、北の緯度から来た芸術家たちが埃だらけの郵便馬車から降り立った。革の書類挟みに、領主からの推薦書や後援者からの手当、もしくはどこかのアカデミーの奨励金——そして何年も昔にひと冬のつもりでここへ来て、そのまま留まっている同郷人の連絡先を携えて。

彼らは廃墟をまるで聖遺物のように崇拝し、その復活に望みをかけ、失われた、満足を知らぬ豪華絢爛《けんらん》にうっとりした。つねに何かが欠けていた。目は見る、脳は補う。断片は建物になり、死者の行いは甦る、かつて実際にあった以上に素晴らしく、完璧に。この神聖な街、歴史の首都で、かつて文化財保護という考えが生まれ、全国民がその継承者であると宣告されたのは、トラヤヌス帝が自らとその勝利を称えるために造らせて以来千年以上の時を経たドーリス式円柱を「この世が存在する限り」無傷のまま保存すべきこと、そしてこれを損なおうと企てる者を厳罰に処すことを古代ローマの元老院が決定した時だった。ローマは滅びたのではない、過去は過ぎ去ってはいない、ただ未来がすでに始まったというだけ。この場所は時代と時代のはざま、世界劇場の半円の中で、古《いにしえ》より押し寄せる大衆の愛顧を願うさまざまな建築様式の間に宙づりになっている。ロマネスク様式のバジリカと砂に埋もれた凱旋門、バロック様式の教会の正面《ファサード》と中世の切妻、煤けたピラミッドとルネサンス様式の邸宅——それは死んだ材料と生きた材料からなる、巨大な複雑に絡み合った有機体《オーガニズム》であり、偶然と必然、そして太陽の法則によって支配されていた。

これらの遺跡を、その住人たちの惨めな日々の暮らしと隔てる柵はない。彼らは遺跡に感嘆もせず、ただ他の場所と同じように暮らしている。アーチの下にたむろする半裸の乞食たち。壁で囲まれた柱廊の入口の陰で、傷みやすい商品を売りに出す魚売り。古代の公衆浴場で亜麻布を洗う女たち。崩れかけた神殿の中へ羊を追い込む羊飼いたち。羊たちは、かつて生贄として捧げられたその異教の祭壇《カ》の前で草を食んでいる。野生の獣や強情なキリスト教徒たちの骨が眠るフラウィウス円形闘技場の地下墓所《タコンベ》から、多孔質の黄味をおびた白色のトラバーチン石材を運び出す日雇い人夫たち。使える物はまた建築に充てられるか、船でどこかへ送られた。建材を再利用する商いが栄えた。遺跡は純然たる財産だった。といっても宝を掘り起こすのではなく、アルバニアの山から銅を採掘するように、準鉱石を解体するのだ。

ローマの遺跡保護のために心を砕く者はごく少数だったが、ヴェネツィアからやって来たジョヴァンニ・バッティスタ・ピラネージほど炎のような好戦的な性格の持ち主はなく、彼を励まし経済的に支援してくれる人々とことごとく不和になった。よって人間よりも石と付き合う方を好んだこの男が、三十三歳にして一人の女性を見つけたことはほとんど奇跡に近い。彼が自分の少なからぬ持参金をすべて膨大な量の銅板に投資してしまったにもかかわらず、彼女はこの人間に耐え、彼のために五人の子を産んだ。軋轢《あつれき》と怒りの発作と並んでこの暗く光る目を持つ長身の男を特徴づけていたのは、献身と犠牲を厭《いと》わぬ心だった。ピラネージの近くに十五分いるだけで具合が悪くなると言った者は、何がこの暗い額の胆汁気質者を真に悩ませているのかを見誤っていた。まるで熱に浮かされた時のように遺跡が彼に語りかけ、安らぎと眠りを奪い、次々に映像を呼び覚ました。古代ギリシャの芸術がローマの芸術に勝っていると主張してはばからない若い世代や無知な輩《やから》の嘘を罰するために、彼はそれらの幻影《ヴィジョン》を記憶に留めねばならぬと信じた。恋する者のような一途さで、彼は時代の無思慮を糾弾した。彼は毎回新しいパンフレットに書くのだった、現代のお粗末な無知は、過去の途方もない崇高さを知る者を絶望させざるをえないと。そしてピラネージはそれを知る者だった。彼は見たのだ。子どもの頃、アドリア海から押し寄せる波への防護壁を整備する技師であった彼の伯父の、潟湖《ラグーン》のゆらめく灯りに照らされた小部屋でローマの歴史家の年代記を読んで以来、古代人が彼の夢の中に住んでいた。

そして現在は珊瑚と同じように、つねに沈みゆく物のまわりに棲みつくゆえに、その古くはないがすでに重々しい身体は、磁石のように深みへと引き込まれていく。地球の内奥へ、地下室と地下墓所《カタコンベ》へ、市門の外の放射道路沿いにある埋もれかけた墓地へ。かつて古代ローマ人は死者たちをそこへ追放した、なぜならこの世でプルートの影の王国ほど彼らが怖れていたものはないからだ。彼らはそこに死者の都《ネクロポリス》を建設した。遺体を焼くことだけが敵の辱めから遺体を守る唯一の方法であることを度重なる戦争で学んで以来、そこには死者の灰だけが埋められた。

　ピラネージは斧と松明でもって藪と夕暮れを切り拓き、ヘビやサソリを追い払うために火を放った。黒いケープに身を包み、月光に照らし出されたその姿は、まるで未来の小説の登場人物のようだ。つるはしと鋤《すき》で地中の王国に向かって掘り進み、台座や石棺を発掘し、古い防御施設や風化した橋の控え柱や支柱を測量し、石塀の接合部分や柱の配列を観察し、建物の正面《ファサード》や土台を調べ、納骨堂の碑文を解読し、柱の縦溝の装飾とアーチの帯状装飾《フリーズ》を模写し、土に埋もれた猛獣の檻や劇場の舞台の平面図と立面図、生い茂る植物に覆われた神殿や城砦《じょうさい》の横断面図と縦断面図をスケッチし――さらに休みない手で、この途方もない建築物群を造るために必要だった梃《てこ》や角材、鉤金具や鎖、振り子や担い棒を描いた。彼にとっては石ころ一つでも何も語らぬということはなく、もろい石塀や、損なわれた円柱基部の中に、かつて力に満ち溢れていたこの都市の身体を形成する手足や筋肉、この身体を養う血管や臓器を見出せないことはなかった。橋や幹線道路、水道や貯水槽、そして何より迷路のような最大下水路《クロアカ・マキシマ》の、多数の手を持つ運河は、もっとも低次の欲求を統制するものであるにもかかわらず、いやむしろまさにそれゆえに、すべての建築術の頂点に位置するものであり、ピラネージの評価によれば、その壮大さは世界の七不思議をも凌駕《りょうが》した。百年前、処刑された殺人犯のまだ温かい死体を解剖した解剖学者ヴェサリウスのように、ピラネージもまたなかば朽ちかけた建物の本体、彼の目には罪なくして滅亡したように映る過去の帝国の残骸を解体した。

　生涯にわたり一軒の家も建てることのなかったこの建築家は、雄弁な瓦礫の山をもとに憧れの過去の見取り図を作成すると同時に、まったく新たな世界のヴィジョンを立ち上げ、彼の銅版画に描かれたその世界は、大地に縛られたいかなる建造物よりも多くの人間を虜にした。仕事場で冷たい滑らかに磨き上げられた銅板の上にかがみ込み、赤鉛筆の大まかなスケッチをエッチング用の地塗りに写していく時、彼のまなざしは堆積物や建材を苦もなく透視した。無数の線や点や鉤、染みのような形、震える線、まるで新しい針路をとるように、細部を描くごとに線の向きは変わるにもかかわらず、それらはごく稀にしか交わらない。彼は銅板を繰り返し腐食液に浸しては表面を取り除いていき、また別の版には液を滴らせてごく微細な溝にまで酸を浸透させ、彼が忘れたくない物、忘れられない物の姿を永遠に留めようとした。

ローラーが大きな紙から離れると、細かい線の部分では太陽が容赦なく照りつけ、影はビロードのように柔らかく黒々としてさながら忘却のよう。ほとんど無限に延びていく視線、幻想的な視角、崩れかけた建造物は鳥瞰図《ちょうかんず》ですら巨大だった。燃え上がる天の前で記念建造物が大胆にそびえ立つ。その足元のちっぽけな歩兵たち、泳ぐように腕を振るのろまな道化師《アルルカン》たち。かつてこの都市を造ったのは巨人族に違いない。ローマのキュクロプスたちがその創造力の頂点において造ったのだ。

やがてピラネージの銅版画は、その大半が死について語るものに他ならなかったにもかかわらず、古代の生の解剖図として流通するようになった。それらは墓室内部の図や霊廟の見取り図、大理石の台座に君臨する石棺や、火葬場に通じる門道の敷石の横断面図を描いていた。ピラネージはヨーロッパ大陸全土に広がる死者崇拝の祭司となった。毎週のように新たな信者がモンテ・カヴァッロの向こうにある師の家へ巡礼に訪れた。ピラネージは、世界中から人々が押し寄せる華やかなコルソ通りのアトリエに欠けていた、仕事のできる静かな環境を求めて、そこへ引き移ったのだった。まだ髭も生えていない輩が面会を乞うと、彼は叫んだ、「ピラネージは留守だ」。彼らは憧れの人物を一目見ることも叶わぬまま、諦めて帰って行った。

たった一度、特別に蒸し暑い初夏の午後のこと、扉を叩く音がいつまでも止まないことがあった。ピラネージがいつもの悪態をつきながら乱暴に扉を開けると、そこに上品ないでたちの若者が立っていた。中くらいの長さの巻き毛を入念に整え、首の後ろでリボンで一つに束ねている。顔立ちは柔らかく、小さな丸い目がまばたきしている。若者は時代遅れの大げさなお辞儀をしながら、形の良い口からかすかなフランス語訛りで、もう何日も適当な声の高さを探りつつひとり言で練習してきた言葉を押し出した。「先生、失礼をお許しください。私はユベール・ロベールと申します。先生と同じく、私も遺跡を愛しています。どうか私をどこでもお好きな所へ一緒にお連れください」

二年が経ち、一七六〇年のある秋の朝のこと、ユベール・ロベールは天使の門《ポルタ・アンジエリカ》の前に立ち、曲がりくねった、なかば涸れかけた小川を辿って谷間へ着いた。そのいちばん奥の影の多い一角に、崩れかけた領主の館があると人づてに聞いたのだった。雲の低く垂れこめた空の下で、色彩は洗いざらしたように光っている。彼は湿った空気を吸い込み、疲労を振り払おうとした。彼の本質には基本的に無縁のはずの、鉛のようなだるさがしばらく前から彼を苦しめていた。

彼は若かった。二十七歳、フランス美術アカデミーの奨学生で、ヴェルサイユ宮廷の外交官に仕えるパリの近侍の息子だった。六年前、外交官の息子に随行して、バーゼル、ザンクト・ゴッタルド、ミラノを経由してローマへ来た。才能に恵まれた多くの者たちの一人として、この時代の象徴を隠さずに誇らかに観覧に供している記念碑や建造物すべてを描くために。ようやくこの春、彼はナポリへ旅し、始まったばかりの湾の発掘を訪ね、ポッツオーリとパエストゥムを見、ティヴォリで瘤《こぶ》のあるオリーブの木々をスケッチした。オリーブは崩れかけたシビュラの神殿の内部で、枯れ枝を銅色の空に向かって伸ばしていた。彼は灼熱のローマでもうひと夏を過ごしたくなかった。その前年、暑さのためにもう少しで命を落とすところだったからだ。旅から戻ってからの彼は、まるで人が変わったようだった。奇妙な倦怠感に悩まされ、古代の遺物にいっぺんに嫌気がさし、現今の廃墟、サケッティ邸を訪れたいと切望するようになった。曲がりくねった道を行くと、並木道の最後の、イトスギの枝の向こうにその館が姿を現した。

彼は狭い山道を離れ、建物に近づき、ごわごわした淡黄色の草の上に腰を下ろして眺めた。それから崩れかけた家屋敷をスケッチし始めた、彼がローマで最初の冬、コルソのアカデミーの天井の高いデッサン室で、あるイタリア人の鍛え上げた筋肉を描いた夜長のように、素早く精確に。彼はためらわずに紙の上にグラファイト鉛筆を走らせ、滅多に顔を上げず、ほんの数回見ただけで全体を把握した。荒れ果てた庭が、建物の三階あたりの高さまで背後の斜面に延びている様、崩れた建物、張り出したファサードと左右に弧を描く側翼のあるパビリオンが斜面の土台の上に君臨している様、中央にある天井の高い半円形の後陣《アプス》、三つの露台《テラス》部分にそれぞれ設けられた水場、すなわち噴水、魚の池、および列柱の奥にドーリス式片蓋柱のあるニンフの噴水。階段の上り口は、もろい石塀を除いてむき出しになっている。小屋組みは崩れ落ち、手すりは細かく砕け、アプスの格《ごう》天井の円蓋はひび割れ、噴水は干上がり、二人の海神《トリトン》に守られた貝の形の水盤は石でできた底まで乾ききっている。入口の上のまぐさ石ですら、まるで地震の後のように沈降している。

それらすべてをロベールはスケッチした。荒涼とした光景に、お馴染みの登場人物を引き立て役として補うことも忘れなかった。頭の上に甕《かめ》を載せてバランスをとる少女、乳飲み子を胸に抱く女、子どもの手を引いて階段を上がる女、見えない痕跡を追う犬、泉のほとりに立つ牛と羊、縁までいっぱいに水を汲んだたらいへ首を伸ばすロバ。

ユベール・ロベールは描き上げたスケッチを眺め、紙をくるくると丸めると、かつて館への進入路だったがいまは生い茂る草で覆われた道を横切り、もろい石段を上って行った。壁の下部に残っていた漆喰の余りが砕け散った。入口は瓦礫に埋まっていた。窓の穴によじ登り、建物内部へ入る。あまり大きすぎない、ひんやりした空間は、かつて客間《サロン》だったに違いない。カビの臭いが空気に漂っている。床には割れた煉瓦やぼろぼろに朽ちた角材がうずたかく積もり、形を留めている丸天井はほとんどない。格天井の真ん中に、まるで大きな傷口のような穴が開き、そこから灰白色の雲の壁が光っているのが見えた。ただ端の所だけ、剝がれかけた漆喰の化粧塗りの下に、カビで縁が黒く変色した天井画の名残がまだ確認できた。色褪せた場面にぼんやりした人影がいくつか浮かび、唯一はっきりと見える人物は串刺しの頭部を掲げている。頭部の目は大きく見開かれ、凍りついている——その恐ろしい光景は、ウェルギリウスの『アエネーイス』の一文をロベールの記憶に呼び覚ました。一つの頭《ウヌム・》が多くの民のために犠牲となる《プロ・ムルティス・ダビトゥル・カプトゥ》であろう。

その不気味な頭部をじっと見つめるうちに、彼はある考えに襲われた。現在とは、未来の過去に他ならない。——彼は身震いし、瓦礫をまたぐと、妙に急いでふたたび外に出た。腐ったような臭いが鼻を刺し、去年の夏の、あの耐えがたい悪臭を思い出させた。八月の豪雨の後、テヴェレ川が増水してまたもや氾濫した時、あの悪臭がまるで釣り鐘状のスモッグのように街全体を覆った。臭いが夕暮れのほんの一時だけ揮発するその時間を、彼は他の者と同じように、散歩をして、一日の暑さから身体を回復させるために使った。後になって医者が彼に言った。落ち着いて経験豊富な、とくに瀉血《しゃけつ》の治療効果に信頼を置く医者だった。曰《いわ》く、ロベールはその夕暮れの、気味が悪いほど涼しい時間に、滅多に生き延びる者のない沼沢熱《マラリア》に感染したのに違いないと。だれも——彼の下宿の女主人も友人たちも——ロベールが回復すると思っていなかった、それほど彼の身体の衰弱と精神の錯乱は進んでいたのだ。八日間のうちに十回めの瀉血をした後、虚血による失神からふたたび目覚めながら、彼自身も自分の最期を受け入れる覚悟ができていた。だから症状が消えてからもなお、彼は相変らず自分の死を待ち受け、病を克服したことにいまだに驚きを覚えるのだった。

彼はもう一度振り返り、館をじっと眺めた。それはまるで変わり果てて見えた。外壁から草が生え、苔が大理石の神々を覆い、キリンソウが割れ目から伸び、ツタはしぶとく石に根を張り、野ブドウはアティックを冠のように飾り、たくさんの腕のある若枝を、脆くなったカルトゥーシュに絡みつかせていた。そこには建築主の名が刻まれ、白地に黒い三本線のサケッティ家の紋章がいまなお残っていた。

百年以上前、ジュリオ・サケッティは枢機卿に任命されたのを機に、この屋敷の建設を発注した。天井の高い後陣《アプス》のある、ベルヴェデーレ宮のように誇り高く堂々たる館――その園亭がある場所は地獄谷、モンテ・マリオとヴァチカンの間の窪地、教会国家にほど近い埃っぽい谷間で、背の高い松とほっそりしたイトスギが生い茂っている。彼は金持ちで、ローマでもっとも裕福な枢機卿だった――輝かしい未来。彼の夏の居城の寝室からはサン・ピエトロ大聖堂の丸屋根が見えた。彼は二度、教皇に選ばれることを期待し、一六五五年の教皇選挙会議《コンクラーヴェ》の時にはあと少しのところだった。しかし結局、教皇になったのは別の人物だった。

一年後、彼は最後にこの別荘の窓辺に立ち、叶わなかった夢の目標をもう一度眺めた。骨ばった手に持ったハーブと橙《だいだい》とレモンの皮を詰めた匂い袋を、何度も鼻の下に押しつけながら。街では黒死病《ペスト》が猛威を振るっていた――黒死病はこれまでにも発生したが、これほど壊滅的な流行は絶えて久しかった。通りを嘴《くちばし》のついた仮面を被り、もうもうたる煙に包まれた者たちが歩いていた。彼らは没薬と樟脳と海芋《カラー》を焚いた香りの良い煙でこの病気を――そして杖でもって罹患した人を遠ざけようとしたのだった。悪魔に憑かれた哀れな者たち、彼らはあっという間に命を奪われていった。黒死病対策の教皇助言者の立場にあったジュリオ・サケッティは、惨めな死者たちを市壁の外に埋葬させる以外に手だてを知らなかった――できるだけ早く、教会の儀式もいっさい行わず、遺体が腐敗しないうちに、そしてまた皆が信じていたように、死体から感染力の高い臭気が発散しないうちに。この人里離れた谷間には、とくに瘴気《しょうき》が溜まりやすかった。湿った空気が、澱んだ水の溜まった浅い岸とスポンジ状の土手で発酵し、あたりに低く漂い――悪臭を放っているのだった。有毒で健康を害すると思わずにいられない、不快きわまる臭いだった。ジュリオ・サケッティは、黒死病の小冊子《パンフレット》に必ず書かれていることを知っていた。黒死病に呪われた土地は、永遠に失われたも同然である。以後、彼はふたたび市内の邸宅で来客を出迎えるようになった。サケッティ邸は建設されてからわずか数十年で主《あるじ》を失った。

最初に煉瓦屋根が下がり、朽ちた梁が丸天井の何トンもの重みに耐えきれずにたわみ、割れた煉瓦の間から雨水が入って、木組みや外壁に浸み込んだ。こうして崩壊が始まった。かつて若き建築家が定規を使って引いた線は次第に輪郭を失い、細かく砕け、崩れていった。削り出され、建物として積み上げられた石材は脆弱になり、繁茂する植物と風雨に抗うすべを持たず、いまでは凝灰岩と煉瓦、大理石と岩の区別もつかなくなっていた。ただパビリオンのがっしりした分厚い外壁だけがもうしばらくの間、夏の数か月間に雨が降るたびに、まるで世界の終わりが来たかのようにものすごい勢いで斜面を流れ下ってくる雨水に耐えた。

一方、ヨーロッパのもう一つの都であるパリでは、ブルボン家の支配よりも長く、用便の悪臭――糞尿の臭いが支配していた。とりわけ夜、汚水貯めから上がってきた下水溝の汲み取り人が、皮はぎ場まで行く労を省いて道路脇のどぶに排泄物を空けると、周辺一帯を悪臭が襲った。どろどろの汚水が夜明けの通りをセーヌ川へ流れ下り、ほんの数時間後、何も知らない水売りがそこで水瓶を満たした。

早い病衰が彼らを救済するだろう。曲がり角の多い旧市街にある古い病院、神の館《オテル・デュー》に、彼ら全員のためのベッドが用意されていた。一つのベッドを、他の四人と分け合うのだ。精神病者や老人が孤児の隣に横たわり、産褥婦《さんじょくふ》と手術したての患者が死体のすぐ上の階に、病人が瀕死の者たちの間に寝た。外壁は湿り、通路は換気が悪く、窓からは夏の日中ですら薄暗がりが忍び込んできた。子どもは酸っぱい臭い、女たちは腐りかけた甘ったるい臭い、男たちは冷えた汗の臭いがし、すべての上に病院の腐敗臭の靄がかかっていた。その腐敗臭は——毛布をつねにいじる手と同じくらい紛れもなく——間近な死を知らせた。一七七二年十二月三十日の夜もそうだった。ロウソクを作るために点けた火が木の梁に飛び火し、たくさんに枝分かれした病院施設に燃え広がった。真冬の二週間、病院は燃えつづけた。激しい炎がこの中世の都の中心部を襲い、破壊の輪をじりじりと広げていく間、見物人たちは赤々と燃える街の眺めに興じた。

後に残されたのは黒い空に浮かび上がる、がらんどうの骨組みだった。その光景を、ユベール・ロベールは何枚ものスケッチや油絵に留めた。八年前にパリに戻った彼は、「廃墟のロベール」の異名を得ていた。廃墟がもてはやされていた。時がその作品を完成させるまで待てない者は、廃墟を作らせるか、絵に描かせた。建築物の崩壊は、処刑と同じくらい野次馬を引きつけた。ロベールは古代の神殿で説教する僧や、地底川の埠頭にたむろする洗濯女、ノートルダム橋とシャンジュ橋の上に建つ家々の撤去を描いた。また荷馬車が廃墟から瓦礫を運び、残りを男たちが細長い小舟に積み込む様や、日雇い労働者がまるで戦場のような都市再開発地区で再利用可能な物を探し、それを売り物として並べることで永遠の循環を促す様を描いた。こうして廃墟から建設現場が生まれるが、ロベールの絵においては両者はもはや区別がつかない。外科学校の基礎溝ですら、彼のキャンバスの上では発掘現場に似ていた。彼はオペラ座の大火を火山の噴火のように描いた。六月の夜空に広がる火の海、噴き上げる火柱、もくもくと立ちのぼる煙、翌朝の煤のヴェール。ムードンの城の取り壊し、フイヤン教会の爆破、そしてバスティーユ牢獄の襲撃、解体されんとする黒い砦——うっとりするような雄弁な絵だ。剝がれ落ちる石材が、もうもうたる煙に包まれながら、要塞の濠にまるで古代の戦利品のように積み重なっていく。この絵は言っている、新しき物は古き物の容赦なき破壊を必要とする。以後、毎日のように文化遺産が消滅し、毎週のように騎兵隊の銅像が溶鉱炉で破壊された。新しい廃墟の街の名はパリ。宮殿は襲われ、要塞は解体され、教会は略奪され、王や女王、大修道院長や枢機卿、もっとも高貴な血統の王子の遺骸は墓から引きずり出され、鉛や銅でできたその棺は独自に造られた鋳造所で銃弾に加工され、骨は急いで掘った穴の中に、遺体の臭気を和らげ腐敗を促進する石灰とともに撒かれた。ロベールは歴史家のようなストイックな無関心さで、目的を狙った、目的なき破壊を描いた。どちら側につくのかと尋ねられると、彼は答えた。「芸術の側に」

彼の絵の中では、何百年も前の古い墓の冒瀆が日常茶飯事になり、そこで何かが破壊されているのか、それとも守られているのかもはやわからなかった。キャンバスがまだ乾ききらないうちに、彼は拘束された。貴族の寵愛を受けた他の多くの者たちと同様、彼はサン・ラザール、すなわち監獄に転用されたかつてのハンセン病病院に収監された。ここでも彼は描きつづけた。牛乳の配給、監獄の中庭でのボール遊び、格子窓越しの遠くに光る郊外の町クリシーとラ・シャペル、地平線に盛り上がって見えるモンマルトル周辺の休耕地――最初は炻器《せっき》や木の扉に描いていたが、やがてキャンバスと紙を入手することを許された。毎日午後、彼は中庭で体操をした。そばに巨大な木製の十字架があり、その下で黒衣の侯爵夫人が天に慈悲を――そして「主がまだ主であり、僕が僕であった」古き時代の秩序が戻ることを懇願していた。

一七九四年の三月の晩、三階の廊下から大きな笑い声が響いた。よくあるように宴会が行われ、カワカマスとマス、果物やワインが供された。子ザルがあちこちの房をさまよい、ある囚人の五歳になる息子のエミールが、皆を元気づけるためにウサギを綱につけて散歩させた。拘留中の二人の婦人が我を忘れてチェンバロとハープを弾き、楽器の音が止むと、ロベールが語り始めた。青年の頃、円形《コロ》劇場《セウム》に登り、もう少しで転げ落ちそうになったこと、勇気を振り絞ってピラネージに会いに行ったこと。ピラネージから学び、一緒に地下墓所をスケッチするのを許されたこと。サケッティ邸で見た恐ろしい光景のことは彼は話さなかった。彼はいつものように、身体の大きさがはっきりわからない膝までの長さのスミレ色のローブを着ていた。高い額には二本の深い皺が刻まれ、バラ色のつるりとした顔には、あばたがいくつかある。黒くて濃かった眉は、少ない頭髪と同じく白髪がまじっている。その高齢と肥満にもかかわらず、監獄の中庭で鬼ごっこをするとほぼ毎回勝った。小さな目も昔と変わらず陽気なままだった。笑うと厚ぼったい下唇が震え、顎には二つえくぼができた。彼はワイングラスを高く揚げ、自分はサン・ラザールでいちばん不幸でない住人だと満足げに宣言した。だがその揺るぎない快活さの理由は明かさなかった。それはつまり、ここの皆と同じように彼もまたギロチンの下で死ぬのだという、変えようのない事実だった。――「一人一人、終わりの日は定まっている《スタト・スア・クウィークウェ・ディエース》」彼はいつものようにウェルギリウスを引用して笑ったが、その伝染する笑いは、一度も不幸を経験したことがないのだろうと思わせるような笑いだった。それでいて彼は四人の子どもをすべて亡くしていた、病に奪われたのだ。彼は何に対しても覚悟ができていた。すでに自分の墓の絵を描き、薪の残りでちっぽけなギロチンを作って、もうじき自分の頭を胴体からきれいに切断することになるこの道具の機能をよく知ろうとした。二、三日ごとに太鼓の連打が彼の房までこだましてきた。それは四人を迎えに来て、法廷へ運ぶ黒い馬車の到着を告げる音だった。

数週間後、一七九四年五月の寒い晴れた朝のこと、彼は中庭に集まった囚人たちの只中に立っていた。彼の名前が呼ばれた。最後の時が来たことを悟り、一歩前へ出ようとした瞬間、別の男が名乗り出た。この男は運命により彼と同じ苗字を与えられ、彼の代わりにギロチンの刃を受けた。ユベール・ロベールは釈放された。それから何年も経って、彼は新リュクサンブール通りにある自分のアトリエで、卒中で亡くなった。パレットを手に持ったまま、床に倒れて死んだのだ。

ロベールの死から一年後の一八〇九年七月、二人の建築家が医師一人に伴われて、ローマに近い、あの人気のない空気の澱んだ谷へ向かった。馬たちは目的地に着かないうちに尻込みしはじめ、鞭を振るってもなお、歩きにくい並木道の終わりまで辻馬車を引くことを拒んだ。彼らは最後の道のりを徒歩で行くしかなかった。こうして彼らはモンテ・マリオ山の麓のサケッティ邸の前に立った。歴代のローマの侵略者たちは、必ずこの山に野営地を置いた。一七九七年二月、ナポレオンの参謀将校もまたそうだった。彼は価値があると見なされたすべての美術品を強奪し、自称自由の国フランス共和国へ、世界の学校パリへ運ぶよう命じた。検査官たちが一斉に出動して、教皇の宝物庫を略奪し、ラファエロの絨毯《じゅうたん》を切り刻み、フレスコ画や油絵を鋸《のこぎり》でバラバラにし、彫像の手足を切り落とした。

父祖たちはローマを訪れて感嘆したが、彼らはその父祖たちを感嘆させた物を奪うためにやって来た。教会に使われた金属や大理石はすべて持ち去って売り払われ、聖人の墓は荒らされ、黄金の聖遺物入れや聖体顕示台や聖櫃は競売に出され、ゴート人ですら手を触れなかった中央祭壇は打ち砕かれ、貴族の表章は都市の風景からことごとく抹消された。ローヴェレ家のオークの木、ボルジア家の雄牛、メディチ家の球、ファルネーゼ家のユリ、バルベリーニ家のミツバチ、そしてサケッティ家の黒い三本線。サケッティ家の紋章はこの郊外の地獄谷でだけ、かろうじて狂暴な手を免れた。

建築家一行は崩れかけた階段を上った。彼らは死者のための場所、万人のための霊園の土地を探していた。二人の建築家は廃墟に礼拝堂を建て、この地所を風通しが良く広々とした、高い塀の日陰のある共同墓地に作り変えようとしていた。教皇が捕らえられ、まるで特別貴重な獲物のようにフランスへ連行されてまもなく、アウレリアヌス城壁内の墓所はすべて閉鎖されてしまったからだ。ローマの宝は持ち去られた。アポロ、ラオコーン、ベルヴェデーレのトルソーまでもが戦利品として、雄牛の引く月桂樹で飾られた戦車に載せられ、パリ植物園からパンテオンを通り、シャン・ド・マルス公園へと運ばれた。アフリカのラクダやライオン、ベルンの熊と一緒に。二日間にわたって続いた戦勝パレードの、一日目の夕方に鉛のように重い空がぱっくりと割れ、独断的な通信員たちにこのように書かしめた。さながら自由の力が暴政に勝利するがごとく、太陽が雲に打ち勝てり。

トラヤヌス帝の重い記念柱だけが、いまなお元の場所に立っていた。ローマは住人のほぼ三分の一を失った。住居の数が住人の数を上回り、宮殿や修道院は崩れた廃墟となり、そして教会の地下墓所からはあのお馴染みの甘ったるい腐敗臭が立ちのぼっていた。医師たちは掲示や講話で腐敗する死体の危険性について警告し、ただちに市門の外に埋葬するよう勧告したのだが。旧来の宗教的儀式に代わって、今後は衛生法に従うべし。だがローマ人たちはそれを拒み、死者を市門の外の地獄谷《ヴァッレ・インフェルノ》の土の中へじかに埋めるのではなく、石造りの部屋に葬ることを望んだ。霊廟や地下聖堂の、聖人たちの骨のそばに、これまで通りに。

霊園はとうとう開かれなかった。円形劇場《コロセウム》にキイチゴが生い茂り、死者は公共広場《フォーラム》に埋葬されている。サケッティ邸は窪地の砂に埋もれ、並木道では羊が草を食んでいる。松やイトスギが香《かぐわ》しい芳香を放っている。廃墟の最後の破片が砂中に没するまで、まだしばし画家たちがこの場所を訪れることだろう。

マンハッタン

青衣の少年

もしくは死のエメラルド

＊フリードリヒ・ヴィルヘルム・ムルナウの最初の映画は、一九一九年春、ミュンスター地方のフィーシェリング城、およびベルリン周辺で撮影された。物語中の重要な小道具として、トーマス・ゲインズバラの『青衣の少年』を模した絵が登場するが、その顔はエルンスト・ホフマン演ずる登場人物、トーマス・ヴァン・ヴェールトの顔に変えられている。あらすじは何種類かがあるが、一族最後の生き残りである主人公が落ちぶれて孤独になり、老召使と共に先祖代々の城で暮らしている点で一致する。彼は祖先の肖像の一枚をしばしば眺める。彼がその絵の人物と神秘的なつながりを感じるのは、自分がその人物によく似ているためだけではない。はたして彼は一族につねに災いをもたらすと言われる死のエメラルドを胸に着けた、この青衣の青年の生まれ変わりなのか。呪いを防ぐため、先祖の一人がエメラルドをどこかに隠した。ある夜トーマスは夢を見る。「青衣の少年」が絵から抜け出し、その隠し場所へ彼を案内する。翌朝目覚めたトーマスは言われた通りの場所にエメラルドを発見し、宝石を捨てるようにとの召使の懇願を無視する。その頃旅芸人一座が城に到着し、彼からすべてを強奪する。エメラルドは盗まれ、城は焼かれ、肖像画は破壊される。トーマスは病に倒れるが、美しい

女優の純粋な愛と無私の献身によって快復する。
†このサイレント映画の公開日については確認できていない。当時の批評にまったく取り上げられていないことから、本編としては一度も公開されなかった可能性がある。フィルムは散逸したとされる。ベルリン映画博物館のナイトレート・フィルム・コレクションは、この映画の五種類の彩色を施された断片三十五点を所蔵している。

どうやら風邪を引いたらしい。鼻水が止まらない。最近鼻がつまっていたかしら。まったく記憶にない。信じられない。健康にはとても気を遣っているのに。あのいまいましいクリネックスはどこだっけ。たしかこの辺にさっきまであったはず。ちぇっ。とにかくティッシュなしでは出かけられない。ああ、あそこだ、鏡の下！　ハンドバッグに入れて、帽子とサングラスをかけて、ドアを閉めて、さあ郵便局へ。今日はまたなんて廊下が臭いの。ああ、そうだ。月曜の清掃日だ。いつも早朝にクイーンズから掃除隊がやって来て、まるで狂ったサル軍団みたいに大理石の床をゴシゴシやりはじめる。日が昇らないうちに眠りを覚まされることもしばしばだ。この建物中で彼女ほど早起きする者はいないのだが。この洗濯女の臭い、少なくとも水曜日までは残るだろう。またも引っ越しを検討しなければならないかもしれない。いったい何度引っ越せばいいの！　泣きたくなる。とりあえずエレベーターはすぐに来た。このボーイも以前はもっと礼儀正しかったのに。お仕えしているのがだれか、聞いていないのかしら。だれだかわからないみたいなふりをしているけれど。挨拶の仕方を教わらなかったようね。まだひよっこのくせにもう堕落して。あのベビーフェイスで、何を自惚れているのやら。他に乗っている客はいなかった。それだけは幸いだ。それでも下までは永遠に時間がかかった。十七階は十七階だ。やっと着いた。少なくとも守衛はマナーをわきまえているらしく、門衛所から立ち上がって彼女のためにドアを開けた。ふむ、けっこう。おや！　空気は澄んでいる。ハゲタカどもの姿はない。彼女に注意を払う者はいなかった。新しいサングラスのおかげにちがいない。さてと、よし。選り好みしない性質《たち》だったので、グレーのフランネルのスーツを着た男に行き当たりばったりに目をつけた。男はエレガントというには程遠かった。だが良い選択だ。男はイーストサイド方面へきびきびと歩きながら、人ごみの中を水先案内人のように進み、彼女に方向性とリズムを与えた。それだけでも悪くない。何度か見失いかけたが、すぐに追いついた。何といっても彼女は歩きの達人だった。歩くことは、彼女がある程度のレベルまで極めた唯一の種目と言えた。基本的にそれは唯一の楽しみ、宗教だった。カリステニクスは必要とあらば諦められたが、散歩だけは絶対に諦められなかった。ウィンドーショッピングも、うろつき回ることも、コースから外れることも。毎日最低一時間、できれば二時間。たいていはワシントン・スクエア・パークまで下り、また戻ってくる。たまに77ストリートまで上がっていくこともある。最初は他人のかかとにくっついて歩くのも悪くない。あてもなくさまようのはその後。迷子になんかなりようがない。それが島の利点だった。

思ったよりも寒い。いずれにしても四月にしては寒すぎた。いくら東海岸といったって。いつだってくそ寒いか、くそ暑いかのどちらかだ、この街は。彼女がなぜここで暮らしているのか謎だった。この不快な、風の強い街では、風邪を引くほど簡単なことはなかった。三月にさっさとカリフォルニアへ行くんだった。毎年そうしているのに。三月が正解だった、三月になったらすぐ！　たしかに死ぬほど退屈だけど、あそこは、だって何もすることがないんだから。だけど気候だけは完璧。新鮮な空気、太陽たっぷり。一日中素っ裸で歩き回れる。まあ理論上は。ばかげているのはシュリースキーがあそこを嫌いだってこと。おかげで何もかも自分で手配しなければならなかった。飛行機に運転手、それにマベリー・ロードの家が売られて以降は、ホテルまで。彼女は十分忙しいのに。もう何週間も前から手ごろなセーターを探していた。カシミアでなくちゃ。お気に入りのダーティピンクの。彼女の好きな色はサーモン、ライラック、ピンク。だけどやっぱりダーティピンクがいちばん。他にもいろんな予定やくだらない約束が入っていた。たいてい断るけれど、断るのも楽じゃない。セシルがまた何か勘違いしているようね、適当なタイミングと場所を提案するとか、さらに悪いことに、都合を聞くとか言ってきていた。明日だとか三日後だとかにお腹が空いているかどうか、喉が渇いているか、彼に会う気があるかなんて、どうしたらわかるっていうの。いま体調が良くないことはとりあえず置くとしても。彼女の健康が万全だったことなどなかった。本当にいつも身体には気をつけているし、いつも温かい恰好をして、便器にだって絶対に腰かけないようにしているのに。ちょっと風が吹くだけでもう、おかしな風邪で寝込んでしまう。この前はメルセデスとお茶していた時にやられた。開いている窓にほんの少しの間よりかかっただけなのに。夕方にはもう喉が地獄みたいにイガイガしはじめ、いつものようにセーター二枚とウールのタイツでベッドに入ったにもかかわらず、翌朝目が覚めた時にはひどく具合が悪くなっていた。そこそこ快復するまでに何週間もかかった。基本的に具合が悪くない時を言う方が簡単だった。おまけにあのいまいましいほてりの発作が、青天《せいてん》の霹靂《へきれき》のように襲ってくる。とにかくぞっとする。いますぐ新しいパンティーが必要だ。ロンドンで去年の秋にライトブルーの膝までの長さのを見かけたっけ。セシルが書いてよこしていた、リリーホワイツにはロイヤルブルーかスカーレットレッドかカナリアイエローのしかないって。だったらハロッズを覗いてくれたらよかったのに。いずれにしても買ってくると彼は約束した。今度はその手配もしなきゃならない。やっぱり彼に会おうかしら、パンティーのためだけに。

ちょっと待って、あのグレーのスーツ男、何を考えているの。コースを外れて右へ進み、ウィンドーに近づいていく。まさかあの男……いや、やっぱり、やめて！　あり得ない！　男はまっすぐにこちらへ向かって行った。そしてプラザの回転扉の中へ消えた。やっとあの男に慣れたところだったのに。せめてウォルドルフ・アストリアだったら！　プラザにはたとえ十馬力で引っ張られたって入るもんか。あそこの裏口は街でいちばんみすぼらしい。あんなとびきり上等のホテルのバックヤードが、あんなに臭いなんて。彼女はバックヤードには詳しかった。それくらい他の何にでも詳しければ言うことはないのだが！　ゴミバケツ、悪臭を放つ汚れ物でいっぱいの洗濯槽《せんたくおけ》、食べ残しの臭いがぷんぷんする従業員エレベーター。なんて運が悪い！　まだ十時前なのにもう最初の失望を味わうなんて。あのエレベーターボーイは別にしても。とにかくもうだれとも関わり合いにならないことだ。

こうして彼女は立っていた、洟《はな》を垂らしながら。鼻水が流れ落ちた。だれもそれを止めてくれない。なんてみじめなの！　彼女の世話を焼いてくれる者はだれもいない。彼女に注意を払い、彼女がだれだか気づいて手を差し伸べてくれる者は。皆が通り過ぎていった。彼女のすぐそばを。手袋をはめた指でバッグの中をまさぐっている女のそばを。いまいましいクリネックスめ、まるで地面に飲み込まれたみたい。グランド・アーミー・プラザの噴水すら動いていない。これのせいで散歩を中止するなんて、まだ二ブロックも歩いてないのに。仕方ない、鼻水はすすり上げて、次の青の集団と一緒に道を渡っちまおう、そしたらもう実験はおしまい、フィフス・アベニューをちょっと下って、マディソン通りへ移ろう。グレーのスーツは間違いだった。また一つ間違いが増えた、それだけのこと。驚くにはあたらない。彼女はしょっちゅう間違いを犯した。目も当てられない。だけどいつもそうだったわけじゃない。昔は違った。あの頃はそんな馬鹿な間違いはやらかさなかった。自分の欲しいものが何か、どれくらい欲しいのか、いつだって承知していた。いい勘を持っていた。考える必要なんかなかった。じっくり考えることが何かの役に立ったためしはない。よく考えて何かを決めたことなど一度もない。うじうじ考えたって皺が増えるだけだ。これまでの人生で一度も、彼女は何かについてじっくり考えたことがなかった。考えるというのがどういうことか、それすら知らなかった。知的には彼女はどのみちゼロだった。とにかく何も知らなかった。まるで無教養で、本を読んだことすらない。では彼女が学んだのは何か。いろいろな頭の角度が意味するもの。頭を下げるのは相手に従うということ、頭を反らせるのはその反対、頭を軽く前へ出すのは同意を示し、高く掲げた頭は落ち着きと安定を表す。彼女がそれを覚えたことは驚嘆に値した。彼女は何も覚えない。とにかく何も知らない、あるのは夢遊病者的な直観だけ！　それは頼りになった。まだちっちゃい坊やの頃から、彼女は自分のしたいことをちゃんとわきまえていた。いずれにしても昔は。それがいまは消えてしまった、あのむかつく直観め。いつの間にか霧のように消えていた。あの水着の化け物に無理やり身体を押し込んだ時、あの直観のやつは一体どこへ行っていたのだろう。回りつづけるカメラの前で、目を開けたまま破滅に向かって突き進んだあの時。純粋な自殺行為だった。頂上の空気は薄い。一度でも下を見たら負け。いまいましい恐怖に支配権を奪われる。そして何もかも失う。

鼻水が出るのは、鼻がつまるより前、それとも後だったか。風邪の症状ってのは、畜生、普通はどう進むんだっけ。後でジェインに電話して訊こう。ジェインはそういうことに詳しいから。そういうふりをしているだけかもしれないけれど、どっちだって変わりゃしない。もっとも昨夜電話した時は、さすがのジェインもお手上げだったけれど。親友なら、困った時は夜中だって電話してかまわないはず！　本当に悲惨だったんだから。ばかげた考え、狂った夢が次から次へ止まらなくなって。いまはもう風邪のなりかけだったとわかった。でも昨日の夜はまだ卒中かもしれないし、リュウマチや癌かもしれなかった。鼻の癌ってあるのかしら。だとしたらきっとまた違う名前。だけど風邪だって侮れない、もしかしたら前頭洞炎かもしれない、こんなに鼻水が出るなんて。昨日の晩、髪を洗ったわけでもないのに。畜生、いったいなぜ洗うのをやめたんだっけ。ああ、そうだ、セシルのせいだ、あのガアガアおばさんがまた電話してきて、長々とおしゃべりしたんだった。私ったらどうして彼の電話をつないだりしたんだろう！　ほんのちょっと思いやりを見せると、たちまち罰を食らう。あいつ、メルセデスよりひどい。非難と愛の誓いをえんえんと聞かされた。後から偏頭痛になったのも無理はない。電話なんか出ないで、髪を洗えばよかった。そうしたら一つ用が済んだのに。また洟が。くそったれ。とりあえずちょうど信号が赤だ。だけど、あれはいったい何。ほら、あそこのカメラ、こっちに向けられている。いや、やっぱり。カメラの向こうの女、まだ若い、ブラウス美人ってとこ。あの女、まさか。そんな、ありえない！　鼻をかんでいるところを撮られた。この真昼間に。なんてひどい！　情け容赦もない。カメラの女はもう消えていた。通りは人でいっぱい。殺人的な混みようだった。ビラとアコーディオンを抱えた救世軍のシスターたち、小さなしみったれたソーセージを売るホットドッグ屋、小銭の山と紙の後ろの新聞売り。だれもが忙しく働いていた。彼女以外は。彼女は新聞すら読まなかった。新聞なんかどうせ何も書いてない。あら、あの可愛い子ちゃんはだれ、あのライフの表紙の。おやまあ、見てごらん！　あのちっちゃなモンローちゃんじゃないの、半分降ろした帆みたいな瞼、ぴかぴかのブロンド、ぐっと開いた肩——半分すれっからし、半分贅沢《ぜいたく》なお人形、だけど趣味が悪いわけじゃない。この娘はほんとに何か才能を持っている。「ハリウッドの声」か。ふん、何をいまさら。このシルクのウサギちゃんに才能があるって、ようやく皆わかってきたようね。彼女はもう何年も前に予言していたのだが。この娘は大砲。いや、爆弾だって。あの娘にぴったりの役どころ、ドリアン・グレイを惚れ込ませる娘。まったく！　きっと見物だったわよ！　モンローがシビルで、彼女自身はドリアン。そう、まさにこれよ、カムバックにぴったりの役。そして映画のどこかで、一糸まとわぬモンロー！　やるなら徹底的にやらなきゃ。あとは全部ムダ。これしかないでしょ！　偉大なガルボ、ちっちゃなモンローに潰される。演劇の勝利！　畜生、これしかなかったのに。彼女には最初からわかっていたのに。そう、どういうわけだか知っていた。なのにだれも理解してくれなかった。どうせあいつらは何もわかっちゃいない、あのバカどもめ。毎回毎回、ああいう女の役ばかり持ってきて。真実の愛のために死ぬとか、くだらないことばかり。セーヌ川の少女の死体は、軽い知的障害者みたいににやけたデスマスクで成功した。マスクならお手の物だ。彼女は道化師の役を演じたいと前から思っていた。男の道化師、けれど化粧とシルクのズボンの下は女。彼に夢中になる女の子たちは、なぜ彼が答えてくれないのかわからない。だけど、ビリーだってわかっちゃいなかった。他のやつらと同じ裏切り者。さっきのパイがまたこみ上げてきた。彼女のことを、他の干されたサイレント映画のやつらと一緒くたにしやがった。まるで彼女がもう登録を抹消された、死んだ人間だとでもいうように！　彼女が盲目的に信頼してもいいと思った監督は一人だけ、そしてその人はとっくに死んでしまった！　彼のためならお化けの役だって演じただろう、いや、カボチャの役だってかまやしない！　彼になら何をさせられても許しただろう。何でも！　だが、彼はそれを望まなかった。そのくせ彼は彼女のことが気に入っていた。当時、ベルガーのところで。そして彼女も彼が気に入った、褐色に焼けた肌の彼が。南洋から戻ったばかりで、以前からそうだったように背が高く痩せていた。すっかり日焼けして、シェパード犬と一緒にミラマーに泊まっていた。素敵に傲慢で、すばらしく横柄で。彼の話は、どういうつもりで言っているのか、いつだってよくはわからなかった。彼は彼女に話した、彼の一族が何世紀も前にスウェーデンから移民としてやってきたと。そう言いながら、ぴんと背筋を伸ばして立ってみせた、まるでそれが何かの証明になるとでもいうように。とにかく魅力的だった！　それでいてビリヤード台の上では、彼の身体はものすごく柔らかかった。無理もない、二人ともすっかり酔っぱらっていたのだから。彼の褐色のすばしこい目、赤い髪、ぴくぴく動く口、あのいつも喉を震わせる声。まさに彼女の好みのタイプだった。ああ、それなのに！　またしても終わりの始まりにすぎなかった。五週間後、彼は死んだ。彼女にとって本当に何かを意味した他の皆と同じように。アルヴァ、モジェ、そして今度はムルまで。二人で素敵な時を過ごせたはずなのに。少なくとも彼女を嫌いではなかったはず。彼が少年好きだったことは、何の妨げにもならなかった。むしろ逆だ。彼女が女の子だったことなどなかったのだから。そう言うと、セシルはよくからかった。おいおい、だけど君は男の子だったことなんかないだろう。しかしその後、彼は彼女の古い写真を見つけ出して、そこに何かを見た。後の彼女がまだ含まれていない瞬間を。薄明かりの中の子ども時代。あのくそ貧しい、セーデルでの灰色の生活。父親は部屋の片隅で新聞の上に身をかがめ、母親は別の隅で繕い物をしていた。いつも空気は澱んでいた。彼女はセシルに触ってほしかった。そして何よりもう放さないでほしかった。やめて《ニヒト・マッヘン》と彼女が叫ぶまで——ドイツ語で。シュリースキーは彼女に指一本触れなかった。トイレの蓋みたいに大きな手をしているのに。ああ、なんてこと。

　オートクチュール店のウィンドーだって、昔はもっと趣味が良かった。モーヴ色の絨毯一枚買うにしたって、いったいどこを探せばいいの。それにあの色つきの家具、どこで見たんだっけ。ちぇっ、あの家具を置いたとしても、彼女の部屋はどうせくそ退屈なままだろう。セントラルパークの眺め付きの、しけた穴蔵。その部屋の何もかもが気に入らなかった。最悪だ。また引っ越さなければならないだろう。流浪の生活、世間から離れた逃亡生活。いつもひとりぼっち、天涯孤独。ニワトリと共に寝る生活。芝居へもめったに行かず、映画は並んでいない時だけ。何もすることがなかった。乙女座は修理上手だという。だが彼女にできることは引っ越しだけ。それが人生《セ・ラ・ヴィ》。いや、人生なんかじゃない、それは彼女そのもの。セシルの言う通りだ。彼女は自分のいちばん脂の乗った時期を空費した。だれか他の人が彼女のために生きてくれたら、自分の血で養ってくれたら。でも、いったいだれが。ジェインですら昨夜は我慢の限界だった。あの状況で！　ジェインは彼女がこれまで何度そうやって電話したかを数え上げた。なんて恥知らずな！　十回だって？　それにしたって！　最初はセシルのグロテスクなお叱言。つづいて今日はもう髪を洗う気力もないという悟り。そしてジェインの冷酷さ。残念ながらセシルはいつの間にか、哀れなほど懐いてしまった。メルセデスと同じくらいひどい。あの老いぼれカラスが不幸を運んでくるなんて。あのカイロプラクティック療法師を紹介したのはメルセデスだった。ドクター・ヴォルフだなんて、名前からして不吉だったのだ！　本当はちょっと手首が痛いだけだった。なのにあいつが背中と腰までいじくり回して、骨格を全部ずらしちまいやがった！　それ以来、腰骨がずれたばかりか、口まで曲がっちまった。あいつに殺されたも同然だ。

　コーヒーを飲もうか。でもどこで？　もうダウンタウンに入り込みすぎていた。ちぇっ、いまいましい。もっと早く気づけばよかった！　健康食品店へ行かなくちゃならないんだった！　本当は先週イラクサ茶を取りに行くことになっていたのだ。こんな大事なことを忘れるなんて！　彼女らしい。そう、彼女には重要な用事、たしかな目標があったのだ。レキシントン・アベニューと57ストリートの角にある健康食品店。なんといっても彼女は具合が悪いのだ。もしかしたらまた、あの小柄で魅力的なブルネットの店員がいるかもしれない。美人ではないが、可愛らしく親しみやすい。これで何もかもうまく行くだろう。なんて素敵な思いつき。あの店員が新しいクリネックスをくれるだろう、ことによると適当なビタミンカクテルでも調合してくれるかも。その後ジェインに電話して、コロニーズへランチに呼び出そう。ジェインにもう一度チャンスをあげよう。または一人でスリー・クラウンズへ行って、スモーガスボードを食べるのもいい。くそつまらない蒸し野菜やグリル・チキン以外の物を食べよう。その後ピーコック・ギャラリーで美味しいウィスキーを奮発して、ケント・ゴールドをひと箱吸いつくす。紳士服の仕立て屋へ行って、新しいズボンをオーダーしてもいい。セシルに電話して、ダーティピンクのセーターを探してくれと頼んでもいいかもしれない。彼は案外うまくやるだろう。セシルはとにかく活発でおそろしく世才に長《た》け、何にでも関心を示した——物事に対しても人間に対しても。彼がどうして自分と一緒にいたがるのか、まるきり謎だった。自分が信じられないくらい退屈な人間なのを、彼女自身がいちばんよく知っていた。何しろずっと自分に我慢しなければならないのだ。もううんざりだと思っても放り出せない。自分と別れることはできない。残念なことに。ああ、自分を置いて休みをとれたら。だれか他の人になれたら。あのいまいましい映画屋の仕事がいいのは、そういうところだ。脚本があった頃は便利だった。シュリースキーに脚本家の才能はなかった。だがたとえダメ男でも、いないよりはましだった。といって男に不自由していたわけではない。少なくとも二ケタはいた。女は含まれない。女の数は別勘定だ。やっぱりセシルかもしれない。少なくとも彼女は彼が好きだった。他に好きと言える人間がいただろうか。とっとと彼女の服の裾を捕まえて、祭壇の前へ引っ張って行けばよかったのに。そうする代わりにあの間抜けは、彼女のイエスという言葉を待ちつづけた。彼女を強引に幸せにするしかないと気づかないなんて。必要なのは、最後のひと蹴りだけなのだと。彼女がイエスという言葉を忘れてしまっただけなのだと。もちろん彼女は映画を作りたかった。だが、いいオファーが来るのを待ってもよかったはずだ。それは彼女の責任だった。あの水着の大失敗の後では、いいオファーとやらを見分けるのはそう簡単ではなくなった。魔の山のシシー夫人？　マリー・キュリーとレントゲン線？　直観がはたらかなくなった。跡形もなく消えうせた。そしてあの気が利く化け物、シュリースキーは真夜中に車とウォッカの瓶を彼女のために調達することはできても、こういう方面では何の助けにもならなかった。もちろん彼は暴君だった。それが彼のいいところだ。小男にしてはずいぶん大きな手をしていた。その手で周りの者たちを思い通りに指揮するのだ。声を荒らげることもなく。皆が彼をひどく恐れ、ツァルベロスだかツァルベルスだか、そんなふうに呼んだ。自分が何を欲しいか熟知している男。彼が時おり彼女を見る目つきといったら。冷たい魚の目、まるで彼女が全然そこに存在していないみたいに見た。

あそこの自動販売機式食堂の隣がもうそれだ。彼女の目標、彼女の灯台、彼女の大好きな健康食品店。運が良かった。あの小柄なブルネットの店員がいた。もうお茶を手にして待っている。あの店員なら頼りになる。こちらにお辞儀をする姿に、スモックがとてもよく似合っている。それにしても、なぜそんな妙な目で見ているのだろう。「まあ、どうなさったのです、ミス・ガルボ、そのお顔」どういうこと？「何ですって？　私、そんなに変わった？」何という目で見るのだろう！「いいえ、いいえ、とんでもございません」店員は慌てて彼女をなだめ、何事もなかったふりをしようとした。だが、何もないのに店員がそんなことを言うはずはない。なんてこと、すぐにここを離れなきゃ。お茶をこっちへよこして。代金はもう払ってあった。店を出る。なんという打撃。畜生。ひどい顔をしているに違いない。とにかくいつもよりひどいのだ。確かめなきゃ。でもどこで？　ショーウィンドーの鏡。くそっ。何なのこれは。本当にひどい、ぞっとする。真っ赤な目、真っ赤な鼻、見たこともないほどたくさんの皺。まるで張りのない首。どこもかしこも線だらけ、りっぱな皺へまっしぐら。ああ、いまいましい煙草のせいで、口元に深い溝のような皺がいっぱい。仮面を作る職人だってこれは直せない。大理石は崩れた。まだ輪郭が残っている部分もだんだんスポンジみたいになって、溶け崩れてしまうだろう。デスマスクの役がぴったりだ。若くして死ぬ者は、少なくとも美しさを保っている。ムルのデスマスクを彼女はいまだにとってあった。

　この顔のために、何だってしたではないか。髪の生え際をまっすぐにし、歯を矯正し、髪型と髪の色を変えた。あの阿呆な卑怯者どもが、この顔が彼らのものだと勘違いしたのも無理はない。彼女は睫毛《まつげ》を震わせるだけでよかった、世界中がその意味を勝手に解釈した。彼女の微笑みは神秘的。目は預言者的。頬骨は神的。くそっ。崇拝は終わりの始まり。そうしたらもう残るは硬直か自己犠牲しかない。くそっ。何が女神だ。化粧した間抜け、それが彼女だったのだ、これまで何年間も。男の役だって立派に演じられただろう。すらりと高い身長、広い肩幅、巨大な手足。だが、この身体を彼らは望まなかった。半裸のこの身体を見て、あいつらは逃げ出した。この呪われた面《つら》には大きすぎる台座、培養液。それが彼女の真の敵だった。何が大理石だ。ただの仮面、空っぽの容器にすぎない。その裏側に何が隠されているか、皆が躍起になって知りたがった。後ろになんて何もありゃしないのに。何も！

　いや、やっとわかった！　水着のせいじゃない！　ずっと水着のせいだと思い込んでいたけれど。問題は水着じゃなく、あの呪われた水泳帽の方だったのだ！　あのふざけた顎の下の紐、肌に痕の残る。その辺の肉はもう柔らかく、張りがなくなってきていた。老化はすぐに始まる。基本的に誕生と同時だ。いまとなっては何もかも手遅れだけれど。畜生め。もうどうだっていい。煙草でも吸おう。さあ、紙巻き煙草を出してと。父さんの口癖だった、明日は今日よりマシさ、って。そう言ってあっけなく死んじまった。この十年間はきつかった。これからの十年はさらに悲惨だろう。彼女はすべてにうんざりしていた。うんざりすること自体にうんざりしていた。皆は夫や子どもや思い出を持っていた。彼女には何もない、この呪わしい名声とくだらない金以外は。その金のせいで彼女は四月の月曜日に仕事へ行かなくてもよいのだった。ダウンタウンのオフィスへも、カルバー・シティの埃っぽいスタジオへも、どこへも。真実は、彼女の人生は終わったということだった。過去のある女、未来のない女、それが彼女だった。櫂のない船、いつもひとりぼっち。かわいそうなちっちゃなガルボ！絶望的状況だった。もはや引き馬ではない、主をなくした犬。四月にもうゴミの臭いがする下水道の街、マンハッタンをうろつき回る、その日暮らしの犬。だが、どこへ行けばいいのだろう。彼女は世界に知られた顔だった。フィッシャーズハットを被ろうが、地面までとどくアザラシの毛皮のコートに身を包んでいようが、遅かれ早かれ発見された。ハゲタカはどこにでもいた。単に時間の問題だった。いや、終わって良かったのだ。それが彼女自身の決断だったことは幸いだったのだ。いつか得るよりも失う物の方が多くなる。彼女は一生懸命働いた。いつも時間がなかった。いまは時間がある、ただ何をすればいいか、さっぱりわからないだけ。イースト・リバーはあまりに汚すぎて、身投げする気にもなれなかった。頭がおかしくなった女はたくさんいる。残念ながら彼女は違った。ただ病気になった。ひょっとするととっくにおかしくなっているのに、気づかないだけかもしれない。それとももう死んでいるとか。もう何年も前に。そもそも彼女に若い頃なんてあったのだろうか。思い出せなかった。それは珍しいことではなかった。彼女が何かを思い出すことなどなかった。ただもう何もかも見つくした、体験したという感情だけ覚えていた。手紙の山、スポットライトがブーンと唸る音、カメラのフラッシュ、あのあさましく仰々しい態度。ロサンゼルスは悪夢そのものだった。この世にあれほど退屈な場所はない。歩道のない呪われた街！　なんてこと。ちょっと散歩するためだけに、いったい何度サンタ・バーバラまで五時間かけて車をとばしてもらったことだろう。そして結局そこでもお茶を飲みに行けないことに気づくのだった。彼らはいたる所で待ち伏せしていた。ただ放っておいてほしいだけだったのに。だが、なぜだれも彼女のことを気にかけてくれないのだろう。どうして彼女には夫も子どももいないのだろう。彼女が愛した者たちは皆死んでしまった。そしていまなお彼女を崇拝する者たちは、すでに年老いていた。彼女と同じくらいに。彼女もムルのようにすべきだったのだ。何もかも売って、永遠に行方をくらます。必ずしも南洋でなくてもかまわない。戻ってきたのが彼の運の尽きだった。反対車線のトラック、斜面。他の者は無傷だった、トラックの運転手も、ハンドルを握っていた小さなフィリピン人も。シェパード犬はどこかへ逃げてしまった。もしかするといまだに谷間をさまよっているかも。ムルの美しい後頭部はぺしゃんこに潰れていた。しかし葬儀場でグレーのスーツを着て、あの高貴で高慢な顔をまるでベルリンのゲイ男みたいにけばけばしく塗りたくられて横たわる彼の姿には、その傷はもう見えなかった。クチナシの花環と十字架の間の、痩せこけて飾りたてられた遺体。この場所では死者ですらまるでテクニカラー用のように化粧をされた。カラフルな模様のインド更紗《さらさ》のクッションを置いたガーデン椅子があちこちに置かれていたが、だれも座ろうとしなかった。どっちみち二、三人の間抜けが弔問に来ているだけだった。最後の忠実な友人たち。火葬か土葬か、それが問題だった。そんな時ですら彼女は決心がつかなかった。ああ、時計をもう一度元に戻せるなら、何だって差し出すのに！　人との結びつきを逃さないこと、結婚でも、映画撮影でも！　彼女はやりたかった！　スクリーンテストまでした。ラ・ブレアで送風機の風を髪に受けながら、自分の台詞《せりふ》をうまく暗唱してみせた。皆が息をのんでいたではないか。そしてジェームズが言ったではないか、ミス・ガルボ、貴女はいまも世界一の美女だ、と。彼は本気で言っていた。あれはそんなに昔のことではなかったはず。二年か三年。つい最近のこと。あれは何だったかしら。不幸な恋愛の末に尼僧になる侯爵夫人の役だった。どうだっていい。彼女自身、尼僧みたいなものだった。セシルとは楽しい時を過ごしたけれど。ゲイはいい恋人になる。彼は彼女の髪をつかんで、痛いほど引っ張った。彼女がどうしてほしいか、彼が心得ていた時もあったのだ。もう少しだったのに。どんな馬鹿なことでもやる用意があった。いろいろ努力し、二の腕を鍛えたりまでした。ところがさあこれからだと思うと、いつだって邪魔が入った。まるで呪われたみたいに！　シュリースキーはいつも言った、彼女がエレオノラ・ドゥーゼみたいだと。ドゥーゼもまた十一年間表舞台から身を引いた後に復帰した。そして空前の大成功をおさめた。今年は何年だったかしら。一九五二年だ、畜生。つまりもう十一年過ぎてしまったのだ。全世界がプールの彼女を見て大笑いしてから、呪われた十一年余が経ったわけだ。そしていま、彼女は何者だろう。着る物のない女。失業した女優。生きた化石。ダーティピンクのカシミアセーターと何らかの意味を求めて、白昼にミッドタウンをさまよう幽霊。背の高い煉瓦造りの建物に挟まれた、味気ないまっすぐな道路の谷間に生きながら葬られたゾンビ。彼女が試さなかったものはない！　占星術、神知学、さらに精神分析まで――ウェスト・ハリウッドで唯一のスウェーデン人分析家、ドクター・グロスベルグのもとで。彼は数週間後、彼女がナルシスト障害だという診断を下した。じつにお見事だ！　診療所を出ると、ハイウェイの上に彼女の巨大なポスターがかかっていた。これで障害にならない方が不思議だ。二度とそこへは行かなかった。自分の魂を切り分けられるのはもともと気が進まなかったのだ。そもそも彼女に魂があるのか、セシルは疑っていたけれど。彼は正しいのかもしれなかった。彼女はたんに悪い人間なのかも。そう、その通りだ。悪い人間で、お行儀も悪かった。もはや変わることはないだろう。彼女が妻の役を演じられるかもしれないと、セシルは本気で思ったことがあったのだろうか。それも役のオファーではあった。ただし最後の。いまとなってはすべて手遅れだ。だが、いつから彼女は老いたのだろう。そんな昔のことではなかったはずだ。このいまいましい老化はいつ始まったのだろう。春に感動するようになった時。昔は春に心動かされることはなかった。いつも冬を恋しがっていた。サン・ヴィセンテ大通りにある彼女のアパートの裏に、たった一本立つ枯れ木、彼女の冬の木。何度想像しただろう、寒さがこの木の葉を奪ったのだ、もうじき雪が降って裸の枝を覆うだろう、と。だが、もちろん雪などけっして降らなかった。どうしてって？　呪われたカリフォルニア！　降るのはクリスマス後の雨。ざあざあ降る雨がやがて峡谷《キャニオン》を溢れさせる。人は何だって忘れることができた、両親も、言葉も、国籍も。だが子ども時代の気候だけは忘れることができない。もっとも、四月に花開くバラ、オレンジの花の甘い香りはまんざらでもなかった。湿っぽい霧に包まれたマベリー・ロードでの日々、浜辺の朝、散歩できる唯一の場所。彼女の逃避行の試みは結局、ことごとく気候で挫折した。そしてたどり着いたのは？　ホルムアルデヒドと汗とゴミの悪臭がする街だった。初めてこの街へ来た時、彼女はまだほんの青二才だった。あれは夏、あまりの暑さに外出もできなかった。死ぬかと思った。夜は眠れなかった、裏庭でゴミを潰していたからだ。彼女はただ横になり、あの地獄の機械がゴミを咀嚼《そしゃく》する不快な音や消防車のサイレン、車のクラクションなど、神経を痛めつける騒音に耳を澄ました。できることならバスタブで溺死したかったが、彼女の部屋にはバスタブがなかった。そしていまは？　いま、この都会の穴蔵は彼女に残された唯一のわが家だった。彼女は死んではいなかった。死者は鼻風邪なんか引かない、それくらいは彼女も知っていた。いや、彼女は生きていた。まだ生きていた。それが問題だった。それならカリフォルニア。それともヨーロッパ？　ここに留まるのは論外だった。まずは小さなことから始めよう。一つ一つ。とりあえず家に帰ろう、紅茶を淹れて、ジェインに電話して、髪を洗う。その次に、もしかしたらカリフォルニア。パーム・スプリングスへ寄り道して。そして夏にはヨーロッパ。ニースはきれいな島だそうよ。

レスボス島
サッフォーの恋愛歌

*サッフォーの歌はギリシャ古代の紀元前六〇〇年頃、エーゲ海東部にあるレスボス島で成立した。†それらの歌は彼女の死後まもなくある旋律と共に書き留められ、繰り返し演奏されたと考えられるが、その譜面は一切残されていない。紀元前三〜二世紀のアレクサンドリアの学者たちが何種類もの版や詞華集にばらばらに収められていた彼女の作品を研究し、全集版を編むよりはるか以前に失われてしまった可能性がある。紀元一世紀のガダラのフィロデモスによれば、当時の遊女たちが饗宴や愛の戯《たわむ》れの際にサッフォーの歌を歌う習わしがあったらしい。

彼女の詩作品はビザンチン時代に散逸したと思われる――単なる放置と故意の破壊という例の効果的な組み合わせによって。哲学者ミカエル・イタリコスは十二世紀前半にサッフォーに言及しているが、その書き方は当時まだ彼が彼女の作品に慣れ親しんでいたことを窺わせる。同じ頃、ヨアンネス・ツェツェスという学者はサッフォーの詩がすでに失われたとしている。一〇七三年に教皇グレゴリウス七世により焚書に処されたとか、一二〇四年の第四次十字軍によるコンスタンチノープル略奪の際に処分されたとする説もある。彼女の詩がすでに四世紀に破棄されたと推測する者や、のちに彼女の詩を引用した文法学者が一人もいないことから、それよりさらに早い時期に失われたと考える者もいる。

膨大な量のパピルス断片が解読されたことにより、サッフォーのテクストは近年大幅に増加した。

ネブカドネザル二世がエルサレムを略奪し、ソロンがアテネを統治し、フェニキアの航海船が初めてアフリカ大陸を迂回し、アナクシマンドロスが万物の根源を無規定の元素のうちに見、魂の本質を空気のようなものとして推測した頃、サッフォーは書いた。

神にも見まがうあの方／おまえの向かいに座り／その愛らしいおしゃべりに／そばでじっと耳を傾ける

あなたの快い笑い声、それが／私の胸の奥にある心を臆病にする／ほんのひと目、あなたを見ただけで／私はすっかり声を失う

私の舌はもつれ、結び目ができたかのよう／小さな炎が一瞬、私の身内を走る／この目には何も映らず／耳はごうごうと鳴るばかり

汗が吹き出し、震えが私を襲う／草よりもなお青ざめて／まるで死者のように／この身が私には思われる

されどすべては耐えられる、なぜなら…

ブッダと孔子はまだ生まれておらず、民主主義の概念も「哲学」という言葉も発明されていなかった。だがエロス——アフロディーテの僕《しもべ》——はすでに強い手で支配していた。それは最古かつ最強の神の一人であるのみならず、青天の霹靂のように人を襲い、不可解な症状を引き起こす病、突如身に降りかかる大いなる自然の力、海を波立たせ、楢《なら》の木ですら根こそぎにする嵐、不意に襲いかかって御しがたい欲望を煽り、恐ろしい苦悩を引き起こす荒々しい不屈の獣——甘く苦い、身を焼き尽くす情熱。

現存する文芸作品のうち、サッフォーの歌より古いものはごくわずかしかない。大地のような重量感のギルガメシュ叙事詩、リグヴェーダの冒頭の軽やかな賛歌、汲めども尽きないホメロスの叙事詩、ヘシオドスの大きく枝分かれしていく神話。その神話によれば、ミューズたちはすべてを知っているという。「彼女たちは過去、現在、未来を知っている」。ミューズの父親はゼウス、母親は巨人《ティターン》にして記憶の女神であるムネモシュネー。

私たちは何も知らない。いずれにせよ多くは知らない。ホメロスが本当に存在したのかどうかも知らなければ、私たちが便宜的に「偽ロンギノス」と呼ぶ作者、断片的にのみ伝わる彼の崇高についての書物の中で、エロスの力についてのサッフォーの詩を引用したことで後世の私たちに残してくれた作者がだれであったのかも知らない。

私たちは知っている、サッフォーがレスボス出身であることを。それはエーゲ海の東に位置する島で、小アジアの陸地は視界の良い時なら泳いで渡ることもできそうに思えるほど近い——当時繁栄を極めたリディアの海岸、今日のトルコへ、そしてふたたび今日繁栄を極めるヨーロッパ世界へ。

没落したヒッタイト王国のどこかに、彼女の風変わりな名の起源はあるにちがいない。その隠された意味は「ヌミノース的」、「清潔」、「清浄な泉」――または別の語源をたどるなら――古代ギリシャ語の変化した形でサファイアとラピスラズリ。

彼女はエレソスで生まれたとされるが、ミュティレネの可能性もある。生年は私たちの西暦以前の六一七年頃、あるいはその十三年前もしくは五年後。父親の名はスカマンドロス、もしくはスカマンドロニモス、しかしまたシモン、エウメノス、エウリギオス、エクリトス、セーモス、カーモン、エタルホスであったかもしれないと、きわめて饒舌《じょうぜつ》だが信頼性に欠ける、十世紀のビザンチンの事典『スーダ』は記している。

私たちは知っている、彼女にハラクソスとラリホスという名の二人の兄弟、あるいはさらに三人めのエウリギオスという兄弟がいたこと、そして彼女が高貴な生まれであったことを。なぜなら彼女のいちばん下の弟であるラリホスが、ミュティレネの市庁舎《プリュタネイオン》の献酌侍従という、貴族の家柄の男子にのみ許された役職についていたからだ。

私たちは考える、彼女の母親がクレイスという名で、また彼女自身にも同じ名前の娘がいたと。彼女がある詩の中で愛しい娘に語りかけるその名はしかし、ある女奴隷を指している可能性もある。

夫についてサッフォーは一切言及していない。『スーダ』が彼女の夫の名として挙げている「アンドロス島のケルキラス」は、アッティカの喜劇作家たちの下品な冗談に過ぎない可能性がある。よりによってサッフォーに「男島のシッポ氏」を意味する名前の夫をあてがって興がっていたのだろう。ファオーンという名の若き船乗りに対する、彼女の叶わぬ破滅的な恋をめぐる伝説もまたこの時期に生まれたにちがいなく、オウィディウスに至ってなお『名婦の書簡』の中でこの話を巧みにふくらませている。

私たちは紀元前三世紀の年代記の碑文によって知っている、彼女がある時——それが正確にいつであったかは、パロス島の大理石板には記されていない——船でシラクサへ逃れたことを。別の資料から、クレアナクティード一族がこの島の運命を支配したのは紀元前五九六年頃であったと推論できる。七、八年後に僭主ピッタコスがレスボス島の支配者になると、サッフォーは亡命先から戻り、ミュティレネである集団を作ったと考えられるが、それがアフロディーテを崇拝する祭礼共同体のようなものだったのか、互いにエロティックな好意を寄せ合う女性同士の饗宴だったのか、それとも良家の子女が結婚に備える学校だったのか、私たちは知らない。

古代初期の女性について、これほど多くの矛盾する事柄が言われている例は他にない。文献がきわめて乏しい一方、伝説は多様で、両者を区別しようとしてもほとんど見込みはない。

時代ごとに独自のサッフォー像が作り上げられ、さまざまな物語に含まれる矛盾を回避するため、第二のサッフォーが創作されることすらあった。ある時は女祭司——アフロディーテもしくはミューズに仕える——、遊女、男狂いの女、恋に狂った男女《おとこおんな》、またある時は善良な女教師、礼儀正しい淑女とされ、ある時は恥知らずで堕落しており、またある時はしとやかで清らかであるとされた。

彼女と同郷で同時代人のアルカイオスは、彼女のことを「気品に満ち、スミレ色の巻き毛、蜜のような微笑みを持つ」と形容し、ソクラテスは「美しい」と書き、プラトンは「賢い」、ガダラのフィロデモスは「十人めのミューズ」、ストラボンは「素晴らしい人」、そしてホラティウスは「男性的」と呼んだが、ホラティウスが厳密に何を意図したのかはもはや究明しようがない。

また、二世紀末あるいは三世紀初めのパピルスは、サッフォーが「醜く、背が低く、浅黒い肌」をした「軽蔑に値する女狂いの女」であったと主張している。

彼女の肖像はかつて青銅や真鍮の像として広く普及していた。今日もなお銀貨は月桂冠を戴く彼女の横顔を示し、ポリュグノトス派の水瓶は巻物を読むすらりとした彼女の姿を、そして紀元前五世紀の黒光りする花瓶は、背の高い彼女が八弦の竪琴を手にちょうど演奏を終えたところ、あるいはいままさに演奏を始めようとするところを示している。

私たちは知らない、いまや音声の失われた古代ギリシャ方言の中でももっとも古くて御しがたい、語頭に息を吐かないアイオリス方言で、サッフォーの詩行がどんな風に響いたか。彼女の詩は婚礼の宴や客人をもてなす饗宴、女性たちの集まりにおいて、弦楽器の伴奏付きで朗誦された——つま弾くとくぐもった音を出すフォルミンクス、祝宴の雰囲気のキタラ、力強いバルビトス、ハープに似たペクティス、高音のマガディス、鈍い音を響かせる亀の甲羅の竪琴。

私たちはこれだけは知っている、「抒情詩《リューリク》」という語が、こうした楽器の一つである竪琴《リューラ》に由来し、サッフォーの死から三百年後にようやくアレクサンドリア派の学者たちによって作られたものであることを。彼女のために八巻または九巻の全集本を捧げ、何千行もの詩をパピルスの巻物に書きとめたのは彼らであった。そうして韻律ごとに分類された何百もの詩のうち、完全な形で残っている作品は一つしかない。それもアウグストゥス時代のローマの修辞学者であるハリカルナッソスのディオニュシオスが、その著作『文章構成法』において、賞賛すべき例としてまるごと引用したおかげだ。そのほか、例の偽ロンギノスと呼ばれる学者が、互いにつながりのある四つの詩節を保存していた。また別の詩の五つの詩節が、三つの別々のパピルス断片から再構成され、さらに一九三七年には紀元前二年のエジプトの男子生徒が手の平ほどの陶片に適当に書きつけた別の詩の四つの詩節が発見された。五つめと六つめの詩の断片は、中世初期のぼろぼろに傷んだ羊皮紙に書かれていた。そして七つめと八つめの詩の大部分は、エジプトでミイラの保存や書物の装丁に用いられた例のカルトナージュの帯状パピルスから復元された。ただしこの二つの詩のうち一つの判読法については、専門家たちの意見がいまだに分かれている。

文法学者アテナイオス、アポロニオス・デュスコロス、ソロイの哲学者クリュシッポス、事典編纂者ユリウス・ポルックスらが、ある文体や単語、またはサッフォーにちなんで名づけられた詩形を説明するために引用した一握りの単語や数少ない詩行を、中世の書家たちの大判の手写本がいまに伝えている——それ以外は切れ端にすぎない。一行か二行だけの散らばった詩節、穴だらけの詩行、文脈から剝がれ落ちた単語、単語や行の頭や尻尾。文というにはほど遠く、ましてや意味などない。

…／…／…そして私は行く…／…／　…すぐに…／…／…なぜなら…／…ハーモニーの…／…合唱を、　…／　…澄んだ響き／…／　…万人に…／…

歌が鳴り止み、単語が抜けている箇所、パピルスの巻物が破れたり腐敗している箇所に、いくつもの点が浮かび上がるかに見える。最初は一つ一つばらばらに、それが次第に対になり、やがてリズミカルな三和音のぼんやりした模様が現れる——声なき嘆きの譜面が。

これらの歌は声を失い、文字になった。フェニキア語から借用したギリシャ文字に。不器用な生徒の手によって陶土に刻まれ、あるいは職人のまめまめしい手によって硬い繊維質の沼地の草の髄でできた紙に葦筆で書き写された、黒々とした大文字。軽石で磨き、白亜をこすりつけて白くした、子羊や死産した山羊の皮に書かれた繊細な小文字。パピルスも羊皮紙も、ともに有機質の素材——ひとたび野ざらしにされれば——死体と同じようにいつしか腐敗する。

…／　…そうではなく…／　…欲望…／　…不意に…／　…花…／　…欲望…／　…よろこ…

まるで何かの記入用紙のように、あちこちが欠けたこれらの詩は補足を要求してくる——解釈や想像によって——あるいは中エジプトの滅亡した都市、オクシリンコスのゴミの山から発見されたばらばらのパピルス片の解読を進めることによって。厚さ数メートルの乾燥した砂の層が、これらの石のように固く、虫に食い荒らされ、幾重にも巻かれていたために脆く皺だらけでぼろぼろに破れたパピルス断片を、ほぼ一千年の間保存していたのだった。

私たちは知っている、パピルスの巻物にはぎっしり段をつめて、単語の間を空けず、句読点や補助線も使わずに書かれていること、そのため保存状態の良い物ですら解読が困難であることを。「ディヴィナティオ」——古代の神託術において、野鳥の渡りを読み解いたり夢解きをすることにより未来を占う天分を意味した。今日のパピルス学において、それは消えかかった古代ギリシャ語の文字の欠片《かけら》から文を読み取る能力を指す。

断片とは、私たちは知っている、ロマン派の無限の約束であり、いまだ有効な近代の理想である。詩はそれ以来他の文学ジャンルに例を見ないほど、雄弁な空虚、投影に養分を与える空白と結びついている。幻肢と同じく「…」はまるで単語と癒合したかのように、失われた完全性を主張する。もしサッフォーの詩が無疵《むきず》であったなら、かつて派手な色に彩られていたという古代の彫刻作品と同様に私たちは違和感を覚えることだろう。

残された詩と断片は非常に短く、互いに脈絡もなく欠損しており、全部合わせてもせいぜい六百行ほどだ。計算によると、残されているのはサッフォーの作品の約七パーセントだという。これまた計算によると、全女性の約七パーセントが女性にのみ、もしくは主として女性に魅力を感じるというが、ここに相関関係があるのかどうかは、計算によって証明することはできないだろう。

文字の歴史には、未知のものや未定のもの、不在のもの、失われたもの、空白、無を表す代替記号が知られている。古代バビロニアの穀物目録に記された〇（ゼロ）、代数方程式におけるx（エックス）の文字、発言が不意に中断される際の——。

……　……　……／羊飼い　欲望　汗／……　……　……／……の薔薇
……／……

絶句法、すなわち発言を中断する技法は、私たちは知っている、修辞上の文彩《あや》である。偽ロンギノスもまた彼の崇高論の中でこれを取り上げたはずなのだが、不注意な図書館員や製本工のために、その部分は失われてしまった。途中で話を止める人、つかえたりどもったりし始める人、急に黙り込む人は、感情に圧倒され、その感情のあまりの大きさにただただ言葉を失うしかないのだ。省略記号はすべてのテクストに、言語化しえない感情、与えられた限られた語彙の前にひれ伏す感情の、あの大きな漠然とした世界への扉を開かせる。

…私の愛しい人…

私たちは知っている、エミリー・ディキンソンが友人にして後に義姉妹となるスーザン・ギルバートに宛てた書簡を出版するにあたり、姪のマーサ、すなわちギルバートの娘が、その中に含まれる一連の情熱的な部分をとくに明示せずに削除したことを。こうして検閲された文章のうちの一つ、一八五二年六月十一日の手紙はこのようなものだ。「あなたがここにいたなら――ああ、あなたがここにいてくれたなら、私のスージー、私たちに言葉はいらない、私たちの目が、私たちの代わりにささやいてくれる。あなたの手を私の手の中にぎゅっと包んでいれば、話さなくたっていい」

言葉を介さない盲目の理解は、言葉を尽くした無限の感情の誓いと同じく、恋愛詩の不動のトポスだ。判読しうるかぎり、サッフォーの言葉はきわめて誤解の余地のない、明確なものである。それは思慮深いと同時に情熱的に、すでに滅びてしまった言語、翻訳するたびに甦らせなければならない言語でもって、二十六世紀たったいまも何らその強度を減じていない天国的な力について語っている。人をまるで無防備にし、両親も配偶者も、わが子さえ捨てさせる欲望の対象へと、一人の人間が突然の不可思議な、残酷なまでの変化を遂げるのである。

エロスがふたたび私を揺さぶる、四肢を溶かす者が／苦くて甘い、屈服させがたい爬虫類

私たちは知っている、古代ギリシャ人にとって、当事者同士が同性か異性かによってその欲望を区別する考え方は馴染みのないものであったことを。むしろ決定的なのは、性行為における役割が当事者の社会的役割に対応していたことである。成人男子は性的に能動的に振舞い、一方若者や奴隷や女性は受動的な役割を演じた。この支配と服従の行為を分けるのは男か女かではなく、侵入し所有する側か、侵入され所有される側かということであった。

サッフォーの現存する詩において男性が名前入りで登場することはないのに対し、女性の名前は数多い。アガリス、アッティス、アナクトリア、アナゴラ、アバンティス、アリニョータ、アルケアナッサ、エイラナ、エウネイカ、ギュリンナ、クレアンティス、クレイス、ゴルゴーン、ゴンギラ、ディーカ、テレシッパ、ドリチャ、プレイストディカ、ミカ、ムナシス、ムナシディカ、メガラ。彼女たちこそ、サッフォーが優しい献身や炎のような欲望、熱い嫉妬や氷のような軽蔑をこめて詠《うた》ったものだ。

だれかが私たちのことを思い出すだろう、／そう、はるか遠い時代になっても。

私たちは知っていると思っている、サッフォーは教師であったと。そう記している最初の記録は、サッフォーの死から七百年後に、彼女がイオニアとリディアの最上流家庭の娘たちを教えていたと報告する紀元後二世紀のパピルス断片なのだけれど。

サッフォーの現存する詩には、教育に関する文脈を思わせる箇所は見当たらない。断片の中では女性たちが来ては去っていく世界が描写され、しばしば別れについて歌われてはいるけれど。それは過渡的な場所のように見え、より多くの記録が残るギリシャの少年愛の風習の女性版と解釈してもよさそうに思われる。こうした見方はまた、彼女の詩作における否定しがたい女性愛の存在を、本来の目的、すなわち授業の明確なクライマックスである結婚のための準備として位置づけることにつながる。

私たちは知らない、イングランド北西部の教区であるタクソールの婚姻登録簿に、一七〇七年九月四日付でとくに何の注釈もなく結婚が記載されているハンナ・ライトとアン・ガスキルの関係がどのような性質のものであったかを。だが、キリスト教の結婚式で使われる「汝の赴くところ我も行かん」という文句が、旧約聖書で夫を亡くしたルツが姑のナオミに言う言葉であることはよく知っている。

私たちはまた知っている──ある女生徒の訴えによれば──不適切な犯罪的行為を互いに行ったとされる、スコットランドの女子寄宿学校の女校長二人をめぐる一八一九年の裁判で、そもそも女性同士のセックスが可能であることを示すために、ルキアノスの『遊女の対話』が引用されたことを。その中で遊女クロナリオンはキタラ奏者レアイナに、「レスボスのある裕福な婦人」との性経験について尋ね、その婦人が彼女と何を「どんな方法で」したのか詳しく語らせようとする。しかしレアイナは答える。「根掘り葉掘り訊くのはやめて！　言葉にしがたいことです。アフロディーテにかけて、私は何も話しません」

問いは答えられぬまま、ここでその章は終わる。女性同士が互いにどんなことをするかは結局口に出されず、言葉にもできない。いずれにせよ女教師二人は嫌疑から解放される。裁判官が、被告らの行ったとされる行為はそもそも不可能だという結論に至ったためだ。道具なきところに行為なし、武器なきところに犯罪なし。

長い間女同士の行為は女と男の間の性行為を模倣している場合にのみセックスと見なされ、処罰の対象となりえた。性行為を特徴づけるのは男根《ファルス》とされ、男根のないところにあるのは何らかの記号によって強調されることのないただの空白、見えない点、隙間、女性の生殖器と同じく埋めるべき穴にすぎなかった。

この空白につけられた息の長い表題が「トリバーデ」である。これは西暦一世紀から十九世紀までの男性によって書かれた書物に徘徊する、男の役割を演ずる女の幻影で、異様に巨大化したクリトリスもしくは男根に似た補助具の助けを借りて他の女たちと交情した。私たちが知るかぎり、自らトリバーデと名乗った女性はいまだかつていない。

私たちは知っている、言葉や記号の意味は変化するものだということを。長い間、並んで記された三つの点（…）は失われたもの、未知のものを指したが、いつしか口に出されなかったこと、言葉にしえないことをも表すようになり、削られたもの、省略されたものだけでなく、未決定のものをも示すようになった。こうして三つの点は、暗示されたことを最後まで考え、欠けているものを想像するよう促す記号となった。それは言葉にしえないことや黙殺されたこと、不快なことや卑猥なこと、有罪とされることや推測的なこと、そして省略の特別な一変種として、本源的な事柄を置き換える代替物である。

また私たちは知っている、古代において省略を表す記号はアステリスクであったことを――その小さな星の印（＊）が、文中のある箇所をそれに関連する欄外の注と結びつける役割を担うようになったのは中世のことである。セヴィリアのイシドールスは七世紀に著された『語源あるいは起源』の中で書いている。「星――印刷記号としての――は何かを省略した場合にその箇所に挿入される。この記号により、不在の物は明るく照らし出される」今日この星は時として、一つの名詞になるべく多くの人とその性的アイデンティティを含ませるために使われる。省略から包含が、不在から存在が生じ、空白から豊かな意味が生まれる。

そして私たちは知っている、「レスビアーズィン」すなわち「レスボス島の女たちのようにする」という動詞が、古代において「だれかを辱める」とか「堕落させる」ことを意味する語、レスボス島の女性たちが発明したと考えられていたフェラチオという性技を表す語であったことを。ロッテルダムのエラスムスはまだその古代の格言集において、このギリシャ語をラテン語のフェラーレ、すなわち「吸う」と訳し、このようなコメントとともにこの項目を締めくくっている。「概念はまだ存在するが、こうした風習は私が思うにすでに根絶された」

そのほんの少し後の十六世紀末、ブラントームはポルノ的小説『艶婦伝』の中で述べている。「この業《わざ》に関してレスボスのサッフォーは良い教師であったと言われる。それを発明したのはサッフォーだという説さえある。以後レスボスの女性《レスビアン》たちは熱心に彼女を見習い、今日までそれを実践している」その後、空白は地理的な故郷に加えて、言語的な故郷をも持つことになった。もっともアムール・レスビアンという語は近代にいたるまで、年下の男性に対する女性の叶わぬ恋を表すものであったのだが。

私たちは知っている、二人の若き女流詩人ナタリー・クリフォード・バーネイとルネ・ヴィヴィアンが一九〇四年の晩夏、長年の夢だったレスボス島を共に訪れた際に失望を味わったことを。ようやくミティリニ港にたどり着いた彼女たちを、蓄音機から大音響で流れるフランス語のシャンソンが出迎えた。島民たちの容姿も、粗野な言葉遣いも、彼女たちが詩の中で幾度となく歌ってきた場所の崇高なイメージにそぐわなかった。それでも二人はオリーブの森の中に二軒の隣り合わせの家を借り、月明かりや日差しの中で長い散歩をし、何年も前に冷めていた互いへの愛をふたたび甦らせ、この島にレズビアンの詩と愛の学校を創ろうと計画した。

その牧歌は三人めの女性——嫉妬深く支配欲の強い男爵夫人で、ヴィヴィアンと恋愛関係にあった——が来訪を予告してきたのを、電報によってかろうじて思いとどまらせたことで終わりを告げる。バーネイとヴィヴィアンは別れる。パリに戻った後は、二人に古代ギリシャ語を教える共通の教師が秘密の文通の配達人をつとめた。

私たちは知っている、レスボス島住民の女性二名と男性一名が二〇〇八年、この島の出身でない女性がレズビアンと名乗ることも、他人からそう呼ばれることも禁止すべきであると提訴して敗れたことを。「私たちは、私たちの故郷の名前が奇妙な人々によって恣意的に使用されることに反対します」担当裁判官は訴えを退け、原告のレスボス人三名に裁判費用の支払いを命じた。

レスボスの習慣をまだ知る者がいるだろうか。アリストテレスは彼の『ニコマコス倫理学』の中でこの習慣に触れ、一般的な法律が個別の状況に合致しない場合、「石の形に順応する」鉛の定規を使用したというレスボス島の建築家に倣うよう勧めている。具体的な状況においては、まっすぐだが役に立たない理想の定規に従うよりも、曲がってはいても機能的な定規を用いる方が良いということだ。

そしてあの四行からなる頌詩《オード》の韻律、サッフォー詩体をまだ知る者がいるだろうか。最初の三行は同じ構造で、一行が十一音節からなり、詩脚はトロカイオス（長短）、三つめにダクテュロス（長短短）が挿入され、最後の行はダクテュロス、トロカイオスからなるアドニス風詩行となる。行頭はすべてアウフタクトなしの硬い音で始まり、行末はすべて女性的に柔らかく終わる。この韻律に特徴的な荘厳な雰囲気は、最終的に安らぎや晴朗さの中に溶けていく。

長い間、神学者や法学者や医学者の論文において「トリバディズム」、「サッフィズム」、「レズビアニズム」といった概念は多かれ少なかれ同義的に扱われてきた。それは自然に反する性行動や破廉恥な行為を指すこともあれば、奇形的巨大化や精神的な病気という意味合いで使われることもあったのであるが。

なぜ「レズビアン・ラブ」という呼び方がここしばらく続いているのか、私たちはよく知らない。ただこの言葉と、それと結びついた秩序観もまたこれまでの他のすべての呼び名と同じようにいずれ色褪せるだろうということはわかる。

Lは舌先の音、Eはいちばんまっすぐに外へ吐き出される母音、Sは耳に引っかかるささやきと警告の音、Bは閉じた唇を突き破る爆発的な音……

ドイツ語の辞書では、「レズビアンの」という語は「読むことができる《レースバール》」のすぐ後に載っている。

ベーレンホフ

フォン・ベーア家の城

＊長い歴史を持つ家系であるフォン・ベーア一族のうち、その紋章ゆえに「白鳥首の」という呼び名を冠されていた在ギュッツコーの系統が、十四世紀以降グライフスヴァルトにほど近いポンメルン地方ブースドルフ村の大部分を所有していた。

一八〇四年、在シュトラールズントのスウェーデン領ポンメルン政府の認可を得て、この土地は「ベーレンホフ」と改名された。騎兵大尉ヨハン・カール・ウルリヒ・フォン・ベーアの大農場は、その孫カール・フェリックス・ゲオルクのための世襲財産とされ、相続の際には必ず長男子相続制をとるよう定められた。

カール・フェリックス・ゲオルクは農場の古い館の裏手に、シンケルの弟子のフリードリヒ・ヒッツィヒ設計による後期擬古典主義の新しい二階建ての領主館を建てさせ、一八三八年に竣工した。一八九六年、この建物は一八七七年にプロイセンの伯爵に昇格していたカール・フェリックス・ヴォルデマールによって拡張され、一階建てだった左右のベランダは拡大して二階を増築された。

ドイツ帝国の郡長にして長年の帝国議会議員であり、一九三三年に死去した先代伯爵カール・フリードリヒ・フェリックス・フォン・ベーアの未亡人、メヒティルド・フォン・ベーア伯爵夫人は一九三六年から一九三九年にかけて、領主館を告白教会の講義の場として提供した。神学者ディートリヒ・ボンヘッファーはたびたびここの客となったという。†一九四五年五月八日、領主館は炎に包まれた。焼け落ちた建物の残骸は、周辺住民によって新しい農家を建てるための建材として転用された。

広さ九ヘクタールの、一八四〇年から一八六〇年にかけてペーター・ヨーゼフ・ルネの設計に基づいて造られた景観公園は今日、文化財として保護されている。

私は開いた窓を思い出す。夜で、空気はひんやりしている。ある夏の夜の、開いた窓。空に月はない。ただ街灯のぼんやりした明かりだけが見える。土の匂いがする。雨が降ったのかもしれない。覚えていない。

七月三十一日のことだった、と母は言う。母は自信満々だ、ケルスティンおばさんの誕生日が七月三十一日だから。家の向かいに並ぶ古い奉公人屋敷の一つで、あの日の晩もお祝いをした。絶対に雨ではなかった、とも母は言う。あの日はいい天気だった。一日中お日さまが出てた。七月だもの。天候の記録を見直しても、その日はやはり暑い日ということになっている。全体に気温の高い、極端に乾いた夏だった。

一九八四年夏。それは私の最初の記憶、私は覚えている、と思う、いや絶対にそうだ。ケルスティンおばさんに電話したっていい。おばさんはまだ生きている。私の母も、二人の父も。私を生産した父と、後になってあの夜私の脚を氷で冷やし、ガーゼの包帯を巻いてくれることになる父と。

私は草の生い茂る丘陵の間の墓地で遊んでいる。石の塊や石盤の後ろに隠れ、白や青に光るちっぽけな花をつけた植物の間にしゃがみこむ。腰を曲げて歩くせいで背の小さくなったおばあさんが一人、枯れた花とからからに乾いた花環を堆肥場に捨てる。ブリキのジョウロを錆びた水道の蛇口の下に置き、ツゲの生垣の向こうに消える。

私は首をすくめ、滑らかな石を指で撫で、彫られた文字のざらざらした凹みをなぞりながら、ありえないことを待ち受ける。私は見つけられるのを待っている。見つけてほしいような、見つかるのが怖いような。

私が子どもの頃、私たちの家族はいつもどこかしら田舎の村に暮らしていた。そうした村々は過去の繁栄を上手に隠していた。当時も私たちはある村に住んでいた。村に一つしかないバス停からほんの二、三歩の、塔のない、天井の高い内陣のある教会のすぐ隣に建つ、かつての教会の聖具係の家の二階に。家の裏庭は、墓地の敷地にじかに接していた。両方の堆肥場を仕切る柵さえなかった。記憶の中で、私はほとんどいつもひとりぼっちだった。墓地でひとり、背の高い赤い壁に囲まれた果樹園でひとり、石の山の上でもひとり。その石の山から、母の話では、あの日私は何度も繰り返し飛び降りていたという。

しかし、だれも来なかった。奇跡はやはり、いつものように、起こらなかった。代わりに私は小さな花壇の花を一つ二つ摘み、地面からパンジーをむしり、地面のあちこちにささった尖ったプラスチックの花瓶からチューリップを引き抜いた。

何となく感じるものはあったが、私は何も知らなかった。いずれにしても、それらの花がここにいない人々のものだということは知らなかった。木でできた箱に入れられ、地面の下で腐敗している死者たちの。私が花束を家に持ち帰ると、母は私を叱ったが、何も説明してはくれなかった。

私はまだ死というものを知らなかった。人は死ぬということ、私自身もいつかは死ぬのだということは、私の想像力の外にあった。その少し後になって、従兄《いとこ》からその秘密を打ち明けられた時、私は信じなかった。私は自信たっぷりに、どうせ従兄がいつものようにどこかでそれを小耳にはさんで、勝手に誤解したのに違いないと思った。彼はにやりと笑った。自分の正しさを確信しているようだった。

私はくらくらして、その頃住んでいた新築の家の中を抜けて台所へ駆け込み、母に尋ねた、人間は本当に死ぬの、私たちは皆、私もいつか死ぬの。母は頷いて、そうよと言い、肩をすくめた。私はゴミバケツを見やった。そしてどういうわけか、死んだ人は小さく縮んで、このバケツに入るのだ、それを清掃局が回収するのだと想像した。もうだれも何も言わなかったにもかかわらず、私は耳をふさぎ、玄関間へ飛び出した。波状にうねる窓ガラスを通して、黄色い光が階段ホールの埃の積もった観葉植物の上に落ちていた。

私は目をつぶっている。隣村の年の市で、お化けコースターに乗っている。両親が連れて行ってくれたのだ。その教え子二人が私の左右に座っている、男の子と女の子。

暗い所に入り、私は両腕で顔を隠す。涼しい風が肌を撫でる。カタカタという音が聞こえる。ガタン、ゴロゴロという車輪の音、叫び声。まぶたの上に押しつけられた自分の肌の感触に、さらにぎゅっと目をつぶり、一瞬息を止め、ハミングして待つ。永遠のような時が過ぎる。

いつの間にかだれかが私を軽く叩いている。母の声が言う、終わったわよ。私は目を開ける。ふたたび外に出ている。私ずうっと目をつぶっていたんだよ、と誇らしげに言う。うまく逃げ切った。恐怖の裏をかいてやった。お金がもったいなかったわね、と言いながら、母が私を乗り物から抱き降ろす。

私はリンゴの木々の間の庭で遊んでいる。タンポポをたくさん摘み、その黄色い花の汁で指を染める。堆肥の山の前に、棘だらけの玉を発見する。それは息をしている。生きている。

母がミルクの入った小鉢を玉の前に置くと、それは奇妙な動物に変わる。私たちはそばにしゃがみ込む。黒いボタンのような目が私を見つめる。母の手が私の頭の上に置かれるのを感じる。尖った鼻がミルクを探す。ちっぽけなピンク色の舌がちろりと見える。その動物は低く唸りながら、ピチャピチャと音を立てて飲む。棘がゆさゆさ揺れている。

私は人生を謳歌《おうか》していた。何も待ってなどいなかった。母は、子どもが生まれてくるのを待っていた。けれども私は膨らんだお腹も、その膨らみをさする男の人の手も見た記憶がない。母は妊娠していたにちがいない、とデータは言う。母は妊娠していた、と写真は示す。涼しかったはずのないあの七月の夜から一か月後、私の弟はこの世に生まれ、病院から電話を受けた祖母は、ナイトブルーの室《ガ》内着《ウン》で寝室の戸口に立ち、初めて弟の名を口にすることになるのだった。

私は祖父母のベッドに座り、私にとって何の意味も持たないその名前を聞くと、また口紅の方に向き直った。祖母がベッドの上の活字箱の中にしまっていた、小さなきらきら光る筒の目をみはるようなコレクション。

寝室の窓は開いているが、家の玄関の扉は閉まって、しっかり鍵がかかっている。鍵はいつもの鍵掛けになく、食卓の上にも置いていない。目を覚ました私は、ベッドの柵をよじ登って下に降りた。寝室のドアを開け、家中を探す。どの部屋も真っ暗で、ほかの窓はすべて閉まっている。居間の半円形の屋根窓も、台所の天窓も、父が小さな作業場にしている窓のない小部屋の真っ黒い穴も。

ほかに部屋はなかった。風呂場は一つ下の一階にあった。それを屋根裏部屋のビオラおばさんと共同で使っていた。うるさい音を立てる風呂用ボイラー、四本足の浴槽、その前に置いてあるゴザマットも共用だった。トイレ、ビオラおばさんは、公園の北の端にあるかつての厩舎《きゅうしゃ》内に収められた、学校の給食室で働いていた。それは黄色い煉瓦造りの建物で、入口の門の上の左右に、石でできた馬の頭が付いていた。昔、馬たちが干草を食んだ場所で、私たちはその頃毎日昼食を食べていたのだった。幼稚園の子どもたち、学校の生徒と先生、要するに村の半分が、長い行列に並んで順番を待った。ビオラおばさんはブロンドに染めた髪と紫色のアイシャドーを塗った目、トラック運転手の夫を持っていた。その夫はいつも土曜日に帰って来て、日曜日にまた出かけていく、背の高い顔のない存在だった。学校は公園の向こうにある、窓がずらりと並ぶ新築の二棟の建物だった。そこで私の両親とケルスティンおばさんは授業をしていた。公園は大きく、すでにない城の一部だった。ケルスティンおばさんもビオラおばさんも、本当のおばさんではなかった。ただそう呼んでいただけだ。

そして城も、本当の城ではなかった。それは領主の館で、横に長い二階建ての建物は大農場の中心だった。その隣に厩舎、羊舎、牛舎ならびに会食堂、納屋が二つあった。ドルフシュトラーセ通りに面したベーレントア門を抜けると、公園の北半分を通って菩提樹の並木道がまっすぐ城まで続いていたが、そこへ村の住人が立ち入ることは禁止されていた。私の幼稚園があった場所は、広いアプローチになっていたに違いない。緑で覆われた円形広場の奥は車寄せを兼ねた吹き抜けの正面玄関で、その上に八本の柱に支えられたバルコニー。窓の上には三角形の破風《はふ》があり、建物前面を野ブドウの蔓《ツル》が覆っていた。

窓は開いているが、家の扉は閉まり、錠前には門がかかっている。私は腕を伸ばし、ドアの取っ手をつかんで下へ引っ張る――しかし扉は閉まったままだ。

私は思い出す、居間の壁の大きな造りつけの棚、暖炉の隅に置いたままのおもちゃ、突然凍りついたような揺り椅子。まるで巨大な、整理整頓された人形の部屋。寝室の窓だけが開いて、外の空気はひんやりとしている。

教会は村の中心にあったが、皆がそこをただ通り過ぎた。だれも赤煉瓦の塀の向こうを見ようとせず、だれも墓石や十字架に目を向けなかった。ただ腰の曲がった老婆が一人か二人、きしむような音を立てる門を通って墓地へ行った。私たちは教会のすぐ隣に住んでいた。しかし教会は何の意味も持たなかった。切り出した花崗岩と珪長石でできた巨大な建物も、その斜め向かいの牧師館も、一階にある木製の鐘架も、日曜日の鐘の音も、教会の墓地に傾いて立つ錆びた十字架も、錬鉄の門の向こうにある歴代伯爵たちの風化した墓所も、シダに埋もれた十字架も、だれも座ったことのないひび割れたベンチの上の石の浮き彫りの天使も、聖句を刻んだ石板も。母がその言葉を読み上げてくれた時でさえ、私には理解できなかった。愛はいつまでも絶えることがない。それらは過去の残滓《ざんし》であり、そして過去は永遠に克服されたように見えた。

この村に名前を与えたのは、古い貴族の家系だった。ギュッコーの伯爵家とポンメルンの公爵家に仕える封建家臣――勇敢で愛すべき忠実な騎士、ある古い封土認可状にはそう書いてある。

それらはまるでおとぎ話の言葉だ。何段にもわたってびっしり書き込まれた文書の中で、一族の系譜が大きく枝分かれしていく。フォン・ベーア家の人々は、騎士に仕える小姓、宮廷司厨長、侍従、伯爵、司教座教会主席司祭、教授、郡長、市参事会員、管財局長、指揮官、執事、騎兵大尉、廷臣、軍人、元帥、少佐、大尉、少尉だった――ある時はポーランド戦や国防軍で、またある時はスウェーデンの近衛隊、デンマークやフランスの軍隊で。修道女に女子修道院長、大佐夫人、さらに詩人までいたが、何よりまず彼らはこの場所、すなわち彼らの封土、農場、種子、動産、家畜を含むすべての所有者であった。この騎士領は分割相続されることなく古い一族の系統の所有に帰するようになっており、その一族内では長男が次男以降よりも価値があるとされ、娘はほとんど価値がないも同然だった。彼らは所有する土地を売ったり交換したり、保持したり入手したり、そのために利子を取り立てたり、自分の持ち分を抵当に入れたりした。時には封土認可状に署名し、分厚い紙の上に牡牛の血のように赤い、粘り気のある蠟《ろう》で、二羽の白鳥の間で踊る熊の紋章の刻印を押した。

私の母の祖先は代々、農民、家畜商人、材木商人、運送人、肉屋の親方《マイスター》、それに林務官が一人、鉄道の転轍《てんてつ》係が一人、船乗り一人。血のつながりのある父の祖先は製粉屋、仕立て屋の親方、車大工、大工職人、歩兵一人、医者数人、白生地の縫子一人、漁師一人、鉄道の車掌一人、化学者一人、建築家一人、工場主一人、武器製造業者で、戦争後は墓地の庭師になった者一人。

私たちがこの村に住んでいたのはたった一年だが、それが私の記憶にある最初の年だ。家の裏庭に面していたのは墓地ではなく公園だった、と母は言う。取り壊された塀の残骸がまだ残っていた、と母は付け加える。

城は戦争が終わった後に爆破されたのだと言う者もいれば、すでに戦争が終わる前に、調度品もろとも焼き払われたと言う者もいた。玄関間を飾る豪華なシャンデリア、二つの応接間へ通じる扉の鉛ガラス、黒っぽい色調の家具、書物、銀食器、陶磁器、黄金の鏡、古い地図、そして廊下にずらりと並ぶ、真剣なまなざしで大きな馬に跨《またが》る歴代領主たちの巨大な肖像。

私たちには古い物、受け継いだ動産は一つもない。ただ私たちの住んでいる家だけが古い。毎晩、屋根裏でテンが動き回る音が聞こえる。両親は白鳥池の向こうのプレハブ住宅に家が空くのを待っている。三部屋、セントラルヒーティング、水道から温水の出る風呂。順番待ちのリストに載っている。時間がない。もうすぐ子どもが生まれるのだ。

古い建物が老朽化のため、一夜にして倒壊することも稀ではなかった。去年の秋の生協の店がそうだった。屋根が崩落したのだ。翌朝、力ずくでようやくドアをこじ開けた。その前に集まった人の群れをまだ覚えている。生協の店員たちと客たち、花模様のスモックを着て、空っぽの買い物用ネットをだらりと提げた女たち、駆けつけてきて瓦礫の中から缶詰を引っ張り出す男たち。埃だらけになった商品を手押し車に載せ、缶詰や瓶詰、小麦粉、牛乳配達車が運んできた瓶を、私たちの家の建物の左手前にあるポーチ内の、暗く風通しの悪い空間に積み上げた。緊急販売が始まった。一日中こうこうと明かりがついていた。階上に住む私たちの所まで、レジの音が聞こえてきた。

私はオレンジ色の小花模様がついた、ローン地の袖なしパジャマを着ていた。落ちないようにウエストにゴムが入っていた。私は開いた窓と、生温かい空気を思い出す。やはり涼しくはなかった、涼しかったはずはないのだ、爽やかな風が吹き込んでくることすらなかった、なぜならあれは七月で、ケルスティンおばさんの誕生日だったから。ビオラおばさんがどうして私の様子を見に来なかったのかはわからない。私は三歳半、ほとんど四歳だった。伸ばした指四本、ほとんど片手全部。

私は裏庭に積み上げられた煉瓦のことも、私があの日だんだん高い所へとよじ登っては繰り返し飛び降りていたという石の山のことも覚えていない。私に見えるのはあの開いた窓だけ。窓の下枠は私の胸の高さまである。私はそこまで身体を持ち上げようとするが、高すぎる。二、三歩下がって考える。ユーディット、あなたはおばかさんじゃない、そして声に出して言う、ユーディット、あなたはおばかさんじゃない。私はその文を何度も繰り返す、最初はそっとひとりごとのように、だんだん大きな声で。その言葉に導かれるように、私は台所へ行く。そして椅子をつかみ、タイルの上を押していく。キーキーと大きな音がする。引きずって敷居を越え、居間のオレンジ色の絨毯の上をぐいぐいと引っ張り、敷居を越えて寝室へ、両親の大きなベッドを通り過ぎ、開いたままの窓へ。私はおとぎ話のヘーヴェルマンのことを考える。けれども私のパジャマは帆ではなく、私のベッドには車輪もない。夜じゅう暖炉のそばから動かない。私はヘーヴェルマン、けれども、まだ足りないの、と母の声で尋ねる月は、雲の陰に隠れてしまった。雲の輪郭が光っている。私を止められる者はいない。私は椅子の上によじ登る、スリッパを履いたまま。紺色のコーデュロイ地のスリッパ。私は窓枠に乗り、しゃがむ。スリッパのつま先は宙を指している。私は待たない。私は何も待ってはいない。街灯にも、リンゴの木の枝にも目をくれない。ただ下へ。舗道の敷石、眼下の勾配へ。

私の母は子どもを連れずに病院を退院し、バス停だけでなく鉄道の駅まである新しい村へ列車で向かう。コウノトリが屋根の上でヒナに餌をやっている教会を通り過ぎ、コンクリートの前庭に駐輪場のある新しい建物に入った生協の店を通り過ぎる。けれどもかっぽう着の女たちがもうそこに立っている。こちらを見て、コソコソ話している。ベーレンホフから来た女先生だよ、今度新しいところに住むっていう。彼女らは母を手招きして、子どもは死産だったのかと尋ねる。彼女らはそれを標準語と低地方言の両方で尋ねる。あがんぼうは死産だったのが。

一人のおばあさんが私を見つける。杖にもたれ、私の上にかがみ込んで尋ねる。なにばがなごとやってんだが、じょっこちゃん。

私の母は子どもを連れずに家へ向かう。母は帰っても来ない。なぜなら私が一週間祖父母の所にいる間に、両親は隣村の新居に入居するからだ。隣村までは七キロ、果てしなく遠い。キロメートルというのは最大の単位で、一年と同じくらい想像がつかない。私は三歳半、ほとんど四歳だ。それがわかるのも、私の四歳の誕生日の直前に、弟がこの世の光——いや、むしろグライフスヴァルトの産婦人科の蛍光管と言った方がいいかもしれない——を初めて見て、つづいてすぐに黄疸治療の青い光を見ることになるからだ。新しい家には風呂場が付いているが、セントラルヒーティングはない。地下室にはまだ前の入居者の石炭が残っている。ひとまずは足りそうだ。

まるで蛇のように首に巻きついた臍の緒は、子どものこの世への誕生を遅らせ、困難にし、最終的に大変な危険に陥れた。手や唇がすでに青く変色していた赤ん坊が生きて生まれてきたことは、奇跡に近かった。

私はある悪夢を思い出す。私は水面の下にいて、どんどん沈んで行く。頭の上に氷の層がある。私はテレビのトリック映画を思い出す。一人の女が空っぽのプールに飛び込み、人形のように手足がバラバラになる。その映像は今もなお、私の心に名状しがたい恐怖を呼び起こす。

私にはわからない、死ぬというのはどんな感じがするものか。私は新しい幼稚園の先生に訊いてみる。背の高い、ふさふさの巻き毛の女の先生。

彼女は首を振る。わからないわ、と先生は言う。まだ死んだことないから。

死んだ人が土の中でどうなるか知りたいの。腐敗するのよ。私にはその言葉の意味がわからない。しなびたリンゴみたいに、そのうち虫やウジがわいて、食べられちゃうの、と先生が説明する。私はとっさに家の台所のゴミバケツを思い浮かべる、すると先生が言う、だけどそんなの気づかないから大丈夫よ。だってあなたはもう死んでるんだから。

嫌なもの。温めたミルクの表面にできる皮、村の池の薄い氷の層、裏庭にいる一ダースもの黒光りするナメクジ。死神は、花模様のかっぽう着を着たおばあさん。運命の女神たちは頭にスカーフを巻いて、杖をついて歩き、低地方言を話す。死産の子どものこと、ばがなごとを尋ね、あまりに早く死んでしまった夫たちの墓を掃き清める。

フォン・ベーア家はかつて、勇敢で愛される忠実な騎士だった。彼らの城は焼き払われた、とある者は言う。爆破された、と別の者は言う。ロシア軍が来るので老伯爵夫人が逃げてしまった時に、村人たちが自分で略奪し、火をつけたのだ、と事実を知るはずの、ある老婆は言う。彼らは持って行ける物はすべて持って行った。玄関間の豪華なシャンデリア、二つの応接間への扉の鉛ガラス、黒っぽい家具、書物、銀食器、陶磁器、黄金の鏡、古い地図、廊下にずらりと並ぶ、真剣なまなざしで大きな馬に跨る歴代領主たちの巨大な肖像、伯爵家の紋章の付いた銀のシガレットケース。灰色の盾に、まっすぐに立ち上がる黒い熊、それは挨拶するように前足を挙げている。鉄兜の上には互いに反対方向を向く、首を曲げた二羽の白鳥。

私はイラクサの茂みに着地する。スリッパは足に引っかかったまま。脚にひきつるような痛みが走る。麻痺したような感覚。イラクサがちくちくと肌を刺す。街灯の明かりの中に浮かび上がる、腰の曲がった老婆のシルエット。アスファルトが光っている。雨が降ったのだ。

最近、イラクサは人間が住む場所、塀でも廃墟でもどこでも生育すると読んだ。たいていの棘のある植物と同じく、イラクサは古くから魔除けの効果があるとされてきた。プリニウスは、イラクサの根を掘り出す時に病人の名を呼び、病人がだれの子か付け加えれば、三日間つづいた熱も治せると書いている。私は自分がだれの子かわからなかった。

寝室のぎらぎらと眩《まぶ》しい照明と、表面になめらかな塗装が施された木目模様の戸棚が見える。私は仰向けに寝て、まるでカブトムシのように脚を上に伸ばしている。両親がいる、実物大より大きい。両親は私を見ないで、私の脚だけを見ている、両親は私の脚を包帯でぐるぐる巻きにする。膝が痛み、足の部分は感覚がない。両親の顔は、髪の毛のついた白い点のよう。

骨は折れていなかった。レントゲン写真を見れば明らかだった。奇跡だとはだれも言わなかった。私の母も、郡庁所在市の医者も言わなかった。捻挫した足首に、看護婦が酸化亜鉛の包帯を巻いてくれた。そして私の予防接種証明書にスタンプを押した。その最初のページには、絆創膏が三枚貼られていた。それにブロック体で私の名前と、その村での新しい住所が書いてあった。母の字、きちんとした読みやすい教師の字だった。

骨は折れていなかったが、私は何週間もまともに歩けなかった。私はひょこひょこと足を引きずりながら、腕を伸ばした。母は私を抱き上げた。私は脚を広げ、母の腰と、その後ろのお腹の中にいるまだ生まれぬ子に抱きついた。

私のジャンプがどれほど面倒をかけたか、後になって両親はよく話をしたものだ。けれども運が良かったとか奇跡だという話はしなかった。あの時代、あの国に奇跡は存在しなかったからだ。私は神様も天使も知らなかった。初めて天使を見た時、私はもう小学生になっていた。それはあるおばあさんの驚くほど短いベッドの枕元に飾られた、ガラス付きの額に入った色彩豊かな絵に描かれていた。その絵は過去の遺物だった。まるで荒石でできた切妻壁と土台のある奉公人屋敷の室内のように暗く、また、まるで月明かりの夜にコウノトリの翼の生えた長い髪の男の人に導かれて、色とりどりの服を着たぴかぴかの頬と金髪の巻き毛の子どもたちが、目を輝かせて木の吊り橋を渡る世界のように遠く隔たっていた。

夕食の時、私は長いこと母を見つめた。この人は本当に私の母親だろうか。母は繰り返し、何日も苦しんで私を産んだ話をしたが、それは単にそう主張しているだけという可能性はないか。母がどこかで私を見つけて連れ帰ったとか、それどころか私の本物のお母さんから私を奪い去った可能性も同じくらいあるのではないか。どこかで本物のお母さんが、「ちっちゃなハンスちゃん」の歌のように悲嘆に暮れながら、私を待っているのではないか。

私は母が私のためにパンにバターを塗り、小さく切って私のお皿に載せるのを見つめた。母の茶色い目、何かを隠している母の口を観察した。私は急いで洗面所へ行って、左右の鏡の間に身体を割り込ませ、無限に複製された顔をじっと見て、似ているところを探した。

それはなぞなぞだった。けれど私はその問いすら、問題の意味すら理解していなかった。問いは開いた窓。答えも開いた窓。四メートルの高さからのジャンプ。

数年後、私は病気で祖父母の家に寝ている。長い休みの時だ。客間は暖房されていない。私には熱と痛みがある。医者が呼ばれる。背の高い男の人だ。その人は青白い手を私の首に当て、私をじっとしばらく見つめる。柔らかい声。目は深く落ち窪んで、まるでだれかが穴の中にぎゅっと押しこんだよう。そこから切羽つまったように、眼鏡のレンズ越しに奇妙に大きくなった目がこちらを見ている。何か私に言いたそうな目。その手が財布から一枚の写真を取り出す。まるまるした白いタイツのふくらはぎの子どもが一人、手に大きな傘を持って写っている。私は頷くが、何もわかってはいない。これはなぞなぞ、でも私にはその問いも、出題の意図もわからない。写真の子どもは私。その医者は私の父親、でもそれは違う。

それから三十年以上経ったある冷たい春の日、私は改修された教会聖具係の家の前面にメジャーを当ててみる。そしてそれがセンチメートル単位で正確に四メートルなのを知って驚く。二階の窓は、当時よりも幅が広くなっている。斜め向かいの旧牧師の家は売りに出されている。そこのベランダからは視界をさえぎられることなく、平坦な地形、草地、さらさらした粘土質の表土に覆われた畑が見渡せる。男が一人通りかかり、乳白色に曇った窓ガラス越しに中を指さす。そして、硝石《しようせき》、と言う。それはまるで死刑宣告のように響く。その時になって初めて、私は壁にかさぶたのような白い泡がついているのに気づく。それはまるで伝染する病気のように見える。
私は初めて教会の中に入る。内陣の北側の壁に、地獄の顎《あぎと》が描かれている。カエルやヘビや人間がそこへ落ちていく。劫罰を下された魂が炎にのみ込まれる。その前にはブタの顔をした地獄の王が、笏《しゃく》と稲妻を手に君臨している。

窓から飛び降りたのが、私の最初の記憶だったろうか。私は母にハリネズミのことを訊いてみる。ハリネズミが出てきたのはその前の年、秋のことだったと母は言う。私はハリネズミを覚えている、その意味するところはやはりあの七月の夜ではなく、あの不思議な生き物が私の最初の記憶ということだ。

石の熊たちは今なお、公園の入口に立つモルタル塗りの門柱の上に君臨し、その前足は風化した盾を、すなわち最後の伯爵たちの紋章を支えている。菩提樹の並木道が公園の中へとつづいている。石畳の円頭石はほとんど土に埋もれている。辺りにはたくさんのシャクナゲ、栗、木蓮、ムラサキブナが二本、さらにアカガシワやユリノキまである。地面はオオマツユキソウ、マツユキソウ、アネモネの白い花の絨毯に覆われている。
スポーツ広場の端に、私は腰ほどの高さの、苔むした石の壁を発見する。城の残骸にちがいない。丸天井の地下室のみを残すようになって初めて城と呼ばれるようになった、領主の館の残骸にちがいない。公園の南半分にある池に人工的に造られた二つの島の手前に、二羽の白鳥がまるで絵のように浮かんでいる。

バビロニア

マニの七経典

*マニは二一六年、ペルシャ人の両親の子として、バビロニア地方のティグリス河岸のセレウキア・クテシフォンの近くで生まれ、父親のもと、ユダヤ人キリスト教洗礼派の教団内でユーフラテス川下流域に育った。ごく早い時期から神の啓示を体験。二十四歳で洗礼派の教団を去り、伝道を始めると、信奉者を見出すと同時に敵も作っていった。彼はバビロニア全土、メディア、ガンザカ、ペルシャ、インド、パルティア、およびローマ帝国の端まで布教した。

マニはサーサーン朝の支配者シャープール一世とその息子ホルミズド一世の庇護を受けたが、ゾロアスター教の司祭らの強い求めに応じた後継者バハラーム一世によって、二七六年もしくは二七七年に捕らえられた。彼は投獄後二十六日目に死んだ。その遺体は切り刻まれ、切り落とされた頭部はグンディシャープールの市門にさらされた。

マニの教えは二本の川にはさまれたメソポタミアの地を越えて、スペイン、北アフリカを含む地中海沿岸全域、小アジア、中央アジア、そしてシルクロードに沿ってインド帝国、中国まで広がった。その際、混合主義的なマニ教の教義はペルシャではゾロアスター教、西方ではグノーシス派キリスト教、東方では仏教と結びつくことに成功した。古典時代後期には、マニ教は三つの大陸に信者を有する世界宗教となっていた。

†マニ教の衰退に関する資料はほとんどないが、マニの経典のほぼすべてが古典時代と中世に破棄され、その教えの実践がいたる所で弾圧され、信者は迫害された。三八二年以降、ローマ帝国西部ではマニ教の信仰を告白する者は死刑とされた。中国の唐ではマニ教は八四三年になってようやく禁止されたが、トルキスタンのいくつかの地域では十三世紀まで、さらに中国南部では十六世紀まで命脈を保った。

主に東アラム語で書かれたマニ教の経典にはギリシャ語、ラテン語、コプト語、アラビア語、パルティア語、中期ペルシャ語、ソグド語、ウイグル語および中国語の翻訳があるにもかかわらず、今日まで保存されているテクストはほとんどない。現存するのはわずかに『大福音書』の冒頭部分、『書簡』の残骸、『巨人の書』の断片、中期ペルシャ語で書かれた伝道書『シャープーラカン』のいくつかの切れ端のみ。そのためマニの教えを再構成するには、長い間その迫害者側の証言と後のアラビアの百科事典編集者に頼るしかなかった。

ようやく一九〇二年、保存状態の悪いマニ教写本の断片が中央アジアのトゥルファン・オアシスで発掘された。一九二九年、エジプトのファイユーム・オアシス付近で見つかったコプト語のマニ教の書物の大部分は、主にベルリン・コレクションに送られた。これらの写本のうちマニの『書簡』を含む未研究の資料の一部は、第二次世界大戦後にソ連邦へ移送される途中でふたたび紛失した。

聖なる事柄がまことに聖人にのみ啓示されるとすれば、ならばこの地においてそれは起こるであろう——砂漠の高い太陽のゆらめく真昼の光の中、多くの腕を持つ雄大なユーフラテス川の曲がりくねった支流のほとりに生える、風に葉をかき乱されたナツメヤシの下で。北方の山地の雪解け水が、春の終わりにこの川の流域の岸辺や堤防を襲う濁流と化し、降雨量の少ない、あるいは降雨のまったくない遠くの低地まで細く枝分かれしてつづく灌漑《かんがい》用水路へと膨大な水量を送り込み、堤防で囲まれた貯水池を満たし、休閑地をしっかりと湿らせ、揚水車を回転させ、種子を成長させる――そしてこの土地の富と名声の礎《いしずえ》である、一年に二度の収穫を保証する。穀類、山ほどのザクロやイチジクやナツメヤシを何百もの筏《いかだ》が下流へ運ぶ。やがて川は三角州《デルタ》の湿地でその双子の川と合流し、膨らんだ水脈とともに河口へと流れていく。

　ここは始まりの土地、文化の沖積地、かつてこの地へ重たい頭蓋と自由になった両手を持つ最初の祖先がやって来て、広い顎と膨らんだ鼻の穴、サルのような目の上にメランコリックな盛り上がった瞼を持つ従兄をじりじりと北へ追い払った。追われた従兄は洞窟にもぐり込み――石でできた道具と肉をきれいにかじり取った骨を武器に――だれからも惜しまれることなく、種族もろとも絶滅した。各地を放浪する部族のジグザグの移動から、やがて秩序のようなものが形成され、集団から諸民族が生まれ、諸民族はまるで細く長い糸に真珠を通すように、蛇行する川沿いに集落を作っていった。それぞれの集落が独立した国、平等な者たちから成る一個の共同体であり、その成員たちは仕事と報酬、収穫や収益を分配するようになった――そして石や木や鉱石がない代わりに、粘土の世界を創り上げた。靴を履かない裸足の民が暮らす漆喰塗りの葦の小屋や質素な円形の建物、巻き毛の髭をたくわえた王侯たちの四角張った宮殿、吹き荒れる風の中にそびえる城塞、塵に埋もれるジグラート、半牛半人と翼ある獅子に守られ、ブルーの釉薬《エナメル》をかけた煉瓦で造られた華麗な大通り、長いスカートを穿《は》いて腕組みをした司祭たちを描いたなだらかな浮彫彫刻、濡れた砂に残る鳥の足跡のような、繊細な文字がびっしり刻み込まれた粘土板。

　アダムの民らがまだ野生の羊の柔らかい下毛をまさぐり、ヒトツブコムギの穂を茎から折り取り、フタツブコムギの籾殻《もみがら》をカラフルな彩色を施した陶鉢に集め、新たに種を蒔く前に毎回曲がったつるはしで土を掘り起こしている間に、物もまた定置されるようになり、蓄えられ、だれかの財産として宣言され、牛は柵の中に囲い込まれ、野生馬は飼い慣らされ、初めて土地が測量され、収穫はその後の年月に備えて割り振られた。氏族共同体につづいて、氏族経済が行われる。蜂蜜が流れ、人々は放浪する。石の時代は終わりに近づく。青銅がほのかに光り、鉄が輝く。時代はまず黄金色に、つづいて灰色に染まる。諸民族が定住するにつれ、彼らの探求、真実と意味を求める衝動はますます休息を知らなくなった。いつも同じ地平線が、毎晩太陽をのみ込む、その眺めと同じくらい新しい内なる不安。闇に目を凝らしても大地は見えず、見えるのはただ瞼の裏側にちらつく幻影と、無数の光の点で穴だらけの、近づくものすべてをのみ込む底なしの暗黒。世界とは昼と夜、熱と寒気、空腹や喉の渇きと飽食、健気に回り続けるろくろ、木でできた車輪、牛が畑を耕すように、湿った粘土板を耕す葦の先端。

初めに活動ありき、それだけは間違いない、偉大な永久運動の回転ありき。それが——ひとたび始動するや——エネルギーを保存し、河川を増水させて海に注がせ、その水を空へ上昇させ、大きな循環へ、四季の入れ替わりへ、対概念の反復へと導いた。そうした対概念は歴史の始まりから並んで登場し、天と地、母と父、兄と姉、夫婦神、犬猿の仲の二体の怪物等を演じてきた。原初の荒涼とした空虚の方が、呪いのように人類の上にのしかかる不毛な対立の法則よりもまだ豊かに見える。以後、人類はたえず採集か狩猟か、耕作か牧畜か、火を熾《おこ》すか泉へ行くかの選択を迫られてきた。何があの深淵、存在の底で認識を待ち受けているか、だれにもわからない。初めに支配していたのが荒れ狂う混沌か、大きく口を開けた空虚か、その両方かそれともどちらでもないのか、創造は無計画に行われたのか、それとも目的に向かって実行されたのか、神々の世代間の競争、老いと若きの闘いの結果が創造なのか。

ここに端緒を持つ宇宙論は数知れず、また互いに矛盾に満ちている。共通するのは、この世界を不完全なものと見る考え方だ。神々とこの世に投げ出された人間との間には、否定しがたい大きな溝がある。汚点のない永遠の魂と、腐敗しやすい、腐敗した肉との間に横たわる、痛いほど深い溝が。人間とは何か、どこから来て、どこへ行くのか、いつ、そしてなぜこの世は罪を犯したのか。古くからあるこれらの問いは、いまやかつてないほど切迫していた。

というのも、この世が罪を負っていることを、終わりのない旱魃《かんばつ》が証明していたからだ。種子が二十倍から三十倍も発芽し、春の雨が降るたびに乾いた草原を花の海へと変えた時代は過ぎ去った。浸水した畑に水が溜まり、収穫をだめにした。滔々《とうとう》と流れる川がますます大量の砂を南の川岸へ押し流し、海は次第に後退して、後にはかさぶたのような沼沢地だけが残った。雨が降ることも、降らないこともあった。水位がいつもよりほんの一エレ分上がり、例年より早く洪水が来て低地を浸水し、堤防を崩して作物を台なしにしても、その川の流れが養うものは空腹と痛みだけ――そしてあの大洪水の記憶、その壊滅的な大波を乗り越え、瀝青《れきせい》で封印された木箱が一握りの選ばれし者たちを載せて、新たな時代《アイオーン》を目指したのだった。その時代に神々のうちの一人が他を制し、王のごとくに法を公布した。条件なくして同盟なし、契約なくして信頼なし。

けれども、かの神の気まぐれたること、この川の流れのごとし、矛盾に満ちたること、子羊の痙攣する肝臓と瞬く星から未来を読む予見者らの見る前兆のごとし。なぜならここ、かつて形が文字となったこの広い平地、風吹く草原と肥沃な渓谷では、すべてがしるしに満ちており、それを読み解かねばならないからだ。それらは運命の知らせ、天からの、果てしない草原の空からのメッセージ。曰く、それを聖霊と呼ぶがいい、風、あるいは息吹《いぶき》と呼ぶがいい！　天使が語る時は、しかと耳を傾けよ。こうしてユーフラテス川下流のヤシの林で、かつて神殿の学者たちのもとを訪れたイエスと同じ年頃の、一人の子どもが背伸びをして、その声を聞いた。「汝は光の使徒、最後の預言者なり。セト、ノア、エノシュ、エノク、セム、アブラハム、ゾロアスター、ブッダ、イエス、パウロ、エルケサイを継ぐ者――そして彼らの教えを完成する者なり」まるで大言壮語のように聞こえる啓示だった。この天使は大口をたたいているようだった。それで子どもはどうしたか？　怖くなって、証拠を見せてほしいと言った。すると天使は天使のわざを行った。少年を慰め、しるしや奇跡を送り、ヤシの木を人間のように喋らせ、野菜を赤ん坊のように泣きわめかせ、それまで人間たちに隠されていた秘密の一つを彼に明かした。この世のドラマは光と闇の闘いであり、現存在は単に二つの時代の間の過渡的なものにすぎないと。

理解したいと望む者だけが、理解すればよい。そして少年マニはそれを望んだ。彼に与えられた場所を占めたい、栄光に満ちた最後――偉大な預言者たちの列の最後尾を飾りたいと。けれども、子どもの言うことを信じる者はいまだかつていなかったので、彼は待たねばならなかった。まだ時が来ていない選ばれし者は、何をすればよいか。彼は準備をした。先駆者たちの伝承、苦行者、預言者、半神など、偉大な男たちのことをすべて学んだ。彼らは皆多くを成し遂げたが、結局は挫折した。その仕事を完成させることが、彼らの使命だったのだから。

禁欲のうちに修行すること、世を捨てて悪魔に立ち向かうことならだれにでもできる。神の言葉を聞いた者は多く、それを広く告げ知らせた者も少なくない。だが、天使のお告げすら、いつかは風に散る。時が吹き散らしてしまった言葉を一体だれが集め、その智慧《ちえ》を広めるというのか。教えはいつしか風評となり、預言者の見た未来はただの錯覚に変わる。真実となるべきものは、書き留められねばならぬ、と天使は言う。真実となるべきものは、書き留められねばならぬ、とマニは考える。ただ文字だけが、教えを正しく伝え、生きのび、その文字をとどめた素材、たとえば黒い玄武岩の塊や焼かれた粘土板、薄くのばしたパピルスの繊維やごわごわするヤシの紙と同じだけの重みを持つだろう。

それから何年も経った。智慧は道を開き、真実を覆い隠すヴェールは取り去られ、内容は形を得、工芸は芸術へと高められ、言葉は書かれた文字となった。予期せぬ明確な形が、マニの意識の中に登場する。コンパスで描いたようなきれいな円、初めと終わり、循環的思考と直線的思考を和解させる彼の教えのように完璧な円環。

ようやくマニの時が来たのは、秋も深まる頃だった。ユーフラテス川はもういつものように冬眠しかけていた。砂を含む幅の広い川床をちょろちょろと力なく流れる小川のようなその姿は、かつてバビロンの空中庭園の七つのテラスに、休みなく回転するスクリューポンプで豊かな水を供給したのがこの川であったことを忘れさせた。

マニは北へ向けて出発した、ティグリス川左岸の生まれ故郷の街へ。翼のある石の獣に守られた門を通り、集まってくる人々の群れに交ざり、声をあげ、古より預言者たちが語ってきたことを語った。汝らは地の塩なり。この世の光なり。我につづく者は闇を彷徨《さまよ》うことなく、生命の光を得るであろう。

人々は足を止めた。なぜかはわからない。暑さが彼らに一休みするよう促したのかもしれないし、奇妙に斜めに傾いたマニの姿形が人を惹きつけると同時に嫌悪をもよおさせ、通りすがりの者ですら彼とその成長を止めた片脚に目が釘づけになったためかもしれない。しかし、もしかするとそれは彼の伝える言葉のためでもあったかもしれない。彼の言葉の光の中では一切の濃淡が消え、すべてが黒か白になった。魂は善ですでに失われており、物質は悪で堕落している――そして両者の合字である人間は、救済と浄化を切望している。彼の対比の手法が物事を明確に、混じりけのないものにし、現実の世の中を暗く翳らせると同時に、遠い確実な未来を明るく光り輝かせた。その未来とは、いまは失われた、完璧であった原初の時代を再現することに他ならないという。それはめでたき報《しら》せに富む土地にもたらされためでたき報せ、福音の乏しからぬ時代の福音、多くの問いへの答えだった。太陽が最高点に達し、昼の休息が近づいたいま、マニは人々の顔にそうした問いを読み取ることができた。この国では初めについて語る術《すべ》を心得た者だけが耳を傾けてもらえることを知っていた彼は、すべてがどんな風に始まったかについて語り始めた。初め、この世の成り立ちの前は、すべてが善であった。

優しく芳《かぐわ》しい風が吹き、光はあらゆる色に輝き、平穏と朗らかな節度が支配していた。そしてかの国を意のままにする神は、永遠の善き神、偉大な父、光の支配者であった。永きにわたり平安がこの天国を支配し、南方にある騒々しい小さな闇の国のことを気にかける者などいなかった。そこでは各属州の諸侯が古の昔から相争っていた。この二つの勢力はむしろ隣り合わせに併存していた。光は己のために輝き、闇は己に対し猛り狂い、それぞれが己の目的を果たしていた。ある日——それがいつのことであったか、知る者はない——闇が光に襲いかかり、闇と光、魂と物質、異質な物同士が闘いながら混じり合った。そうして第二の時代、中の時代が始まった。この世の壮大なドラマ、いま、ここ、今日、に人類は捕らわれているのだ。

マニはうねる波のような柔らかい東アラム語を話したが、彼の言葉は辛辣《しんらつ》で、反論を許さなかった。この世のすべては、と彼はもう一度言った、善と悪、光と闇、魂と物質、二つの異なる性質のものの混合であり、それらは生と死のように、分かれてあるべきものである。したがって、この世に己の住処を求めるべきではない、家すら建ててはならぬ、子を作ることも肉を食べることも、肉欲に耽《ふけ》ることもならぬ。物質との接触を極力少なくするため、すべて行動は必要最低限に制限すべし。なぜなら土を耕すこと、野菜を切ること、果実を摘むこと、いや、草の茎を踏みつけることですら、その中に含まれる光の種を痛めるからだ。

彼はそこで話をやめ、自分の言葉の効果をうかがった。優れた演説者とは、沈黙すべきタイミングを心得ているものだ。

そこで彼はまもなく預言者たちの住む洞窟の一つに引きこもると、左脚の上に座り、歩く時に言うことを聞かず、子どもの頃から引きずるしかなかった右脚を前に出して台にした。その上に冊子本を置いて紐をほどき、本を開いて、葦のペンをまっさらの紙に下ろすと、たった一本の補助線も引かずに書き始めた——彼が発明した、あの非の打ちどころのない文字を。優しい繊細な文字、それらは千年後も、そのうちの残ったものは、肉眼ではほとんど見えなくても、拡大鏡をかざせばくっきりと読めることだろう。

マニはページを繰って、今度は絵筆をパピルスの上に置くと、闇にうごめく生き物たちと世界の創造を描いていった。光の支配者が殺した悪魔の皮を剝ぎ、それを天空に丸く張りめぐらす様子、悪魔の砕けた骨で山を、しなびた肉で大地を造り、あの闘いの時に飛び散った光の粒子から太陽と月を創る様子を。彼はまた、この宇宙を動かし、一つ一つの天体をそれぞれの軌道に乗せたあの神の使者も描いた。それからマニは新しいページを開き、ある衝撃的な真実の全体像を描いていった。光のわずかな残りかすから、最初の男女の人間を神の使者の姿に似せて形作ったのは、闇の支配者であった——互いに合一し、増殖したいという呪われた衝動を彼らに与えたのも。最初の男女、青白い裸の二人はたがいにしがみつき、次々に子どもを作る、それとともに光はますます小さな粒に分かれて散らばり、天国へ帰還できる日はますます遠のいていくのだった。

マニは金箔を小さく切って、その小片をパピルスに貼りつけ、絵の具を何度も塗り重ねた。するとそのページは明るい光を放った。朝になり、夜になった。何日も、何週間も過ぎた。マニは描くのをやめなかった。疲れを知らず回転する巨大な車輪、次第にこの世のすべての光を浄化していく宇宙の車輪、規則正しく満ち欠けする月――煌《きら》めくラピスラズリの夜空に浮かぶ黄金色の陶皿――その皿の中に光は集められ、地上の汚れを祓《はら》い清められる。そしてほのかに光る渡し舟に乗り、天の川を通って故郷に帰る。誕生の循環から抜け出し、存在をやめることを許された、光の魂。

最後に彼はリスの毛の筆をとり、もう一度神の使者の衣のひだをなぞった。生命の母の眉、太古の人間の金色に輝く甲冑の輪郭、ヤギに似た悪魔の顔も。闇の支配者の髭や、鱗に覆われた足の鉤爪ですら、彼は芸術家の細心さをもって描いた。芸術家は自分の創ったさまざまな形の創造物を等しく愛するが、その愛ゆえに、悪がかつて善であった例しはないこと、悪が善の近縁者でもなければその後継者でもなく、堕天使でも反逆の巨人でもないこと、その悪さは何によっても説明しえないことを忘れさえする。マニの細密画において、悪は自分自身を噛み裂く、竜の体と獅子の頭と鷲の翼とクジラの尾を持つ怪物であり、時の始まりから、己の国を荒廃させてきた――熱い灰からもくもくと上がる煙に覆いつくされ、死体の腐敗臭に満ちた戦場の一面に、死んだ木の切り株がごろごろ転がり、深紅に燃える大きな口がぱっくりと開き、その深淵から黄鉛色の煙が立ちのぼっている。マニの教えは白か黒かであっても、彼の写本はうっとりするほど色彩豊かだ。このような本を持つ者は、神殿も教会もいらない。これらの本自体が、内省と智慧と祈りの場だった。豪華な冊子本は分厚い革で装丁された堂々たる本の塊で、薄く削った鼈甲《べっこう》や象牙を優美に埋め込んである。手に馴染む十二折り判は、表紙に金箔を被せ、宝石をちりばめてある。そしてお守りのように極小の本は、拳の中に隠せるくらい小さい。ザクロとランプの煤から作ったインクは、石灰を塗ったパピルスの上でも、白い絹でも、または柔らかい革、ほのかに光る羊皮紙の上でも同じように黒く輝く。ただ本の題名だけが、判読不能なまでに装飾を施されている。けばけばしいバラの花の装飾、臙脂《えんじ》色の点が連なる縁取り。それは救済と破壊の色、世界の炎上の色だった。深紅の光を放つのは、千四百六十八年間燃えつづけた炎。宇宙を燃え上がらせ、その灼熱が最後の光の粒を解放し、世界全体をのみ込んでしまうまで、燃えるのをやめないだろう。そしてひときわ明るく光り輝くのは、壮麗な未来の似姿、白絵の具と金箔で描かれた、あの天上の光の世界だ。そこでは善と悪がふたたび分かれ、闇の元素はことごとく下降し、打ち負かされ、沈められ、生き埋めにされる。そして光の元素はすべて高みへ上昇し、月で洗い清められ、天体の回転によって浄化される。信じたい者は、信じるがよい。そして多くの者が信じたがった。

ゾロアスターには無数の弟子がいた。ブッダには五人の同行者、イエスには十二人の使徒が――だが、マニには七冊の経典があった。経典が彼の教えをさまざまな国の言葉で世界へ届けた。あのバベルの塔の建設によって分断されたものを一つにするために、そしてかつて前例のないことだが、彼に従う者と彼を罵る者とを分裂させるために。人々は彼を善の器マナ、あるいは悪の器と呼んだ。人々は彼を天の糧マンナ、あるいは悪しき者らの阿片と呼んだ。放浪の救世主マニ。足萎えの悪魔マネス。啓示を受け、世界を救済する旅に出た者、マニ。世界を破壊する旅に出た気狂い、マニ――癒し手マニ。災いのマニ。

やがて殉教の時が近づくと、マニは弟子たちに言った。「私の本を大切にしなさい！ そして折に触れて私が口にした智慧の言葉も、失われぬうちに書き留めておくように」

それらは赤々と燃えた。それらを食いつくす炎の中から、純金が流れ出した。だが、マニ教の聖なる書物をのみ込んだのは世界の業火でも、燃えさかる宇宙でもなく、彼らの敵が築いた火炙《ひあぶ》り用の薪の山だった。いかなる反論も許されず、疑いを口にすれば必ず罰せられた。なぜなら神を信ずる者ある所、神を知らざる者あり、敬虔《けいけん》なる信徒ある所、邪宗徒あり。ちょうどマニが光と闇を峻別《しゅんべつ》したように、真の教えがある所には、正と誤を厳格に区別しようとする忠実な信者の熱狂があっという間に燃え広がった。炎は偽りのみを焼きつくすとはいうが、火はやはり選り好みはしないものだ。

この時、マニ教の聖典とともに燃やされたものは何か。世界の滅亡の計算書、大量の魔法書、悪魔を呼び出す呪術書、存在についての無数の相対立する哲学書、何千部ものユダヤ教の経典《タルムード》、オウィディウスの作品全集、さまざまな論文、聖三位一体と魂の不滅性について、万象の無限性と宇宙の本当の大きさについて、この世の形と天体の配置に占めるその位置について。審問は何日もつづき、薪の山は何世紀も燃えつづけた。その火は全知を気どる者らの心をあたため、アレクサンドリアとコンスタンチノープルとローマの風呂を沸かした。もはや目が理性を欺き得なくなり、自然が書物を教え導くようになるまで。真実がどれほど巨大であれば、周りを取り囲むすべての誤謬《ごびゅう》の闇をかき消し、世界を真実の光で満たすことができるのだろう。遠くにある物を怖いほど近くに引き寄せる新しい望遠鏡が作られるたびに、限界は押し上げられ、視野は広がる。空に浮かぶ皿は軌道になり、円は楕円になり、濃淡の霧は球状星団と渦巻星雲と銀河になり、六つだと思われていた惑星は七つ、八つ、九つ、そしてまた八つになり、宗教的秘儀は物質になる――その成立過程はマニの宇宙論に劣らず奇抜なものだ――惑星を軌道上に保つ恒星、星を引き寄せのみ込むブラックホール、遠い未来へもうだれも受け取る者のない光を放射する霧。どれほど多くの数字や公式が宇宙を表そうと、どのような知見が宇宙の本質に迫ろうと同じことだ。時がつづくかぎり――それを疑う者がいるだろうか――どんな説明も所詮は物語にすぎない。引力と斥力、初めと終わり、生成と消滅、偶然と必然についてのお馴染みの物語。宇宙は成長し、膨張し、銀河と銀河を引き離し、まるでそれを把握しようとする理論をかわして逃れようとするかに見える。この逃げゆく宇宙、不安定な空虚の中へ増殖していく宇宙という考えの方が、収縮という考え、縮んで元の小さな脆弱な点に戻るという考えよりも不気味に思われる。その小さな点、すべての力と質量、すべての時間とすべての空間が渾然《こんぜん》一体となり、ひと塊になっていた点から、かつてすべてが始まったのだ。最初は点、つづいて塊、生き埋めの。そして爆発、膨れあがっていく空間、高温で高密度に圧縮された状態、そこから膨張し、冷却し、その中から原子が生まれ、光と物質が分かれて、目に見える世界を形作っていく――恒星、分子の雲、塵、宇宙の虫けら。始まりを問うことは、終わりを問うこと。すべてが拡張し、加速し、ある日反転してふたたび収縮する。誕生も崩壊も知らない循環の中に閉じ込められて。私たちが知っていることはどれだけあるのだろう！　ただこれだけはほぼ確実だ。世界の終わりが来るということ。それは一時的な終わりかもしれないが、想像しうるもっとも恐ろしい終末であることに変わりはない。太陽が巨大に膨れあがり、水星と金星をのみ込み、地球の空はすべて太陽に覆われる。すさまじい高温の熱が海水をすべて蒸発させ、岩石を熔かし、地殻を引き剝がし、地球の最深部を外へ引きずり出すだろう。やがて冷気が流れ込み、時は終わる。

けれどもいまはまだ、太陽はまるで大きな球のように、見事な紺色の空に浮かび、何千年もの時を経た土地を照らしている。人類と同じほどの齢《よわい》だと信じられていたその土地は、たった二つの物しか知らなかった。砂と石でできた殺伐たる砂漠と、生命をもたらすナイル川の水。ナイル川は毎年夏になると、谷間を百日間水で埋めつくし、その沖積地を巨大な湖に変え、大地に実りをもたらすあの肥沃な黒い泥を後に残していった。ところが、次第に砂漠の奥へ広がっていく畑に一年じゅう水を供給し、どんなに乾いた砂の土地からも年二回の収穫を得られるようにするために、巨大な壁を築いて洪水を堰き止め、その水を池と堤防で囲み堰で水平にした何千本もの運河の迷路に引き込むようになって以来、実り多いナイル川の氾濫は来なくなった。太古から骨太の牛と木の犂《すき》で大地を耕してきた古い定住農民たちは、子どもたちを砂漠へ行かせて、見捨てられた居住地の瓦礫の中からシバーフを探させるより他なくなった。それは古い都市の外壁に使われていた日干し煉瓦が分解して、窒素を含む肥料になったものだった。

一九二九年の特別暑い日のこと、三人の青年がメディネット・マディからほど遠からぬ、なかば砂に埋もれた廃墟を通りかかり、丸屋根の下にぼろぼろに朽ちた木の箱を発見した。箱は太陽の光にさらされて瞬時に崩れ去り、その中から腐朽したパピルスの束がいくつか姿を現した。水が紙の奥深くまで浸透していたため、数え切れぬほど多くの世代にわたって虫や蟻の被害は免れたものの、代わりに非常に細かい塩の結晶に蝕まれていた。青年たちはすぐにそれらの本を手に古物商のもとを訪れたが、この縁が黒く変色した紙の塊のために金を出すことを最初はためらった。後にその朽ちた束の一つを鑑定した修復士もまた、果たしてそこから太古の秘密を引き出せる時が来るかと訝《いぶか》しんだ。

彼はようやく何か月もかかって、くしゃみをしただけですぐに粉々になってしまいそうに薄くて破れやすい本の頁を、斜めに置いた台板とごく小さなピンセットの助けを借りて、一枚ずつばらばらに剝がすことに成功した。それは偶然か、それとも神意か！　ベルリンで古文書学者たちが拡大鏡と鏡を手に、ガラス板の下に広げてのばした、絹のように光る聖典とおぼしき書物の断片をのぞき込んでいた頃、物理学者フリッツ・ツヴィッキーはロサンゼルスからほど遠からぬ山上にあるカリフォルニアの天文台で、直径二百インチの反射望遠鏡をかみのけ座の方向へ向けた。そしていくつものぼんやりした星雲、それらは独立した銀河であることが明らかにされていくのだが、そうした星雲の動きを観察し、自分の計算と比較するうちに、彼はあることを発見するに至る。

目に見える物質だけでは、この銀河団を束ねておくには力が足りない。宇宙には目に見えない物質が存在するに違いなく、その存在はそこから生じる重力によってのみ認識しうる。これこそ他の物質にほんの少しだけ先んじて凝集し始める物質で、その重力が残した痕跡に、他のあらゆる物質は従わざるをえない。神秘的な力、新たな宇宙の勢力、それをツヴィッキーはその未知の性質ゆえに「暗黒《ダーク・》物質《マター》」と呼んだ。

ベルリンの古文書学者たちはその間、ガラスで守られた断片を並べ替え、見事に書かれた文字を解読し始めた。断片はマニの信徒の滅亡を予言し、彼らに加えられることになる残虐な仕打ちを詳細に描写していた。しかし、それはまたこんなことをも告げていた。

幾千もの書物が救われるであろう。それらは心の正しき者ら、敬虔なる者らの手に渡るであろう。大福音書と生命の宝、プラグマテイアと秘儀の書、巨人の書と書簡、わが主に捧げる賛歌と祈禱文、絵本と啓示、寓話と密儀——一つとして失われる物はないであろう。どれほど多くが失われ、破滅するだろうか。幾千冊かが失われ、幾千冊かが彼らの手に託される、そうして彼らはふたたび私の書を見出すであろう。彼らはそれに接吻して言うであろう。「おお、偉大なる者らの智慧よ！　光の使徒の鎧よ！　おまえはどこに迷い込んでいたのか。どこから来たのか。おまえはどこで見つけられたのか。この書がわれらのもとに届けられたことに、私は歓声をあげる」

人々がそれらの書物を声に出して読み、一つ一つの書の名を告げ、主の名と、それを書くためにすべてを抛った者らの名、そしてそれを書き留めた者の名、句読点を記した者の名を呼ぶのを、おまえは目にするであろう。

リク谷

グライフスヴァルト港

＊カスパー・ダヴィッド・フリードリヒは一八一〇年から一八二〇年にかけて、生まれ故郷の街グライフスヴァルトの港を、そこにひしめく沿岸小型船、ブリガンティン、ヨットなどの帆船の帆柱とともに描いた。古いハンザ都市であるグライフスヴァルトは、バルト海まで航行可能なリク川の河口近くに位置し、すべての大きな商業都市と結ばれていた。当時はるかに川幅の広かったリク川は、堆積する砂のためにたびたび水深が浅くなる危機にさらされた。

†縦九十四センチメートル、横七十四センチメートルの油彩画は、一九〇九年以降ハンブルク市美術館に所蔵され、一九三一年に「ドイツ・ロマン派展、カスパー・ダヴィッド・フリードリヒからモーリッツ・フォン・シュヴィントまで」と題する展覧会でミュンヘンのガラス宮殿に展示された。ここで六月六日に火災が発生し、この特別展の全作品を含む三千点以上の絵画が焼失した。

困難なのは水源を見つけることではなく、それを見分けることだ。私は牧草地の前に立っている。持ってきた地図は役に立たない。私の目の前には用水路が流れている。水はさほど深くなく、溝幅はせいぜい五十センチメートル。水面はところどころ穴の開いた黄緑色のアオウキクサの絨毯に覆われ、ほとりには麦わらのような薄黄色のスゲが生えている。地中深くから水が湧き出ていると思われる所にだけ、緑色の苔が繁茂している。何を期待していたのだろう。ほとばしる泉？　案内板？　私はもう一度地図に目を落とし、青いほつれた線を探す。それは緑色で示された森林地帯の下にある、卵殻《らんから》色《いろ》の広い部分から始まっている。水源はこの上の方の、何軒かの家の裏手に延びる山林を探すべきかもしれない。この家々のおかげでここは村落になっており、私はタクシーの運転手にその名前を告げることができたのだった。運転手はきっと、私がここに何の用があるのかと訝しく思ったにちがいない。しかも聖土曜日に。だが好奇心だけでは、このあたりの人の口を開かせることはできない。ここの人々は真面目で無関心——まるで名状しがたい苦悩にのみ込まれでもしたかのように——そしてこの土地の風景と同じく、言葉なしでもやっていけるのだった。

どうやらこの目立たない細流こそ、まさしく私の探していたものらしい。リク川、すなわちかつてのヒルダ川の源流。この川はここから何キロも海側にあるグライフスヴァルト港まで水を運び、そこから大きな、ほとんど雄大な流れとなって、入り江のデーニッシェ・ヴィーク湾へ注いでいる。左手にひび割れて灰色になりかけた木の柵と、二本の錆びた鉄条網、その向こうに広がる牧草地と、無数の掘り起こされた土の山が見える。粘り強いモグラの仕業だ。私は当初の計画通りに、流れの上流へ向かって南西方向に歩きはじめる。

大きな雲の覆いが、頭上に低く重たげにかかっている。かろうじて遠くの方に空が明るんでいる所があり、そこから薄いバラ色がひとすじのぞいて見える。がっしりしたナラの木が数本、柵で囲まれた牧場の向こうにそびえている。大昔に開墾された放牧地の名残だ。窪地に雨水と雪解け水が溜まって湖のようになっている。そこにナラの枝が映っている。トウシンソウに似た淡黄色の草が、その淡青色の水の中から生えている。一羽のセキレイがひょこひょこと水辺を通り、お辞儀をするように尾羽を低く下げ、羽毛を散らしながら飛び立つ。

表面が凍って硬くなった、まだ三日も経たない三月の雪の名残が、日陰になった芝生の隅や、トラクターのタイヤ跡のくぼみ、干草を発酵させて飼料にするための、白いシートにくるまれた円筒形の塊の陰で光っている。岸辺にはひっくり返った家畜用の餌入れが錆びている。その上にヒトシベサンザシの裸の枝が伸び、その樹皮は硫黄色の地衣類に覆われている。その時、ラッパのような鶴の声が鳴り響く。用水路の向こうに、二羽の鉛色の鳥が巨大な翼を広げて飛び立ち、すぐにまた曲線を描いて着陸の態勢に入る――完璧な調和を保ちつつ、両脚を地面に向かって伸ばしながら――そして三回短く羽ばたいて、すっと着地する。その後まだしばらく響いていた鶴の声は東風にのみ込まれる。唸り声をあげて海から吹いてくるその冷たい風は、薄鼠色のナラの葉を巻き上げる。畑の土はなめらかだ。黒褐色の粘土質の土の塊がそのまま、あるいは柔らかくほぐされて表土に載っている。畝間《うねま》には菜の花が芽吹いているが、葉の縁はすでに農薬の毒のために脱色したブロンドのように変色している。色彩には生気がなく、光はまるですぐにも夕暮れが訪れるかと思うほど弱々しい。

泥炭に覆われた窪地の風陰《かざかげ》で、ノロジカの群れが草を食んでいる。私が近づくと、お尻の毛を鏡のように白く光らせて、いっせいに森へ駆け下りていく。円形の沼のほとりに立つ櫓《やぐら》の、骨組みを覆う迷彩柄の布の一部が剝がれて風にはためいている。そこからさほど遠くないところ、キイチゴやニワトコ、コケモモの葉のない茂みの前に、苔むしたコンクリート板が山と積まれている。鉄筋の穴から錆びた金具が突き出ている。安物の鋼がいまや雨ざらしになっている。多孔質のコンクリートブロックには、藍墨色《あいずみいろ》の苔が繁茂している。その向こうに、棘のない藪に守られるように、氷期にできた穴にとろりとした緑色の沼がひっそりと憩っている。ヒキガエルやトノサマガエル、スズガエルの産卵場所だ。彼らは身を潜めて繁殖の合図を待っている。冬枯れの草は蠟色《ろういろ》に干からび、色褪せている。ただキンポウゲだけが、湿った黒土の中から元気いっぱいに濃い緑色の葉を出している。

私は用水路へ戻り、流れを辿っていく。すると水路はあるところで、地下のコンクリート管の中に消える。地平線に目をやると、風力発電機の白く輝くプロペラが回っている。生きた機械。私は子どもの頃に見た黒いホースヘッドポンプと、地球内部を突き刺すその不気味なストイックな動きを思い出す。最終氷期がこのあたりの地形を造った。リク谷の低地、氷堆石《モレーン》地帯の中の氷河湖、なだらかな丘陵。土砂と氷河の水によって丸く研磨された巨大な漂石が、耕地や沼の周辺に転がっている。深い地層には、石油と塩が埋蔵されている。

数百メートル南西の灰色の肌のシラカバが、水の行方を教えていた。私は野原を横切って、少し幅が広くなった川床にたどり着く。細い畦道《あぜみち》が蛇のようにくねくねと畑と用水路の間を縫ってつづいている。道幅は二メートルもない。若芽の毛布にいくつか裂け目ができている。泥炭質の土がそこだけ湿り気を帯びて光っている。イノシシが掘り返したのだ。ヒバリが一羽、囀《さえず》りながら空高く舞い上がる。その歌は息もつかずに春の訪れを告げるが、春はまだ遠く、信ずるに足らないように思われる。初めて水音も聞こえてくる。水はコポコポと優しい音を立てながら小さな森に向かって流れ、ハシバミの茂みの中に消える。私は森の内部の心安らぐ静けさに浸る。ここで大地は強い東風から守られ、まだ去年の灰白色の枯葉を載せている。下草は土にまみれて灰色をしており、チョウチンゴケだけがパセリのように青々としている。卵黄色の花を咲かせる用意のできたセツブンソウが、葉を広げてすっくと立っている。森が明るくなり始める頃——小枝や松毬《まつかさ》、そして青黒く光る獣の糞の間に——私はシカの角が落ちているのを見つける。その焦茶色の角はずっしりと重い。私は快い細かい筋と小さな粒々のある、硬い革のような表面や、枝分かれしたなめらかな先端に触れてみる。かつて額骨の突起を飾っていた膨らんだ環の部分には、まだシカの毛が付着している。角はつい最近脱落したばかりにちがいない。純白の根本部分のざらざらした痂皮《かひ》のような骨組織は、まるで珊瑚石のように鋭く尖っている。角を落とすのにはかなりの力が必要だったにちがいない。まわりに生えるトウヒの樹皮に、ミミズ腫れのような筋がいくつもついている。その傷口には乳状の樹脂がまるで凍った血のように固まっている。お腹を空かせたシカに、樹皮をきれいにかじり取られている木もある。

一陣の風が梢を揺らし、空が明るくなる。一瞬、太陽の輪が厚い雲の層を通してうっすらと光るのが見える。影がさしたわけでもないのに、たちまちあたりは騒然となり、鳥たちの声が大きくなる。カササギの機械的なお喋り、ズアオアトリの疲れを知らぬ歌、クロウタドリのしゃがれ声、コマドリの憂いに満ちた単調な節。

私が森の外に出ると、一羽のハシボソガラスが舞い上がり、カアカアと鳴きながら、冬大麦の緑色の斑の畑の上を滑るように飛んでは、何度も急降下する。その間その耳障りな声が途切れることはない。風景は変わったように見える。静かで整然としている。まっすぐな粘土質の土の道が、用水路に沿って次の集落までつづいている。そのほとりには葉のない柳の茂みが点々と並んでいる。水中に、いまはもう販売されていないメーカーの火酒の瓶が沈んでいる。道の左手の枯れた藪の中から、赤灰色のキイチゴの枝が何本か突き出ている。鳥の巣が葉のない茂みの中に掛かっている。そしてヒトシベサンザシの低木の根元に、石灰のように白い、打ち砕かれた沢山のカタツムリの殻と石が転がっている。その石の上で、クロウタドリやツグミがカタツムリの柔らかい肉を殻から掘り出したのだ。トラクターの盛り上がったタイヤ跡は雨と雪解け水でふやけていて、私が踏むたびにぐにゃりと潰れる。あちこちの水たまりは周囲の色を吸収したようだ。濡れた粘土と濁った沼の褐色。全体が次第に調和して、色のコントラストが少なくなっていく。ヤマネコヤナギの萌黄色の縁どりのついた枝だけが、小さな銀色の花穂《かすい》と一緒に冷たい空気の中で震えている。その艶のある毛皮は、べとべとする芽鱗《がりん》が剝けたばかりだ。

村の入口の標識の少し手前で、流れは分岐する。私はその中でいちばん目立たない、ポッキリヤナギに縁どられた畦道の奥深くに隠れた、細い水路を辿ることにする。ポッキリヤナギはまるで土手に頭から埋まった不恰好な生き物のように、水辺の藪の中から突き出している。樹冠をつめられ、枝はねじ曲がり、風雨にさらされ空洞化している。折れた箇所からは朽ちた木片がはみ出している。

まもなく道は用水路にぶつかる。地図に書かれている探していた名前の川だ。その流れは蛇行せずに、周囲から離れて東へ向かい、柳に縁どられた、二つの牧草地の間の自然の境界となっている。岸辺の痩せた土の上に、雨に倒されたカヤツリグサが束になっている。流れは製図板に引かれた通りの直線を音もなく辿りながら、次々と南北に分岐する水路へ水を供給する。周りの土地は凍りついたように動きがない。すべてが遠く、すでに何かしら用途が決まっている。耕作地、いまはまだ家畜小屋にひしめいている牛たちの牧草地。風だけが時おり激しく吹いて息を寸断し、嵐さながらに私の歩みを阻む。空にはむくむくと筋肉質の雲が浮かんでいる。どこか遠くから車の往来が聞こえる。

しばらくしてようやくまた目を引く物が出てくる。ミズキとトゲスモモの斜面が耕牧地を囲み、厳しい北東風から守っている。灰褐色の、クロウタドリほどの大きさの鳥の群れが畑の上を飛び、何度も集まって休んでは、些細なことでまた舞い上がる。ノハラツグミだ。古い料理の本に登場する、ビャクシンの実を好む灰色の斑の鳥で、地中海沿岸で越冬してきたのだろう。時おりキアオジも、菜種色の斑模様を見せながら冷たい空気をよぎる。ほとんど気づかないくらいに用水路は水位を上げ、川幅を広げて、水面に鱗のような泡を浮かべながら、機械式の堰の開いた地下牢を通り抜けて流れていく。

やがて車道が近づき、水路を横断する。私は平らな錫灰色のアスファルトに違和感を覚える。車がすごいスピードで通過していく。北の方にはポプラの防風林越しに、コンクリート色の家畜小屋、朧を思わせる緑色のサイロ、セロファンにくるまれた藁束の灰白色のピラミッドが見える。どこかで農業機械の唸る音がする。雪片がちらほら、黄色くなった牧草地のぬかるみに、音もなく降りていく。

私は岸辺の草むらに、鶏の卵ほどの大きさの、茶色い模様のドブ貝を見つける。その内側は真珠色に光っている。そこからさほど離れていない所で、マガモが水底の餌をあさっている。私が近づくと、都会に暮らすその近縁種に比べてはるかに臆病らしく、不愛想にガアガア、バタバタと騒いで飛び立ち、近くの休耕地に集まって舞い降りる。その足は明るい橙色、畑の灰色の額縁の中で、雄の頭は光の加減により青碧色に変化する。何時間も単色だけを見てきた後で、この鳥たちはエキゾチックなほど色鮮やかに感じられる。

そうして私は最初の段階の目的地に選んでいた場所にたどり着く。ヴュスト・エルデナという名の、修復された領主館と、農業労働者の住む煉瓦色の建物がいくつか並んでいるだけの小さな村だ。ぼろぼろになった消防署といくつかの倒壊した家畜小屋を除いては、どの建物にも人が住んでいるようだ。窓にカーテンがかかり、建物の入口には車が停まっている。鶏たちが慌てて小屋の柵に飛び乗る。この村にはどことなく無頓着な雰囲気が漂っている。エルデナと名乗るにはふさわしくない。それはリク川河口にあるシトー派修道院の名で、修道院は三十年戦争以後廃墟となっているが、かつてグライフスヴァルトの街が造られた際の中核をなしていた。

携帯電話がふたたび圏内になり、私は電話をかける。タクシーが道路の向こうに姿を現す頃には、今度はまぎれもなく大きな雪片が降り始める。

三週間後、世界は「もはやない」、「もう」と「まだない」に分かれている。四月末のことだ。他はどこもだいぶ春らしくなっている。私は列車から、緑色の斑模様の茂みや白い泡のようなトゲスモモの花を見た。けれどもこの北東の端では、まだくすぶっている冷たい空気が、植物の発芽を遅らせていた。太陽は出ているが、その光は青白く、まだ温める力はない。例年通りレンギョウがいち早くその四弁花をつけているが、まだ硫黄色に燃えさかってはいない。乳白色の靄が村の上空にかかり、村は淡緑色の牧場の中の庭や物置とともに伸びやかなポプラの向こうに見えなくなっている。硬直は解かれ、地面の氷も溶けて、大地は穏やかになり、ほとんど内気で無邪気に見える。ポッキリヤナギとシラカバはまだ裸のまま立っており、かろうじて薄衣だけがその枝をくるんでいる。イバラの生垣はようやくうっすらと若葉に覆われている。トゲスモモの若枝から黄色っぽい花芽と同時に縮れた葉が出ている。去年の夏の干からびた実がまだいくつか枝に残っている。その柔らかい日陰にはキヅタがうずくまり、白い産毛に覆われた華奢なイラクサが伸びている。まだ若い一本の栗の木が、つるつるした莢《さや》を破って出てきたばかりのしわくちゃの葉を見せている。砂利で固められた、車や農業機械の二本の轍《わだち》とともに、道は用水路の流れに沿ってつづいていく。ミズキとトゲスモモの茂みの中でスズメたちが羽毛を逆立てている。クロウタドリが嘆き、ズグロムシクイが笛のような声で鳴き、ズアオアトリはいつも同じ節を繰り返す。いつの間にか柵はすべて消えている。折れた葦が、腐った葉の残骸に囲まれながら、浅瀬から突き出ている。その水はほとんど濁りもなく、赤錆色の床で静かに休んでいる。そのほとりの淡緑色の草地に、折り重なった葦の茎が光っている。去年乾燥して脆くなったところを、秋風に倒されたのだ。

羽毛のような雲が高い空にかかり、崩れかけた飛行機雲が縦横に走っている。灰緑色の森が東の地平線に接している。南側の土地は、分散した集落や木々や沼などに分かれている。北を見ると、畑を耕すトラクターの後ろに土埃が舞い上がっている。近くの畑では青みがかった穀類が芽を出している。水肥の臭いが空気に漂っている。

畑の畔《あぜ》に黄鉛色のヒメリュウキンカ、タンポポ、まるで蠟細工のようなハート形の葉を持つリュウキンカが咲きみだれている。柿渋色のコヒオドシが、私の目の前をひらひら飛んでいく。マルハナバチが唸りながら蜜を探している。オドリコソウが長い茎をぐいと誇り高く起こしている。その赤紫色の唇形の花冠は雄蕊《おしべ》の花柱を見下ろしている。

左手のほとんど気づかないくらい高くなった場所、風雨に鍛えられた松と苔むした漂石の壁の後ろに、小さな森が隠れている。その手前に茶色いキノコのような、茎に帽子を被ったツクシの群落がある。それは若いトクサの一種で、地球の過ぎ去った時代の遺物、すべての農家の敵だ。そして道の真ん中に薄紫色の小さなリンドウが見事に咲いている。はるかに高い澄んだ空でトビたちが旋回し、上昇と下降を繰り返し、向きを変えたりふらついたりしながら、大胆に偵察飛行をしている。灰色がかった金の光があたりの景色を染めている。大地はゆっくりと静かに呼吸しているように見える。鏡のような水面の下には、沢山の腕を持つヒルムシロが音のない流れに揺れている。不意に一羽のアオサギが、灰青色の羽を広げて水辺から飛び立つ。翼から水滴がしたたり落ちる。アオサギは重たそうにゆるい弧を描いて上昇し、首を平らに縮めて、海の方へ飛んでいく。その後はまた日曜日の静寂が戻る。道は水路の蛇行に倣ってつづく。その流れは目に見えない勾配をゆるやかに下っていき、最終的に揚水場の集水槽に堰き止められる。閉ざされた木の水門の手前で、腐りかけた葦とアオウキクサの上澄みの下の、緑がかった澱んだ水はじっと微動だにしない。水浴びと施設内への立ち入りを禁じる標識板が見える。細い鉄橋が、いまや川のように幅の広い、澄んだ水をたたえた用水路の向こう岸へ通じている。そこから広い耕牧地と薄緑色の斑の斜面の向こうにまた森がつづいている。

青々とした草むらに、一匹のヒキガエルがうずくまっている。その右前足のちっぽけな親指は、草の茎の上に置かれている。重たげな半分閉じた瞼の下で、赤銅色の目はぼんやりと虚空を見つめ、しわだらけの瑪瑙《めのう》色の体だけが脈打っている。その体は疣《いぼ》と砂粒に覆われている。

まるでどこからか湧いて出たように人が現れる。少年が一人、木を伐採した後の空き地でクアッドを乗り回している。スパニエル犬がワンワン吠えながら後を追いかける。大人たちが小さな子どもの手を引いて歩いてきて、挨拶もせずに揚水場の向こうへ消える。私は立ち止まり、この入り組んだ土地を地図で確認しようとする。空気は冷たく澄み、私は一瞬、春の味を舌に感じたような気さえする。地図には用水路に沿った小道も、森への入口も載っていない。記された道はすべて、森の中から始まっている。

　私は流れを追って柳の生える湿原へ入っていくが、水路の曲がり角を過ぎると、そこは黒く湿った沼地になっていた。ぐちゃりぐちゃりと音を立てて、水の浸み込んだ土が一歩ごとに邪魔をする。地面はどんどん柔らかくなり、私はぬかるみになった裸の大地にますます深く沈んでいく。足跡に水が溜まり、底なしの黒い穴が光っている。私はこれ以上進めないこと、引き返さざるを得ないことを悟る。そうして浅緑色の斑になった水辺の森の中を、腕で若枝をたわめて退《ど》けながらのろのろと進む。だいぶ南に逸れたあたりで、木の葉の下に隠れた地面がようやく固くなってくる。色褪せた落ち葉の絨毯の下で、森の冷たい土の中から、アネモネが光を求めて白く咲き出でている。梢でキツツキが木を叩いている。柔らかい光がハシバミのほっそりした若枝や若いブナ、華奢なシラカバの上に落ちている。背の高いトウヒが、鱗のある松毬と黄色い針葉がいっぱいの、いまやふかふかと弾力のある地面に影を落としている。ナラとブナの下へさしかかると、森はふたたび明るくなる。

　いたるところに獣の痕跡が見つかる。イノシシに掘り返された、赤みがかったぼろぼろの朽ち木、木の根元に開けられた、狐かアナグマの巣の黒々とした入口、キクイムシの幼虫に食われ、象形文字のような模様のついた木の棒、そしてウソの明るい声。私は何度もその楽し気な短い呼び声に応えてみる。少し高台になった、松の根元の斑の影の柔らかい草の中に寝転がると、ウソは大胆にも隠れ家から姿を現し、私の真上の枝に止まる。その胸は朱色に光っている。私はあらためて彼に答える。そうしてしばらく互いに鳴き交わしていると、ウソは突然躍動感のある、聞いたことのない五つの節からなる歌を歌い始める。私はそれを真似できない。

　私は目を閉じる。赤く燃え上がる瞼に、もう一度絡み合う枝が透けて見える。遠くから猛禽の鋭く甲高い叫び声が響いてくる。

　私がふたたび歩きはじめる頃、太陽は高く昇っている。埃っぽい空き地に照りつける、何物にも曇らされないその光は、燃えるように熱い砂の味がする夏の暑さ、ざわつく海の音を一瞬予感させる。時おりまだウソのリズミカルな声が鳴り響く。私は若い木と年老いた木のある保護林をあてもなく歩く。洗いざらした砂地の上を、トビの影が幽霊のように旋回する。クマシデの葉を包んでいた、蜂蜜の香りの莢が光っている。

私がふたたび林を出ると、ほんの数メートル先で、一匹のノウサギが慌ててライ麦の隠れ家から飛び出し、農道の上で急に方向転換して、耕作中の畑に姿を消す。東の方ではミヤマガラスの群れがしわがれ声で喚きながら、低く垂れ下がった送電線を飛び越えていく。一羽のコウノトリが翼を大きく広げてその上を滑空し、近くの集落のすべての家の屋根を見下ろす巣へと飛んでいく。森の端の陰で、藻が堆積してできた灰色の帯に仕切られる形で、別の水路が尽きている。端から溢れた水が、その堆積物を流し寄せたにちがいない。肉厚の葉を持つキショウブや、乾いた泥の上でまるで化石のように見える無数の薄紫色の軟体動物も一緒に。

リク用水自体はさらに北へ延びている。私は近道をしようと、電気柵の下をくぐり抜け、牧草地をまっすぐ横切っていく。しかしまもなくぬかるんだ地面に足を取られ、どちらへ踏み出しても足が大地にめり込んでしまう。さらに北の方で、リク用水は水量の多いリーネ用水と合流する。丸みを帯びて盛り上がった土手に守られ、水路はある村へ向かって流れていく。遠くからもう鉄筋コンクリートのプレハブ住宅が見える。私がようやく水辺にたどり着くと、最初のカモメが声もなく上空に姿を現す。頭の黒い、抱卵の準備ができたカモメ。一瞬、空気は塩の味がする。村への道は平らな橋を渡ってつづいている。サイレンの音が聞こえる。地平線の森の向こうで、紺碧の空が靄で白っぽく染まっている。

また三週間後、私が同じ橋を渡ると、膝くらいの丈の草が用水端を縁どっている。空は鉛色をしている。重たい膨らんだ雲があたりを暗くしている。ただ私の後ろの、西の地平線の縫い目あたりに、象牙色の光がひとすじかすかに光っている。

風に乱されて干からびた葦束を見ながら、水路を東へ辿っていく。ポニーの雌馬が仔馬と一緒に濃緑色の牧場で草を食んでいる。ノドジロムシクイが丈高く生い茂ったイラクサの藪の向こうの、青葉に覆われたばかりの茂みで早速お喋りしている。農場から電動のこぎりの唸りが聞こえてくる。そのキーンという音の強弱が、櫛《くし》けずったような紅灰色のハルガヤの土手を歩く私にしばらくついてきて、南岸の若葉に覆われたシロヤナギから響いてくるカッコウの澄んだ鐘の音のような呼び声と混じり合う。私がそのこだまのような声に応えると、カッコウは猫のように威嚇の声をあげ、木から木へ飛び移ってライバルを見つけようとした。その頭上のもっと高い空を、三羽のアオサギがもったいぶった様子で、曲げた翼を動かさずに海の入り江を指して飛んでいく。小さく波打つ水面の上を、イワツバメが忙しくジグザグに飛ぶ。その水面にトチカガミの葉が何枚か浮かんでいる。ルピナスが淡青色の花穂を高々と掲げている。一方、ノコギリソウのまるでシダの葉のような小さな新芽の隣で、壊れやすそうな繊細な花を見せているのは、クワガタソウの小さな青紫色の花だ。繊維質のオオバコの間に、青い鱗の光る、腐りかけのパーチの後半身が落ちている。ミサゴの食べ残しにちがいない。丈高く伸びたハナタネツケバナが、牧草地にシラカバ色の点線を描いている。キャラメル色の胸のマミジロノビタキが、チリチリと囀りながら茎から茎へ素早く飛び移る。震える葦から、ヨシキリの騒々しい鳴き声が迫ってくる。すぐにつづいて近くの森から、ニシコウライウグイスのよく響く笛のような声。

私はその姿を探すが、見つからない。代わりにはるか東の方に、黒と白の鳥を発見する。鳥は水中から飛び立ち、板のような翼を広げる。その大きさだけでも異様で、この世のものならぬ感じを与える。私は立ち止まって双眼鏡を取り出す。ミサゴだろうか。いや、オジロワシにちがいない。鳥はいまや野原に降りてきて、狩りの次の段階に備えて見晴らしのいい所に陣取る。そのほど近くの、黄色い花が一面に咲いた草地の向こうに、菜の花が蛍光黄色に光っている。さらにその向こうに、風力発電機の灰色のプロペラがそびえている。一つを除いて、すべてが静まり返っている。はるか東の方で、農薬散布車が大麦畑に薬を撒いている。

それらすべてが、水路の向こう岸で起きているために、ひどく遠いもののように思われる。人々の一団もそうだ。私たちを隔てているのは水路だけなのだけれど。彼らは腕組みをして、大きな水のタンクが付いたトラクターの隣に立っている。セントバーナード犬が一頭、彼らの足元に絡むように動き回り、水に入れられた赤いホースの臭いを嗅ぎ、青と白に塗られた小型の揚水装置の所へ走っていって、こちらに向かって吠える。水を汲み上げているのか。それともリク用水に何か通しているのか。何十年来、新たな用水路を設置してはリク用水の水を排出し、湿原の地下水を抜き去って、痩せた牧草地を畑に変えようとしてきた。実際私はまもなく水路の分岐点に行き当たるが、その流れはそれに面した森の端にあるイバラの茂みの中に消えている。足元の藪では黒い泥がくすぶっている。弱々しい光が梢を通って差し込む。あたりは静寂に包まれ、鳥の声もまったくしない。けれどもすぐにまた明るくなる。高圧線のために林道を切り拓いてあるからだ。何メートルもの高さに繁茂しているのはイタドリで、大きな楕円形の葉と竹のような茎を持つ。私は先へ進み、最初の分かれ道に沿って森の外へ出る。

森の端で咲き乱れる数万ものサンザシの花に、虫たちがブンブンと羽音を立てながら群がっている──そしてシロツメクサの花が斑に咲く草地の真ん中にカモメヅルと、兜のような花序と赤茶色の点のついた幅広い葉のハクサンチドリが生えている。そして一瞬、岸辺の藪と遠くの斜面の間に、グライフスヴァルトの大聖堂と、その手前に聖ヤコビ教会の塔の、赤煉瓦色をしたピラミッド形の屋根が現れる。

水路に沿って、うっすらと小道がつづいている。いまでは両岸が土手で囲われている。軽やかな光り輝くシラカバが、小さな三角の旗のような青葉が翻る生垣の向こうにすっくと伸びている。その手前では葦の穂が、房状の長旗のように揺れている。キアオジたちが単調な歌を繰り返し、一羽のズアオアトリが囀っている。やがて向こう岸にまた別の小さな揚水場が現れる。建物の正面のどぎつい落書きが目を引く。その前で女性の釣り人が竿を伸ばしている。隣に二頭の茶色い大きな犬が寝そべっている。それからまもなく私の行く手に、モグラの丘の乾いた土の中から青銅色の太い骨が突き出ているのが見える。牛の大腿骨のようだ。ユスラバヤナギの茂みに、黄緑色の毛を逆立てたブラシのような花穂が燃えている。生い茂るポッキリヤナギと葦に隠れて、リク用水はもはや見えない。葦がギシギシと音を立てる。アオイトトンボが枝の間を飛び交い、スズメノカタビラの茎に止まっている。黒い蹄鉄のような模様が、虹色に輝く後半身に見える。

それからなんとも説明のしようがない音が聞こえてくる。カン、という残響のない金属的な音、それが何度か繰り返される。やがて斜面の向こうに、ゴルフ場の刈りたての芝生の起伏が現れる。その人工的な丘陵は、バイパスの車道にぴたりと寄り添っている。白いキャップ帽の人々がボールを宙に向かって打つ。その間、私の隣の濃い茂みでヨナキツグミが囀りはじめる。ヨナキウグイスよりも力強く、同じくらい見事な節で。

さっきまで茂みがひしめき合っていたような場所に、今度はフキの絨毯が広がっている。そのルバーブくらい大きな葉に、カタツムリに食われた穴がいっぱい開いている。踏みならされて自然にできた道が、道路橋の下をくぐって湿地に生えるヤナギの藪を通り過ぎ、ふたたび坂を上って歩行者橋へつながっている。私は欄干に摑まり、幅三、四メートルの静かな褐色の流れを見下ろす。流れはようやくこの市の境界線から正式にリク川という名前になる。スイレンの葉が川べりに浮かんでいる。

突然空が明るくなり、日差しが私の首すじに照りつける。私は南岸の堤防の上から始まる砂の多い農道を行くことにする。黄色い花の野の向こうに、市営墓地の敷地がつづいている。反対側の岸には一戸建ての家が並んでいる。地図にはこの住宅街は出ていない。最近建てられたにちがいない。タデに絡みつかれたヒトシベサンザシの枝に、赤錆色の点がかすかに光っている。ムネアカヒワだ。その十センチほど右に、それより大ぶりで地味な色の雌がいる。けれどももっとよく観察する前に、二羽とも低空飛行して消えてしまう。やがてリク川はふたたび葦の陰に隠れ、遠くの青い鉄道橋だけが流れの行方を教えている。

　道は私をさらに南へ連れて行く。有刺鉄線で囲まれた消防用貯水池や、バラ色の花を咲かせたリンゴの木々を通り過ぎる。一本の柳の木の幹に、黄土色の粘菌がはびこっている。まるで発泡ウレタンの泡のように見える。背の高いポプラ並木が、街へ通じる傷んだアスファルト道路を縁どっている。馬が牧草地で草を食んでいる。それからまもなく小川の向こうに、共同住宅の立ち並ぶ地域が見えてくる。庭にはプラスチックの滑り台やトランポリンが置かれている。道路の反対側には、穴だらけの金網の奥に大きな崩れた倉庫がある。やがて私はパステルカラーの古い細長い建物が並ぶグリンマー通りに出る。一軒の農家を通り過ぎ、スーパーの駐車場を突っ切る。石工の店の舗装された前庭の高い柵の後ろで、二頭のロットヴァイラー犬が唸っている。口にはゴム製のリングのおもちゃをくわえている。唇から涎《よだれ》が垂れている。リク川からは遠く離れている。塁壁の上で動物園の緑地の方へ曲がると、いまは使われていない路面電車の軌道の向こうに、ようやく葦の帯を巻いた川床が見える。私は整備された道をぶらぶら降りていく。古い病院の建物を通り過ぎる。私が生まれた病院だ。シュトラールズント通りの橋を過ぎると川幅は広くなり、幅約七、八十メートル、長さ数百メートルの台形の水盤——すなわちグライフスヴァルト港に流れ込む。補強された北岸には二隻のレストラン船、南岸には帆を高く掲げた帆船がいくつか停泊している。その奥で鉄筋コンクリートのプレハブ住宅が長い影を落としている。

　私は南岸に腰を下ろす。対岸には低い建物と木の格納庫、ボート建造業者、そして私がティーンエイジャーの頃、ひと春練習に参加したボートクラブが並んでいる。どこかその向こうの、リク川とバベロウ川に挟まれたあたりにローゼンタールの塩泉があったのにちがいない。その塩泉――そして川――の存在こそ、ここで森が切り拓かれ、沼沢地に市場権を持つ街が建設された理由だった。塩分を含む水に、死んだコイが一匹浮いている。甲高い声で鳴くのは、波立つ水の上を低く飛び回るアマツバメだ。三羽のツバメがスクーナー船の手すりに止まっている。その狐色の喉が夕日に映えている。

オンセルノーネ谷

森の百科事典

★在ベルンのスイス連邦経済省商務局事務補佐であったアルマン・シュルテスは五十歳の時、ティツィーノ地方でまったく新しい人生を始めようと決心した。青年時にジュネーブとチューリヒに支社を持つ婦人服の会社、メゾン・シュルテスを経営していた彼は、一九五一年に職を辞し、かつて一九四〇年代に計十八ヘクタールの土地を購入してあったオンセルノーネ谷へ移った。彼の生活の中心となったのは栗の森で、彼はそれを次第に森の百科事典へと作り変えていった。彼は千枚以上のプレートに書きつけられた人類の知識を、テーマごとに分類した。大部分が複数の言語で書かれたその内容は、個別の知識分野からの抜き書き、一覧表、図表、文献情報のほか、余暇の過ごし方に関する提案、および彼への連絡を求める催促を含んでいたが、実際はつねに彼の側から交際を拒んだ。シュルテスは最後まで隠遁《いんとん》生活をつづけた。彼は一九七二年九月二十八日の夜、敷地内で転落し、体力消耗と寒さのため死んだ。

†一九七三年七月、遺産相続人たちはすみずみまで本、書類、家財道具が詰めこまれた家を処分させ、ほとんどすべてを焼却するかゴミ処理業者に委ねた。二日間つづいた処分の際に、セクシュアリティ

に関する約七十冊の手書きの、おそらくコラージュによる本もまた燃やされた。庭の設備は完全に破壊された。わずかに数枚の知識のプレートと、手書きの本のうち九冊だけが処分を免れた。そのうちの三冊はローザンヌのアール・ブリュット・コレクションに収められ、残りは個人収集家の手に渡った。今日ではこの家の名前だけが、かつての持ち主を偲ばせる。アルマンの家《カーサ・アルマンド》。

テス、テス。一、二、三、四、五。お聴きの放送はラジオ・モンテカルロです。テス、テス。六、七、八、九、よろしい。それでは今夜の番組を始めよう。私たちはいまオンセルノーネ谷の村に着いたところだね、違うかい。この村はロカルノから二時間のところにあるんだ。きみは列車に乗って、アウレッシオに着く。五月に来るといい、天気がいいからね。この家はすぐに見つかるだろう、それから家の前にかかっているプレートもね。扉をノックしてください、と書いてある。呼び鈴は壊れてしまっていてね。きみは入口の扉で女神ゴルゴーンに会い、そのまなざしに耐えるだろう。そしてきみは庭と、たくさんのプレートを見る。きみはそれを読み、理解するだろう。敷地は広い。素敵な場所さ。急傾斜で、岩がごつごつしていて、生い茂る栗の森にすっかり覆われている。南側は急な崖になっている。下側の柵からは、イソルノ川の水音が聞こえる。古い州道が敷地をななめに貫通していてね。いまは散歩道になっているんだが、それで他所者《よそもの》が来ては、私の土地を通っていくんだ、領地その一を。私はほかに領地その二をマッジャ谷へ向かう峠道の南側にあるアルプ・カンポに、それから領地その三をソット・クラトロに持っている。

ここへ来る者たちはプレートを読むが、まともに読んではいない。そもそも彼らは読み方を知らない。なぜなら彼らは精神を刺激するため、感情を刺激するためだけに読むからだ。だが本当は、分類するために読まなければならないのだ。そしてすべて分類するものは、まず書き写さなければならない。そうすることでようやく秩序が生まれる。私のやり方は、似たもの同士を一緒にしてやることだ。

「不思議なもの」のコーナーには、リジューのテレーズ崇拝の影響と、コナースロイトのテレーゼ・ノイマンの血の涙と傷跡。その近くへ、自分の身体を剣で貫かせたミリン・ダヨの驚くべき不死身性。そしてすぐ隣に、世界最大級の海難事故。ノーベル賞は百科事典のところへ。リンネは動植物、蝶は哲学のところへ。肥料は食事摂取量一覧表のところ、波動感知能力と放射線は幸運のチャンスのところ、月面着陸は空飛ぶＵＦＯ、ＵＦＯと手品師は超心理学と人類の謎のところ。太陽の黒点の表はバーベキュー場へ、チベットの秘密は精神分析学の木のすぐ後ろへ、蟻の国についてのプレートは蟻塚の真上へ。書かれた物は経験された物と結びつかなければならない。森の中の百科事典。人類の知識がここに集められている。木の枝に吊るしてあるんだ。もちろん完全じゃない。そもそも完全なんて不可能なんだから。このプレート全部を書くのは、そりゃ大変だった！　だれだって人生で何か役に立つことをしなければ。出かけたら何か拾ってくるとか、リンゴをとっておくとか、栗とか、缶とか。何だってまだ使えるんだ。捨ててはいけない、小さな紙きれ一枚でも。ちびた鉛筆だって細かく書くには使える。ブリキ缶は平らにすればプレートになる。いつも何かしら仕事がある。雑草は抜かなければならないし、錆びついたプレートは修理しなければならない、栗は皮を剝かなければならない。栗はよく汁を吸う、だから何か加えればその味になる。砂糖水に漬ければたいそう甘くなる。ブィヨンに入れれば最高の味だ。栄養価も高い。栄養価は知っておくべきだ。歯がなくなったらとくに。私はもうアーモンドは食べられない。私は料理は上手い。昼食は牛乳半リットルと、小さなパンが一つあれば十分だ。何もいらない。本当に必要な物なんて何もない。せいぜい女が一人。いろいろな事に関心のある女がいい、学ぶ意欲があって、若くて。まだ何も知らないような女。これから何でも教えてやれるような女。理想は十八歳から二十五歳くらいの若い女の子、結婚するか養子にするか、孤児か若き相続人か。

　きみはあの子どもたちのように、物を壊したりはしないだろう。ときどきやってきて、呼ばれても返事もしない子どもたち。何語ができるのかたずねても、それすら答えない。私はドイツ語、フランス語、イタリア語、オランダ語、英語を話す。ここへ来る人々はただ栗を拾いたいだけで、私を笑い者にする。何もわかっちゃいないんだ。きみは彼らの言うことなんかに耳を貸してはいけない。気ちがいだ、と彼らは言う。頭のおかしな奴。または、あの親父は月に住んでいるのさ、と。夜ときどき蓄音機をかけているというだけで。覚えておくといい、広い空の下で夜は音響が最高なんだ。鳥に邪魔されることもない、鳥は眠っているからね。ときどき無性に歌いたくなるものだ。だが、だれにも聞かれてはいけない。子どもの頃は夢遊病だった。いつのまにか残念ながらやり方を忘れてしまったが。エンリコ・カルーソは史上最高のテノール歌手だった。彼のレコードはたくさん持っている。レコードは合計百五十枚ある。オペラ、オペレッタ、クラシック、流行りのダンス音楽、有名なウィーン・ワルツ。何でもある。きみは音楽が好きだろう。

敷地じゅうに感じのいい休憩場所がたくさんもうけてある。「冷たいビュッフェ」の上の方には水の庭、典型的な乾式工法で造られた小さな窪地だ。敷地に一年じゅう水を供給してくれる二つの人造洞窟、オープンエア・シネマ、火を焚く場所や水浴び場も。全部私が苦労して作り上げたんだ。美しい場所になるように、無数の石を積み上げ、木の幹や枝をここまで引きずってきた。美は大切だからね。すべては美にかかっている。存在も、進歩も。美を軽んじる者は、人生がどれほど美に左右されるか知らないんだ。最初の妻に出会った時、私はパリ製の外套《がいとう》を着ていた。とびきり上等なやつだ。だから妻は私と結婚したんだ。その時妻はもう妊娠していた。線が崩れて、醜くなっていたよ。最初に金が底をつき、それから妻とも終わりになった。子どもが一人いたが、すぐに死んでしまった。

あそこの壁のくぼみは、夏には心地よい日陰になるだろう。ゴミ置き場にまだちゃんとした耐火煉《シャモッ》瓦《ト》が置いてある。あれをここへ運びさえすれば、食文化のコーナーにいいかまどが作れるだろう。きみはバーベキューのやり方を覚えるだろう。蓋付きのバーベキュー鍋はもうある。だが、食材をアルミホイルにくるんで焼くのでもいい。メキシコではバーベキューをする時、このやり方でまるごと一匹焼くんだ。料理の本は豊富にそろっている。あの有名な『愛の直後の食べ物』と『男の口に合う料理』もある。網焼き肉《グリヤード》やマリネードの調理法、家庭菜園の作り方の本も、それから花言葉についてのフランス語の本も一冊ある。きみが来るのは夏だろう。きみは涼しい木陰を楽しむことだろう。きみは古い鉄の棒につかまって、短い梯子《はしご》を岩壁に沿って降り、峡谷にかかる細い橋をバランスをとりながら渡り、処女の家《カーサ・ヴィルジニー》に着くだろう。それは平らな屋根のワンルームの家で、ベランダはない。大きさは四メートル四方。私が自分で建てたんだ。私の第二の人生、本当の人生、自給自足の夢が始まる一年前に。一九五〇年のことだ。設計図は家の前のプレートに描いてある。真似をしたいなら無料だ。この家は貸さない。この家にふさわしい者しか入れない。その名前は小さな家、または処女の家。西部の荒野にある国にちなんで、ある女性にちなんで、ある生理学的な状態にちなんで名づけた。だから入口も塞いである。呼び鈴装置が処女の家をこの家の寝室と直接結んでいる。何でもそろっている。美しい壁紙、美しいカーテン、ランプのかさ、ベンチまである。窓にはゼラニウムのプランターを留める金具もある。特別室では足りなくなったら、きみはこの家に住めばいい。壁を塞ぐ石を取り除くには、一晩あれば足りる。月夜がいちばんいい。そうすれば十分明るいから。そこから遠くないところに、発電機の付いた大きな手作りの風車と、水ポンプの部品がある。ポンプはもうじき完成する。自給自足するなら、エネルギー生産は自分の問題だ。鶏は良さそうだ。卵を産んでくれる。非常に役に立つ。鶏小屋なら防風パネルで簡単に作れる。鶏に必要なのは梯子と、秩序だ。この敷地全体が斜面にある。自然な傾斜が生まれる。昔はヤギを飼っていた。だが、ヤギは馬鹿なんだ。マットレスをヤギのために処女の家に敷いてやったことがある。夜になるとヤギをそこへ寝かせて、毛布までかけてやってね。ところがヤギは何度も立ち上がって、床で寝るんだ。ヤギは三、四頭いた。その後は縄で木につないでおいた。そうしたらぐるぐる回って、大きな円を描いて歩き回り、とうとうひどく絡まってしまった。それであっけなく死んでしまった。血統のいい、きれいなヤギだったんだが、残念なことにとても馬鹿だった。

そのまま道を進むと、きみはまた建物にたどり着く。東側の破風に大きな天体盤が見えるだろう、黄道すべての。私は空に興味があるんだ。人間の運命とか、まったくの偶然とか、大きなつながりとか、出来事が起こるメカニズムとか、そういう人生を危うくしたり寿命を決めたりするものにね。具体的な事案について誕生日と幸運日のデータを集め、それを分析し、そこから法則性を導き出す必要があるだろう。なるべく多くの例を検討すればするほど、結果は信頼性の高いものになる。ある決まった日付の天宮図《ホロスコープ》を作成すべきだろう。スウェーデンボルグが生まれた日、エーリヒ・マリア・レマルクの家に泥棒が入った日、流行歌手のアレクサンドラが自動車事故で死んだ日。突然亡くなった人の例を二十件ほど。そうすればきっと何か共通点が見つかるはずだ。ところが残念なことに、誕生の時刻を正確に把握している者はほぼ皆無だ。ゲーテは言った。十二時きっかりに私は生まれた、と。これならどうにかしようがある。人は任意の時刻xに生まれてくるわけじゃない。ムッソリーニと同じ日に生まれて生き延びた者はほとんどいない。なぜなら誕生日ごとに寿命が決まっているからだ。そして生まれて間もない頃の最初の危機は、火星、土星、天王星、冥王星などの惑星が零度、九十度、百八十度いずれの位置関係にあるかによって読み取ることができ、その後も決まった年齢で繰り返し訪れ、また死を予告する。その計算方法はすべて家の占星術のファイルの中に収めてある。非常にたくさんの奇形児の天宮図も、研究のために保管してある。私の計算は精確だよ。生物学的な周期性は明らかだ。ある種の出来事はこうした結節点で起こる。それによって人生の浮き沈みが生まれるんだ。長寿と寿命は非常に古いテーマだ。だれもが死ぬ。それは事実だ。そして慰めだ。

学校でいちばん良かったのは講義だ。一つのテーマを選んで、それに関係する事柄をすべて聞くことができる。人はちゃんと精通していなければならない、情報を持っていなければ。ファッションだろうと、歴史や地理だろうと。なぜそうなっているのか、これからどうなるのか、あれこれ思いめぐらすことができる。哲学の学校につぐ哲学の学校、どれも何かしら興味深いものを含んでいた。東洋では、人は自分の蒔いた種を収穫する。その結果が業《カルマ》だ。それについては、神学の本のところにたくさん見つかる。魂についてのすべての問いへの答えは神学の本のところだ。私たちの内面の衝動、印象、抑制、記憶などは心理学の本で扱ってある。なぜなら自我、すなわち私たちの存在の最奥の核は、必ずしも単に私たちの肉体の鏡として感じられるのではないからだ。それについては人智学の本でさらに知ることができる。多くのことが私たちの潜在意識にとどまっている。それが抑制したり、ノイローゼを引き起こすことがある。精神分析学はその潜在意識を白日の下にさらし、解放する。乳児の頃の印象は未分化だ。それがごくゆっくりと対極化していく。ジークムント・フロイトは、私たちの過誤行為の多くが性衝動の抑圧であることを発見した。別の者は、「上」に立ちたいという欲望がすべてを決定していることを証明した。その成果が個人心理学だ。ユング教授は元型の発見者だ。元型は、遺伝形質として無意識にイメージの世界の中に安らっている。ナンシー学派は、サジェスチョンの影響を指摘した。超心理学は、私たちの日常的な感覚によっては説明できない現象を対象としている。占星術は過去の資料を集め、誕生時の空がのちの出来事に影響しているかを検証する。ダーウィンは、進化とあらゆる生物の関係を示した。それに対して聖書の創世記は、精神が物質に生命を与えることを示した。今日、人はまだ不毛の惑星に精神が存在することを予感している。心霊術者たちが体験したと主張する死者との交信に欠けているのは、一度もポジティブなものが現れないということだ。ただし、第四の次元には時間も空間もないということを忘れてはならない。そうしたら残るのは硬直だけかもしれない。多くのことがまだ解明されていない。占い棒《こっくりさん》の問題、殺人光線、そしてエウサピア・パラディーノの幽霊が百パーセント、ペテンなのか、それともときどきペテンなだけなのかという問題。

以前はすべてを分野ごとに非常に厳密に分けていた。ここは物理、そこは骨、あっちは超心理学。だがいまは大混乱だ。知識はどんどん増殖する。木々は縦にも横にもどんどん大きくなり、空に向かって伸びていく。文字をはじけさせ、針金をほどき、プレートを落下させる。最初のうちはまだ修理していたが、それがだんだん増えていった。暗くなったり、雨が降ったりすると、森で作業はできないんだ。そうなるともう家しかない。家は古くて、ティツィーノ州のたいていの家と同じく、壁は花崗岩でできている。石の屋根とたくさんの部屋があるが、暖房はない。基本的に暖房は必要ない。冬には床にコルク板や新聞やリノリウムを敷けばいいし、壁は板や黄麻で隙間を塞げばいい。プラスチックボトルも適している。寒い時にはそれを袋に詰めれば、布団として使える。バルボリンのエンジンオイル容器はいちばんいい。これは絶対に捨ててはいけない。だが、人々はいつだって何でもすぐに捨てる。とくに外国人。ゴミ置き場は本物の宝の山だ。そこにあるものといったら! 人形、雑誌、ハイヒールの靴。すべて使える。まだ動くラジオが捨ててあったこともある。夜、仕事の後、二十一時から二時三十分の間、私はラジオ・モンテカルロを聴く。それをきみと一緒に聴こう。ラジオは一つだけじゃない、三つある。浴槽も三つ、ボイラーは二つ、冷蔵庫二つ、電動ミキサー七つ、だが、本当に必要な物なんて何もないんだ、トイレですら。他の人間も要らない。せいぜい女が一人でいい。犬もいい。犬用の皿ならある。犬の飼育方法のパンフレットも。

たまに家の扉が開かないことがある。折りたたみ式の格子戸のせいなんだ、そいつがしょっちゅうはさまって動かない。たくさんの栗のせいもある。入口を塞いでしまっているんだ。どこも新聞やメモや写真でいっぱいだ。昔はいつも新聞の記事を書き写して、分類していた。いまはたくさんあり過ぎて、それを読む時間すらない。だが、キーワードのリストを作って保管してある。後で時間ができた時のために、またはだれかが何か探しに来た時のために。

私の原則はこうだ、読める物はすべて読むこと。似た物同士を一緒にすること。読んだ物は全部とっておくこと。事実だけ、検証できる知識だけを書き写すこと。可能なら、現象と法則性を分け、つねに一般的な物から個別的な物へ進むこと。なぜなら外見はつねに中身を示しているからだ。私の部屋を見れば、私の肺や心臓を見るよりも私の本質がわかる。外見と中身は一つだからだ。男性の外性器と女性の内性器が、同じ一つの物の二つの表現であるように。そして庭が私の領分であるように、この家がきみの領分になる。きみは悟るだろう。時として内と外は釣り合わないものだということを。夏には栗の木陰と自然科学の知識が暑さから守ってくれ、冬には哲学が寒さから守ってくれる。ときときどきは冬でも家から出なければならない、雪の中で身体を温めるんだ。湯たんぽは命を救ってくれる。かまどに載せれば、中に湯を入れる必要もなくなる。昔は金属製の平らで曲がった水筒があって、それを足にあてていた。いまは本物の瓶を使う。両脚の間の敏感な場所にあててやると、いちばんよく身体が温まる。

器械もたくさんある。すべて目録にしてある。AS1、AS2、AS3という具合に。AS6フィルムプロジェクター、AS2フィルムカメラ——巨大なドラム複写機、ラヤ社製写真引き伸ばし機。パールスクリーンは投射画面に光と輝きを与えてくれるし、縮小機は写真を真珠の玉に載せられるくらい小さくできる。低周波増幅器、トーレンス社製の蠟板裁断機、AS7、ならびに三十三または七十八回転のレコード盤を自分で作成するのに必要な物理的経過をよりよく理解するための本。AS7で、私がエンリコ・トセッリのセレナーデをクラリネットで演奏したものを録音してあるんだ、それをきみへの歓迎の挨拶としてかけよう。いまもボタンは押してある。針が溝を刻み、ターンテーブルが回転をつづけ、私の言葉をすべて記録する。マイクはもっと古いものだ。ごく短い距離で実験するために、無線発信機と短波アダプターもある。さらにダイヤル式電話機と、立体写真を作れる器械もある。一度その器械を試してみようと思ったことがある。だが、その女性は逃げ出してしまった。女にはとくに気をつけないと。

私はブリタニカ百科事典を持っている。愛と夫婦の問題についての本も多数ある。存在の問題についての本、死についての本もある。きみのブロックハウス百科事典から興味のある見出し語を書き写して持って来てくれれば、私は同じ項目を私のラルース百科事典から写し取ってあげよう。両方が補い合うというわけだ。最大の花を持つのはフィリピンのラフレシア、最大の洞窟を持つのはグリズリーベア、最大の鳥は飛べない。牛乳は二、三時間、胃にとどまる。臍は人間の身体をほぼ黄金比に分割する。両腕を広げた長さはおよそ身長に相当する。すべての生体組織は炭素結合体である。男性は偶然起きた現象。グールモンも書いているが、女性だけで自然は十分だったはずなのだ。いつも主役は女性だ。そのことは文明人において、文明が進むほどますます多くの女性が生まれることからもわかる。最新の研究が示しているように、卵子はけっして受動的ではない。卵子は積極的に動き、接近してくる精子細胞に向かって、不恰好な突起を伸ばすという。卵巣に疣のような突起ができるのだ。それが破裂して降りてくると、体温が上がる。それを排卵と呼ぶ。そうしたら気をつけることだ！ 昔、パリの女友達がいた。メキシコ出身の娘だ。私たちは性交もした。いつか月経が来ないことがあった。それで薬局へ行ったら、薬剤師が薬をくれた。アルゴスとか何とかいう名の。そうしたら月経が来たんだが、血の中に何かちっちゃい物体が混じっていた。そんな物はそれきり二度と見たことがない。チロルで休暇を過ごした時、一度ホテルのメイドと性交したことがあった。だが、私はまだ前回のことで不安だった。だからすぐにインスブルックへ行って、医者に診てもらった、何か起きていないか、確かめたかったんだ。ところが医者は笑っただけだった。

すぐ右手が私の寝室だ。中はいつも暗い。電球は切れてしまっているし、窓はたくさんの本で絶縁してあるからね。午前中だけ、隙間から光が少し漏れ入ってくる。それが目覚まし時計代わりに、起きることを思い出させてくれる。それにラックス石鹼の広告のご婦人方のまなざしがある。彼女たちがまっすぐに見つめてくるんだ。部屋の中をうろうろしていると、どこからも見つめられる。じっと目を逸らさない。その一人はハンガーにぶら下がって、上着の襟ぐりから見つめてくる。その上着は私が彼女にかけてやったんだ。だが、彼女の顔は裸のままだ。そんなにたくさん肌を出して。私がベッドに横たわっている間も、そのご婦人は私を見ている。上から私を見下ろしている。私が何をする間もじっと見ているんだ。ときどき欲望に襲われる。すると出口を見つけなければならない。性的衝動がとても強い時はとくにだ。オナニーで緊張を緩めてやる以外は、性行動には三つの道しかない。その外的条件とその評価は、その社会に支配的な状況により左右される。売春婦か。自由な性的結合か。または役所で定められた、したがって社会的に承認された、民法第四条第一章第一三五三項に基づく、婚姻による性的契約関係か。生物学的に見れば、これら三つはすべて同じことだ。私は二回結婚した。二回とも離婚した。単に合わなかったのだ。合うべき場所すら合わなかった。皆がそれについて書いている。本に書いてあるだろう。ラ・ロシュフーコーは言っている、愛には一種類しかない。だがその千通りもの模造品がある、と。自分の性向を問うてみなければならない。それは内的衝動なのか、それとも禁断の行為を一度やってみたいという魅力か。倒錯した性的嗜好は、たいてい性衝動がまだ表出しない年齢のうちに育まれる。ある種の資質はおそらく生まれつきかもしれないが、大部分はその人が初めての快楽の絶頂にどうやって達したかによって形成される。俳優は、たとえわずかな痕跡であっても、自分の中にまったく潜んでいないものを演じることはできない。王、乞食、大司教。変装趣味については、何の思い出も背負っていない、新しい服を着たがる服装倒錯者《トランスヴェスティスト》と、他の人間の痕跡が残っている、すなわちだれかが着た衣類を愛するフェティシストに分類できる。

　残酷なこととは何か。男をキスや肌の露出や接触、視線、読書や言葉によって興奮させ、なりふり構わず燃え上がらせておきながら、先刻までしていたあらゆる約束に反して、絶頂に達するのを拒むこと――明らかに彼をそうやって苦しませるためだけに、そしてその苦悩を見て楽しむために。

　女性の美しさの優越は否定しようがない。その美の唯一の源、そのすべての秘密は、線の調和だ。

女性を美しくするのは、性器が目に見えないことだ。用便を足す時だけ有利な男性の性器は、つねに負荷であり恥ずべき烙印だ。とりわけ直立姿勢により、戦闘においては急所となるし、平面の中でそこだけ平らでないという点でも、一本の線が真ん中で破綻するという点でも目障りだ。

女性の身体の調和《ハーモニー》は、純粋に幾何学的にいってもはるかに完成度が高い。とくに欲望の時間、すなわち生命がもっとも濃縮され、もっとも自然に適った形で表現される瞬間にある男と女を観察すればそれがわかる。すべての動きが身体の内部で起こり、それが波のような身体のうねりによってのみ表現される女性は、その美的価値を十全に保持できる。一方、男性はその性器を露わにするやいなや、いわばもっとも卑しい、獣のような状態に堕し、品位を落とし、あらゆる美を脱ぎ捨てる。性交を行うための技術的可能性という点でも、女性は男性より優れている。たとえば女性は性交のために身体を硬直させる必要がない。女性は、機械的な経過に関していえば、連続して性交を行うことができる。

クリトリスの大きさは非常に差がある。あまり発達していないクリトリスも、生殖器全体と同じく、活発に性交することにより年とともに大きくなる。練習と経験の影響については、まだ研究の余地がある。たいていの場合、出産したことのない女性の大陰唇はぴったりとくっついている。女性が満足しないまま終わらせないためには、大陰唇の膨張とクリトリスの勃起がどんな行為よりも先行すべきだ。既婚女性の大部分は性的な行為をただ我慢してやり過ごすだけで、自分の積極的な関与によって、また該当する筋肉のコントロールによってそれを楽にするとか、なるべく有利な影響を与えることを怠っている。

きみは梯子を使って上の階へ行く。一段一段、上がっていく。そこはまだ暗いが、手探りすれば、それが正しい道だとわかるだろう。天井から一つ輪が下がっている。危なくなった時に備えて、念のためそこにつかまるといい。通路はとても狭いんだ。そしてどんどん狭くなる。それでもきみは何とか通り抜けられるだろう。奥にはバルコニーと、そこに寝椅子が二脚置いてある。だがバルコニーに出る扉は本で塞がれている。覚えておくといい、本は最高の防波堤になるんだ。ほとんど知られていないが。多くのことは知られないままだ。そこから先は少し明るくなる。左手にきみの部屋があるからだ。きみの王国、特別室が。ときどき扉が開かないことがある。きみは秋に来るんだったね。どこもかしこも栗でいっぱいだろう。この谷じゅう、庭も、家も。木から落ちてくるんだ。人の上にも落ちてくる。栗が当たって死ぬことだってある。三つの実のうち、いちばん大きいのがいちばん美味しい。実はつるつる光り、毬《いが》は棘だらけだ。実の尖ったてっぺんには毛が生えている、可愛らしい産毛が。まるでひっつきむしのように、栗はどこにでもはりついている。ただ特別室だけは場所を空けてある。そこに栗は入れない。栗はお呼びじゃない。だってそこはきみのための場所だからね。何でもそろっているよ、すぐにその場に。ちゃんとあるべき場所に。本の後ろには窓、化粧台は鏡のそばに、窓台の上にはバスタブとじょうろと消防ポンプ、そして積み重ねた紙の上の小さなくぼみ、それがきみの、ご婦人の休む場所だ。すべて用意されている。木のフレームに載ったマットレス、素敵なベッドだ、豪華なドレスも毛皮もある。すべて最新流行のものだ。着てみるといい。ハンガーには黄緑色の柄のある女性用水着がかかっている。他のハンガーは空っぽだ。そこにきみは自分の服をかけるといい。

きみは部屋を見回し、ベッドの上の二枚のヌード写真を見るだろう。その真向かいに、一人の若い裸の女性がシーツの上に寝そべっている白黒写真や、キスし合う男女のロマンチックな写真、恋人同士を描いた古代のレリーフ。きみは化粧台の鏡に映る自分を見る、そして必要な物がすべてそろっているのに気づくだろう。マニキュア、雑誌、美容関係のパンフレット、帽子ファッションや髪の手入れに関する本、『女性の魅力と美。若い女性が知っておくべきこと』の本、妊娠や受精や更年期に関する研究、月経鎮痛剤、灰皿、ハサミ、白粉《おしろい》入れ、トイレットペーパー。すべて配慮されている。目覚まし時計一つ、たくさんの湯たんぽ、たらいと水差し、ラジオとバイブレーション装置。

一度、若い女の子二人が蛇のようにくねる道を通って散歩にやって来た。彼女たちは読むことはできたが、残念ながら馬鹿だった。だが、そんなことはどうでもいい。字を読むのはいまどきだれでもできる。二人は姉妹だと言っていた。彼女たちは庭に入ってきた。プレートを読み、あちこち見回した。しかも美人だった。いずれにしても若かった。ヒッチハイクで旅行しているのだと言った。このあたりには車はほとんど停まらないんだが。この谷はそのうち行き止まりだ。どこにも通じていない。洞窟へ行きつくだけだ。あそこは素敵だ。夏でも湿っていてね。私はもう少しで、二人のうちの一人がきみかと思うところだったよ。私は家を案内した。二人は新聞や栗を見て笑った。彼女たちの寝場所を見せた時も、缶詰のラビオリを出してやった時も笑った。彼女たちはずっと笑っていた。ちゃんとした食事だったのに。だが、私が扉をノックすると、二人は叫び声をあげて逃げ出した。布団をかけてやろうとしただけなのに。私と彼女たちと一緒に。すべてを見せて、すべてを教えてあげようと思っただけなのに。彼女たちがいなくなって、私はほっとした。そうでなくても二人とも食べすぎなのだ。馬鹿なヤギたちめ。

女性の悦びの器官に関する本に収められた図版が、女性の陰部を露わに見せてくれている。それは処女を失ったある女性の恥部、あの崇高なオーケストラのさまざまな楽器を示しており、たくさんの名前、呼び名がある。桃や貝の象徴。ヴィーナスの丘と恥骨弓、大小の唇、尿・肛門・ヴァギナの開口部、会陰《ダム》、前庭粘膜腺、前庭玉葱、処女膜。子宮は泉。それは湿って、底知れず、蛾と苔の匂いがする。それは精確な河口、窪地、深淵、見えない大きな口。欲望は果てしなく、捉えがたい。わからないことはたくさんある。心理的性倒錯の概念は、注意深く扱う必要がある。あらゆる異常性の根は、正常性の中にある。あらゆる正常性が、一片の異常性を含んでいる。どんな性倒錯者の中にも一片の正常な感覚が残っている。倒錯とは何だろう。男性が女性のストッキングを一度穿いてみたら、留め具付き靴下よりずっとエレガントに見えるはずだ。男女の同性愛者の性行為は、その経過において性的正常者のそれと変わらない。

『異常な願望』という本の中に、一枚の特別な写真が収めてある。それは淫らだ。そして美しい。きみはそれを見たくないと思うだろう。それでいて目を逸らすことができないだろう。いろいろな感情が渦巻く場面だ。まず男と女が見える。女性の尻、性行為だ。だがつづいてきみは、二人とも黒いストッキングを穿いていることに気づくだろう。そしてその陰茎《ファルス》がまるで本物でなく、最近流行りの透明な二本のストッキング留めの助けを借りて女の尻に固定してあることがわかるだろう。似た者同士は一緒にしてやる必要がある。そうすることでのみ秩序が生まれる。この写真はある友人がずっと前に送ってくれたものだ。いまはもう手紙を開くことはない。もう何年も知り合いはいない。以前は週に一度、郵便配達人が来た。私がまだ生きているか確かめるためにね。いまはもう来ない。たとえ手紙が来ても私は開けない。何が書いてあるか、わかったものじゃないからね。もしかしたらきみが、もう来る気はないと書いてよこしたのかもしれない。そうしたら何と答えればいい？　それに中に何と書いてあったのか、どうせいずれわかるような気がするんだ。私もきみに何も書き送れないだろう。そもそも私が持っている切手がまだ使えるかどうか。手紙がちゃんと届くかどうか。きみが手紙を読むかどうかもわからない。それなら手元にとっておいた方がいい。すべてとっておいた方が。必要な物は何もない。牛乳半リットル、小さなパン一つ、そして夜通しかかるラジオがあればいい。

東ドイツ（DDR）
共和国宮殿

*ハインツ・グラフンダーを中心とするドイツ民主共和国建築アカデミーの共同作業チームの設計により、一九五〇年に爆破されたベルリン王宮の跡地である「マルクス・エンゲルス広場」に、国を代表する建築物が建設され、三十二か月後の一九七六年四月二十三日に「人民の家」として竣工を祝った。

この横長で平らな屋根の六階建ての建物のもっとも目立った特徴は、ミラー加工したブロンズガラスを白い大理石の枠に嵌め込んだ正面の外観だ。建物内には人民議会の本会議場と、八百人から五千人までを収容する大小の催事用ホールの他に、複数の会議室や作業室、レストラン十三店、ボウリングレーン八本、劇場、ディスコが入居していた。

それは党および国家首脳部の社交の中心であり、ドイツ社会主義統一党（SED）の党大会の場、人民議会の本拠地、重要な国家行事や国際会議の場、文化とレジャーの中心だった。人気の待ち合わせ場所は幅四十メートル、長さ八十メートル、三階建てのメインロビーの「ガラスの花」だった。著名な国家主義的芸術家たちの描いた「共産主義者は夢を見てよいか」というタイトルの十六枚の大判の絵もここに掛かっていた。

†ベルリンの氷河渓谷の地下水の水圧に耐えるよう、建物の基礎として長さ百八十メートル、幅八十六メートル、深さ十一メートルのコンクリート槽が流し込まれた。八つのコンクリート製の核のまわりに鉄鋼の骨組みが作られ、すでに一九六九年以降東ドイツではその工法が禁止されていたにもかかわらず、その土台は石綿《アスベスト》セメントですっぽりと覆われた。

一九九〇年八月二十三日、共和国宮殿において、人民議会はドイツ連邦共和国への編入を決議した。一か月後の九月十九日、同人民議会は宮殿をアスベスト汚染のためただちに閉鎖することを決定した。一九九二年、ドイツ連邦共和国議会は宮殿の取り壊しに賛成を表明した。一九九八年から二〇〇三年にかけて、専門業者が約五千トンの吹き付けアスベストを徹底的に処理した結果、宮殿は解体することも改修することも可能になった。発癌性物質を除去した後の宮殿は、骨組みだけの状態になっていた。

一九九一年以降ふたたび「王宮広場」と改名された場所の未来図を決めるための、いくつもの設計コンペティションを経て、二〇〇三年、連邦共和国議会は宮殿の取り壊しを決定した。二〇〇四年春から二〇〇五年末まで、がらんどうになった共和国宮殿は文化的行事に一時利用されることになり、ふたたび一般の立ち入りが許可された。

建物の最終的な解体は——とりわけ激しい抗議活動のため——何度も延期された。二〇〇六年二月、とうとう解体工事が始められた。土台のスウェーデン製鉄鋼は溶解処理され、一部はブルジュ・ハリファ建設のためにドバイへ売却され、一部は自動車産業でモーター製造用にリサイクルされた。跡地におけるベルリン王宮再建工事は、二〇一三年三月に開始された。

彼女は買い物ネットからアスパラの包みを取り出すと、くるんであった布を開いて、中身を台所のテーブルの上に置いた。それから冷蔵庫の隣の暗い隅に置かれた箱の中から、両手にいっぱいジャガイモを取った。もう何か所かは緑色になり、短い芽が伸びている所もあった。この箱では十分暗くないということだ。もちろんいちばんいいのは地下室に貯蔵することだが、そうするとジャガイモが木炭臭くなってしまう。彼女は灰色の布巾を一枚とってきて、箱の上にテーブルクロスのように掛けた。洗濯機が熱湯洗濯の二度目のすすぎをしている。運が良ければ、今日中に乾くだろう。昼頃に太陽が出てきたから。午前中はずっと曇って、まるでいまにも雨が降り出しそうだったのに。

彼女はジャガイモの皮を剝いた。緑色の所と芽の部分は少し厚めに。そして水で洗い、半分に切って、レンジの隣のボウルに入れた。何でもできるだけ準備しておきたかった。日曜日だというのに、昼はペーストを塗ったオープンサンドを食べたきりだったが、自分一人のために料理するのはもともと好きではなかった。そんな手間をかけても意味がない。

アスパラについた砂を洗い落とし始めた時、呼び鈴が鳴った。彼女は急いで手を拭き、玄関へ行って扉を開けた。

「やあ、マレーネ、ちょっといいかな?」

リッペだった。斜め下の二階の住人だ。

「もちろん。さあ入って。ちょっとだけ台所を見てくるわね」

リッペは少し疲れた顔をしていた。彼は感じのいい、気のおけない男だった。時おり家族ぐるみでテーブルを囲み、一杯飲むこともあった。だが、そういえば最近あまりそういう機会がなかったかもしれない。

「ホルガーはまだ帰っていないかい?」

彼はリビングの方にさっと目を走らせた。

彼女は首を振った。リッペはホルガーと同じく軍事医学を学ぶ学生だったが、リッペの専門は口腔病学だった。

彼はまだ戸口に立っている。

「まあ、リッペったら。靴は履いたままでよかったのに」

「いや、いいんだ」

彼は肩をすくめた。

「おちびちゃんは、寝てるのかい？」彼は顎で寝室の方を指してみせた。本当に疲れた顔をしている。ひょっとして、カルメンと何かあったのかしら。

「ええ、もうぐっすり。くたくただったもの。外の空気のおかげね。だいぶ遠くまで散歩してきたから」

昼食が済むとすぐに彼女はカーテンを閉め、子どもをベビーベッドに寝かせたのだった。最初は少しむずかっていたが、あっという間に静かになった。本当はまだ授業の準備をしようと思っていたところだった。午前中すっかり忘れていたのだ。

「なるほど」彼はズボンのポケットに手を入れた。「うちのユーレも寝てるよ。ほっとするね、日曜日の憩いの時間だ」

彼女は乾いた布巾の上にアスパラを一本ずつ載せていった。

「おや、お宅もアスパラのために並んだのかい」彼はポケットから手を出し、腕を組んでにやりとしてみせた。

彼女は思わず吹き出した。家庭菜園の向こうの畑からアスパラをくすねてくるのは、彼女一人ではなかった。グリーンアスパラ。店で売られているのを一度も見たことがない。ベルリンへ、共和国宮殿へまっすぐ送られるのだ、という噂が立っていた。

「ええ、告げ口する人がいませんように」彼女はタオルで手を拭き、エプロンを脱いだ。

「何か飲む？」

リッペは相変らず裸足のまま敷居の上に立っていた。ホルガーよりだいぶ小さい。濃く黒い口ひげを生やし、額の生え際は後退していた。肌の色はいくぶん青ざめ、蠟のように白い。

「いや、おかまいなく」彼は断った。「またすぐ庭に出るから」

リッペ一家には彼女たちや近所に住む他の家族と同様、新しいアパート棟の裏手に小さな畑が割り当てられていた。彼らは今年の春にそれを開墾したのだった。非常に砂の多い土地だった。鋤で芝土をほぐし、ふるいにかけなければならなかった。そうして薄い腐植土層ができたところへジャガイモを植えて、雑草が生えないようにした。収穫を増やすために、リッペはわざわざ農業生産協同組合《LPG》から堆肥をもらってきて、温室まで作った。一方、彼女たちの畑の収穫はどちらかというと貧弱だった。けれども彼女はどんな作物でも嬉しかった。エンドウマメ、カブ、ニンジン、ソラマメ、パセリ。イチゴまで採れた。小さなボウル一杯分だったが、それでもないよりはましだった。

「さあ、居間へ行きましょう」

リッペは彼女が玄関間に出るのを待った。彼女は寝室の扉を閉めると、リッペを案内した。

太陽がひとすじの明るい光を水槽の上に投げていた。水槽は扉の左手の、手作りの棚に並んで置かれていた。ホルガーの水槽だった。グッピー、ブラックモーリー、ネオンテトラ、そしてナマズが一匹。ナマズはたいてい自分の穴の中に隠れていた。最初は水槽は一つだけだった。だが、ホルガーは次第に新しい木材を旋盤にかけ、板をのこぎりで切って上の段を作り、少し小さい二つめの水槽を載せた。そしてさらに小さい三つめをいちばん上に置いた。ピラミッドのように。その水槽の手前に、ベビーサークルが組み立てられた。

リッペはカウチに腰かけた。彼の格子柄のシャツはお腹まわりが少しきつそうだった。袖をまくった腕には黒っぽい毛がびっしり生えていた。

「マレーネ、ぼくらは……」

彼は深呼吸をした。

それから身体を前に乗り出して、膝の上で両手を組み合わせた。

「ぼくらは長いこと考えたんだ、きみにこの話をするかどうか」

変ね、リッペったら「ぼくら」だなんて。一人で来ているのに。

彼はためらった。

「つまりその……」彼はふたたび話し出した。「ぼくらはベルリンへ行ったんだ、昨日ね、ほら、覚えているかな。カルメンが講演をすることになっていたものだから、ぼくもユーレを連れて、一緒について行ったんだ。馬車の旅は素敵だったよ、たまにはちょっと変わったことをするのもいいものさ」彼の右手が宙を泳いだ。

「ああ、そうだったわね」彼女はすっかり忘れていた。

「それでその後、ちょっと自分たちにご褒美をあげてもいいと思ったんだ」

彼は窓の方を見やった。逆光の中で、サボテンがひどく埃っぽく見えた。たまには水をやらないと。

「で、共和国宮殿へ行くことにした。特別なことがしたくてね、わかるだろう」

指に毛の生えた彼の裸足が、彼女たちの家の絨毯の上に載っている。それは何となくぶしつけな、卑猥な感じがした。彼女は居間のテーブルの脚を見た。ホルガーがしばらく前に隣村の倒壊した家で見つけてきたのだ。虫食いの穴がはっきり見える。穴はずっと残るだろう。二人はそれを自転車で一緒に運んできたのだ。砂の多い道を通り、森を抜けて。

「マレーネ」彼は背中を伸ばし、もう一度話し始めた。

「ぼくらはそこでホルガーを見たんだ。他の女と一緒だった」

彼は彼女をまっすぐに見つめた。

「誤解しようのない状況だった」彼は軽く顎を上げ、手で顔をこすり、また少し背を丸めた。

「ぼくらはただ、きみにそのことを知らせたかったんだ」それはまるで言い訳のように聞こえた。

「カルメンは最初、ぼくらには関係ないことだと言った」彼は舌で歯に触れた。

「だが今朝、ぼくは彼女に言ったんだ、もしぼくが他の女と一緒のところをマレーネが目撃して、きみに何も言わなかったらどう思う、って」

誤解しようのない状況って？ 誤解しようのない状況。かわいそうなリッペ。なんてお人好しなんだろう。カルメンよりずっと人がいい。堅苦しいおさげ髪の、口の左にまるでペンで描いたみたいなしみのあるカルメンよりもずっと。

「ぼくもどうしたらいいかわからないんだが」

彼の右足が前後に揺れた。「そうだ、カルメンと話してみるかい？ 女同士で」

カルメンは薬剤師だった。彼女は一度もカルメンと心から打ち解けて話したことがなかった。

「ちなみにホルガーはぼくらには気づかなかった、と思う」彼はなおも言った。

テーブルは緑色だった。彼らが自分でペンキを塗ったのだ。当時彼らはそれが美しいと思った。

「ありがとう」彼女は言った。どうしてか自分でもわからなかった。

リッペは腰を上げた。「じゃあ、ぼくは行くよ」彼は両手をズボンで拭った。

彼女は、彼が玄関で靴を履き、家の扉を閉めて、階段を降りていくのを聞いていた。埃が光の中で舞っていた。本当はテーブルはあり得ない色をしていた。

彼は身体をひねり、後部座席から書類鞄を取って膝の上に載せると、ファスナーを開けた。衣類の間に、水の入った球が挟まっていた。子どもへのおみやげだった。彼はそれを手に取った。

「きれいだ」アヒムが言った。「きっと喜ぶぞ」

緑色の水がたぷたぷと揺れた。アヒルがほほえんでいる。ホルガーは球をまた鞄にしまい、オープンサンドを取り出した。

「一つどうだ？」

彼はパラフィン紙をはがしてパンを差し出した。

アヒムは一瞬彼の方を向き、首を振った。

「いや、やめとくよ」彼はふたたび道路に目をやった。車は多くなかった。

「せっかくの空腹を、そいつで台なしにしたくないからね」

ホルガーはオープンサンドにかぶりついた。ティーヴルストだ。パンは古い味がした。昨日の朝、自分で塗って作ったのだ。マレーネと子どもはまだ眠っていた。二人を起こさないように、彼は玄関の外に出てから靴を履き、そしていつものように階段を一段飛ばしで降り、一キロ歩いて幹線道路に出た。しかし、それから永遠と思われるほど長い時間が過ぎた。彼はオープンサンドを置いて、また紙にくるんだ。

「何かまともな物が食いたいだろう？」

アヒムはウインカーを出し、アクセルを踏むと、バイクを追い越した。

ホルガーは手を膝にこすりつけて拭いた。いまになってようやく、自分がひどく疲れていることに気づいた。頭がガンガンした。彼はめったに酒を飲まない。酒は早起きやトレーニングと折り合いが悪いからだ。彼はまだ短いトレーニングパンツを穿いたままだった。アヒムが早く出発しようと急《せ》かしたのだ。奥さんに会うのを待ちきれなかったのだろう。表彰式の後、ビルギットに別れを言う間もなかった。だが正直なところ、その方がよかった。

「ちょっと停めてくれないか。用を足したいんだ」

彼は別れが嫌いだった。言うべき言葉が見つからないからだ。別れの時が過ぎるとほっとした。

「おいおい、女の子みたいにちっちゃい膀胱してるんだな」

アヒムは問題なかった。熊みたいに大きな男だった。脚はさほど速くないが、手榴弾投げではだれも彼に敵わない。直立姿勢から、スローモーションのような動きへ。命中率は五十パーセントを超えた。

アヒムはバックミラーを覗き、一台やり過ごすと、ギアを下げてウインカーを出し、舗装されていない農道へ乗り入れた。そしてエンジンを切り、ハンドルから手を放すと、彼の方を向いた。

「さあ、すっきりしてこい」

ホルガーは車から降り、土手に立った。小水はイラクサの野原へ正確に飛んだ。緑の茂みにはタデがいっぱいはびこっている。棘のある茂みに、まだ熟さないキイチゴの実がついている。高圧線が森の向こうの畑を越えて、まっすぐに煉瓦造りの一軒の農家へと延びていた。庭には板張りの納屋と、その隣に旗のない旗竿が立っている。ライ麦はまだ緑色をして風に揺れていた。すべてがとても平和に見えた。それでもやがて脱穀機が来るだろう。彼は日差しが首に当たるのを感じた。

彼は高校卒業試験《アビトゥーア》の直後に大学入学許可をもらった時、どれほど嬉しかったかを考えずにはいられなかった。もう失敗することはないんだ、というあの気持ち。そして成績優秀者の顕彰板に書かれた自分の名前。まるで古文書のようなゴシック体の文字。彼の記録はまだ破られていなかった。

それでいまは？　蚊が何匹かまわりを飛び回っていた。彼はそれを手で追い払った。このまま順調に行けば、三年後には医者になれる。それはあてにしてよかった。

「ほら、急げ」

ビルギットは案の定、いつまた会えるか訊いてきた。彼は何と答えてよいかわからなかった。

あくびが出た。彼はズボンを引っ張り上げ、車に戻った。

アヒムはエンジンをかけ、ふたたび走り始めた。ホルガーは後部座席からトレーニングウエアの上着を取り、背もたれと窓枠の間にあてると、その上に頭を載せた。彼はアヒムを観察した。その額にはうっすら汗が浮かんでいた。アヒムはいつも自分が何をしたいか、はっきり自覚していた。アヒムには多くを語る必要はなかった。

ホルガーは窓の方を向いた。車からだと、景色はまるで違って見えた。彼はこのルートを列車からしか眺めたことがなかった。

彼らは小さな村落を通過した。そこの道は荒石で舗装されていた。彼は外の人々を観察した。かっぽう着を着て、両手を腰にあてて庭に立つ老婆。ベビーカーを押して道を横断する若い夫婦。自転車に乗る二人の少年。両手を放して、歩道をくねくねと走っている。

彼は目を閉じた。車が振動する。彼はつとめてリラックスしようとした。彼は前にも宮殿へ行ったことがあった、両親と一緒に。忠誠宣誓の直後だった。しかもスーツ姿で。だが、その時のことはもうよく覚えていない。皆が後でその話をしていたが。旗のこと、ミラーガラスや大理石のこと、長い行列のこと。

それが彼のアイデアか、それともビルギットのアイデアだったのか、彼はまるで思い出せなかった。単に成り行きでそうなったのだ。長く並ぶ必要もなかった。おまけにワインレストランでシュプレー川の見えるテーブルまでとれた。土曜の晩にだ。すべてが簡単に運んだ。椅子を引いてやると、彼女は当たり前のように座った。二人ともふさわしい服装をしていなかったが、そんなことはどうでもよかった。勝ったわけでもなかったが、ビルギットはお祝いしましょうと言った。彼は彼女以外に、腋毛を剃っている女性を知らなかった。

彼は目を開き、フロントガラスのつぶれた虫を眺めた。障害物競走は最悪だった。あれさえクリアすれば、あとは楽勝だった。あれに比べたら、濠越えもクロスカントリーも散歩みたいなものだ。

彼はまた身体を起こし、ハンドルを回して窓を開けると、肘を外に出した。吹きつける風が快かった。

外を畑や森が通り過ぎていった。電信柱、巨大な機関車格納庫の残骸、延々とどこまでもつづく菩提樹の並木。彼は医者だ。少なくとも半人前の。

彼は頭の後ろで腕を組んだ。


子どもは目を大きく見開いて、ベビーベッドの中で立ち上がっていた。まるまるとした片方の手で柵につかまり、もう片方の手を囲いの外に伸ばし、泳ぐように彼女に向かって振っている。笑っている口から、白く光る小さい歯が覗く。

彼女は子どもを抱き上げ、ダブルベッドの隣の戸棚の上に寝かせると、まずつなぎの服を脱がせ、それからおむつカバー、最後にぐっしょり濡れた布おむつを外した。

子どもはバアバアと声を上げながら、小さな拳を空中で振り回し、その裸足で何度も彼女の腕や胸を蹴った。綿の入ったおむつ替え用マットには、黄色いテディベアの絵がいっぱいプリントされていた。風船を手に持ったテディベア、傘のブランコを揺らしているテディベア、ポニーに乗ったテディベア。いろいろなバリエーションがあった。

彼女は子どもを抱き、おまるの上に座らせると、台所へ行ってやかんを火にかけた。それから上の戸棚を開け、コーヒーの缶を取り出し、粉末をスプーン一杯カップに入れた。

寝室に戻ると、子どもは両親のベッドからずり落ちたキルティングの布団の端をかじっていた。彼女は涎でべとべとになった布をそっと子どもの口から外し、代わりに赤いキノコの編みぐるみを手に持たせた。それから布団をベッドに戻し、手で平らに直した。そして子どもをもう一度マットに寝かせると、湿ったおしぼりでおしりをきれいに拭いてやった。

三角形に折りたたんだ布おむつを股にあてた瞬間、台所のやかんがピーピーと鳴り始めた。編みぐるみが床に落ちる。彼女は手早くおむつの紐を結び、カバーを穿かせると、子どもを腕に抱いて台所へ急いだ。

　スイッチをひねってガスを止め、コーヒーの粉末にお湯を注ぐ。子どもは彼女のブラウスにしがみつき、首に頭を押しつけた。彼女の胸元につかまる小さな手がぎゅっとこわばっているのを感じた。彼女は子どもを居間のベビーサークルのところへ連れて行き、その手を緩めようとした。

「大丈夫よ」彼女は言った。「大丈夫」そして手をほどいた。

　それから寝室へ戻り、おまるを洗面所へ持っていって中身をトイレに空け、水を流した。蓋を閉め、その上に座る。

　窓は少し開いていた。外で子どもたちがボールを蹴っている。歓声が団地の間にこだました。彼女は立ち上がり、カーテンをわきへ引いて下を見下ろした。小さな男の子がジャングルジムにさかさまにぶら下がっている。髪の毛が線のように垂れ下がっている。彼女には見覚えのない、眼鏡をかけたブロンドの女の子が一人でシーソーに座っている。その子は取っ手をつかんで立ち上がり、シーソー板を高く持ち上げると、地面を蹴って、砂から出ているタイヤの上にどしんと下りる。すぐにまた立ち上がり、つま先立ちになっては、何度も繰り返しシーソーを落とした。彼女はさっとカーテンを閉めた。洗濯がとっくに終わっているはずだった。

　彼女はドラムを開け、濡れた洗濯物を引っ張り出し、浴槽の上に置かれた脱水機に詰め込んだ。右手でしっかり蓋を押さえ、左手で調節レバーを押し下げる。脱水機が回り始めた。何度かの波となって水が浴槽に排出される。最初はたくさん、次第に少なくなり、ちょろちょろと細いすじになる。水滴が落ちるだけになるのを待って、彼女はモーターを切った。

　ゴムのリングがまた外れてしまっていた。それを元通りはめてから蓋を開け、洗濯物を一つ一つ取り出して、浴室に斜めに張ってある紐に干し始めた。布おむつ、下着、タオル。絶対に明日までに乾きっこない。つい先週、朝っぱらからシーツをはがして洗ったばかりだった。ホルガーがおねしょをしたのだ。信じられない。

彼女は脱水機の蓋を閉めた。

おまるを寝室へ戻そうとして、玄関の楕円形の鏡に掛かっているメダルに目が行った。陸上競技、十種競技、軍隊用多種目競技。色とりどりのリボンに金属のメダルがぶら下がっている。彼女はまだ若かった。とても若かった。

彼女はぐいとメダルを引きはがし、床に叩きつけた。メダルはガシャーンと音を立てて床に転がった。鏡が揺れたが、落ちることはなかった。

おまるをベビーベッドの前に置き、窓を開ける。そして玄関間を通って台所からコーヒーを取ってくると、居間へ行き、緑色のテーブルに載せた。そしてソファに倒れ込んだ。

子どもはベビーサークルの中に脚を広げてぺたりと座り込んで泣いていた。顔が真っ赤になっていた。口から涎が糸を引いていた。黄色い照明の点いた水槽の一つで、青く光るネオンテトラの群れが右へ左へ向きを変えつつ泳いでいた。空気の小さな泡がのぼっていく。グッピーは消えていた。ポンプが規則正しく唸っている。白黒の大理石模様のナマズが、ガラスに付いた藻を大きな口で舐めとっている。その白く縁どられた眼は死んだように見える。寝室の扉がバタンと大きな音を立てて閉まる。

彼女の視線はバラの模様の壁紙から黄土色の暖炉へさまよい、つづいて造りつけの棚に置かれたテレビや地図帳、二巻本の百科事典、社会主義的写実主義とオリンピックに関する写真集、そして窓台の上のチトセランとサボテン、妊娠中に縫った花のモチーフのクッションカバーへと移っていった。テーブルの上には、ホルガーが旋盤で削った果物皿が載っていた。

カップにはまだコーヒーが残っていた。口をつけてもいなかった。

彼女は立ち上がり、ベビーサークルのところへ行った。

もう遠くから、点滅する赤い光が見えていた。メコフ・ベルクの交差点に立つ無線塔の光だった。それから森に入った。彼がよく知っている森だ。急に空気が冷たくなる。ホルガーはハンドルを回して窓を閉めた。アヒムはウインカーを出して右端に寄り、街道管理所のバス停で車を停めた。

「それじゃ、また明日」

アヒムは指でハンドルを撫でた。ハンドルは銀色に光る毛の長いビロードで覆われていた。

「ありがとう、アヒム」

ホルガーは鞄に手をかけると、ドアを開けて車を降り、助手席のドアを閉めた。

紺色のラーダはウインカーを出し、車線に戻った。ホルガーはそれを見送った。ナンバープレートの記号と数字を覚えておこうとしたが、うまく行かなかった。車はカーブを曲がり、森の中に消えた。

彼はくるりと向きを変え、道路の左側の狭い歩道を歩き始めた。集落に入って半分ほど過ぎたあたりに、街灯が一本だけ立っていた。ようやく暗くなり始めたばかりだったが、明かりはもう点いていた。古い石畳の道の円頭石が、その照り返しで光っていた。

集落の入口の標識の手前から、戸建てや二世帯住宅の家並みが始まっていた。その前庭にはバラやヒエンソウが咲いていた。いまは車庫として使われている廏舎の入口の上に、錆びた蹄鉄と古い馬具が掛かっていた。環状交差路《ロータリー》の向こうの、落書きのあるバス停に、いつものように数人の若者が自転車を停めてたむろし、煙草を吸っていた。二人がちょっと顔を上げ、彼に向かってかすかに頷くと、またすぐに首を引っ込めた。少なくとも挨拶はしてきたわけだ。彼は軍用団地の住人なのだが。反対側へ道を渡る。茂みの向こうから、小川のかすかな水音が聞こえた。川は方向を教えてくれる。あてにしてよかった。何を要求されているかがわかれば、すべては簡単になるのだが。

橋を渡ると、上り坂になった。彼は教会を通り過ぎてから道を曲がった。生協《コンズム》の前に、かぎ針編みのドレスガードが付いた黒い婦人用自転車が停めてあった。自転車には鍵すらかかっていない。その奥に学校の建物の輪郭が浮かび上がっていた。町長の住む黄色いペンキ塗りのバラックの、左側の窓のカーテンが少し開けられていた。ようやく新しい団地の建物三棟が見えてきた。すべて前の場所から移されたのだった。いくつかの窓は明かりが点いていた。ここでアスファルトは終わり、砂道が始まった。急に気温が下がっていた。彼は立ち止まると、肩から上着を取り、袖を通した。

公園の遊具の間に、汚れてへこんだバレーボールが一つ転がっていた。まだ新しい、二年と経っていないジャングルジムは、下の方のペンキがすでに剝げ落ちていた。彼は自分の家を見上げた。台所に明かりが点いている。風呂場は暗い。彼は何を期待していたのだろう。自分でもわからなかった。

建物の扉を開け、三階まで階段を一段ずつ上っていく。リッペの家ではテレビがついていた。彼の足音がこだまする。シュプレットシュテーサー家の扉の前を通ると、エンドウマメスープの匂いがした。

彼女の庭仕事用の靴が、玄関マットの隣に置かれていた。土がこびりつき、うっすらと埃が積もっている。玄関マットが斜めになっている。彼はそれを足でまっすぐに直した。真鍮の表札には、彼の名前と彼女の名前が彫ってある。彼は本当に疲れていた。

家の鍵が鞄の前ポケットに入っているのを知っていたにもかかわらず、彼は呼び鈴を鳴らした。家の中から冷蔵庫をバタンと閉める音が聞こえた。永遠のように長い時間が経ってから、ようやく扉が開いた。

彼女はもうパジャマを着ていた。彼が抱きしめると、彼女は最初されるがままにまかせていたが、すぐに顔をそむけて身を引いた。彼は彼女を放し、鞄をコート掛けの下に置くと、しゃがんで靴を脱いだ。

「ちびちゃんは寝てるのか?」

彼は彼女の方を見上げた。

マレーネはかすかに頷くと、台所へ消えた。家の中は真っ暗だった。台所のテーブルの上のランプだけが円い光をテーブルクロスに落としていた。

彼は室内履きに足を滑りこませ、寝室の扉を開けた。子どもはベビーベッドの中で、両手を上に挙げて安らかに眠っていた。ゆっくりと規則正しく呼吸している。彼は自分の人差し指を、子どもの半ば開いた小さな手の平にそっと置いた。なんて満ち足りた様子だろう。彼は布団を掛け直してやり、寝室を出て、静かに扉を閉めた。コート掛けの下に彼の鞄がまだ置いたままになっていた。彼はそれを持ち上げた。

オープンサンドの包みを取り出そうとして、アヒルの球に手が触れた。彼はそれを持って台所へ行った。

マレーネが台所の椅子に座り、上を向いて背もたれによりかかっていた。

「勝てなかったが、おちびちゃんにおみやげを買ってきたよ」彼は球を彼女の前に置いた。そして冷蔵庫へ行ってドアを開け、ちょっと中を覗きこんで、また閉めた。流し台に皮を剝いたジャガイモとグリーンアスパラが置いてあった。カモミールティーを飲みたいと思ったが、あえてやかんを使うのは気が引けた。

彼はテーブルへ行き、椅子を引いて座り、彼女の腕に一瞬触れたが、どうしてよいかわからずに手を引っ込めた。

ようやく彼女は彼を見た。彼は肩をすくめ、深く息を吸って吐いた。彼女の目はほとんど漆黒のようだった。

贅沢な湖

キナウの月面図

★ズールの牧師にして天体観察愛好家であったゴットフリート・アドルフ・キナウは、人生の三十年以上を月理学研究に捧げた。月の地形を描いた彼のスケッチは、当時の月理学の分野において、とくにその精密さのために評価された。

†キナウの観察記録のうち保存されているのは、たとえば一八四八年の論文『月の裂溝《リル》』のようにごくわずかな資料のみである。彼の月面図としては、大衆向け天文雑誌「シリウス」に二点のみが発表された。それらは同誌の写真コレクションとともに、第二次世界大戦中に焼失したものと思われる。

　地球から見える側の月面南部の高地にあるクレーターは、天文学者エドマンド・ネイソンがすでに一八七六年に提案したように、一九三二年国際天文学連合によりキナウと命名された。英国天文協会が一九三八年に発行した月に関する術語便覧『フーズ・フー・イン・ザ・ムーン』には、以下のような記述がある。「C・A・キナウ（?—一八五〇年）、植物学者、月理学者、ボヘミア南部のシュヴァルツェンベルク侯爵領の役人であった。一八四二年、有毒植物と毒キノコに関する二つの論文を発表した」世界中を探したが、キナウという名の植物学者の存在は突き止められなかった。二〇〇七年、アメリカ合衆国の測量局の一覧表において、キナウは牧師のゴットフリート・アドルフ・キナウに置き換えられた。C・A・キナウについては、今日に至るまでいかなる手がかりもない。

私がいつ、どの星の下に生まれたかは、私たちの考察の対象を解明するにあたりほとんど参考にならない。地上世界への私の参入が、毎年繰り返されるあの夜にあたったことに言及すれば、それで事足りる。すなわち獅子座流星群が現れ、星空が肉眼で見えるもっとも印象深い光のショーのうちの一つを繰り広げる夜。少なくともまだガス灯や、その恥ずべき後継者であるまばゆい光が、夜の漆黒を継続的な薄暮に減じてしまう以前のことである。若き学生であった私の目の前で、自分の誕生の時刻に、明るく輝く流星のシャワー、荘厳な火の雨が、まるで啓示のように降り注いだ。光の雨は蒼穹全体を無限に輝く流星で満たし、私の中に目に見えない種を蒔いた。その種は何十年も経ってようやく発芽し、情熱的な花を咲かせることになる。すなわち星の煌めく夜、惑星とその衛星への愛だ。その愛が私をあのはるかな高みにある、今日では私の故郷と呼ぶべき遠い領域へと導いたのだった。

しかし最初に傾倒したのは——田舎に育った私にとっては身近な存在であった——植物学の方で、大学で林学を修めた後は、多様な活動範囲により私の研究を促してくれるような有給の仕事に就きたいと切に願うようになった。

私はその仕事を故郷に近い、シュヴァルツェンベルク侯爵ヨハン・アドルフ二世殿下の領地管理人の職に見出し、まずブジーの荘園、つづいてフォルベスの大農場という、モルダウ川右岸のきわめて厳しい自然条件にさらされた二つの領地の監督にあたった。その後、侯爵様が直々に生命を吹き込まれた改革により、私は侯爵領の中央へ移ることとなった。当時、侯爵様はクルマウの街の、モルダウ川を見下ろす険しい岩場に聳える大きな城に住んでおられた。その肥沃な、風雨に耐えた大地も埋め合わせにならぬほど、遅霜や早霜を伴う多湿の荒々しい気候にもかかわらず、私はその土地に愛着を持った。広大な領地の中の、ボヘミアの森に近い地域になればなるほど、農業はますます困難になった。その細長く延びた森林地帯の奥深くの原始林には野生の熊が棲んでいた。

私は三月革命以前の若い地方役人全般の特徴である、ひたむきな熱心さで職務にあたるかたわら、自分の自由になるわずかな時間を、農業の一年を支配する飼料用植物や栽培方法のことではなく、有毒植物の特異な性質の観察にあてた。私は昔から人間の役に立たず、むしろ人間と家畜に害を与える植物に興味を引かれていたからである。私を虜にしたのは、とくにその謎めいた効能であった。それらの効能はまったく隠れた目《もく》に属しているかに見えるのだが、そこには時として生命を脅かす植物を無害な植物と区別するための、明確な特徴が欠けていた。同じ一つの科の中に、無害で食用にさえなる植物と、呼吸困難と嘔吐を引き起こす植物とが隣り合わせに並んでいることもしばしばだった。当時、キノコはボヘミアの農村に暮らす人々の主食であったし、母親たちは赤ん坊の眠りを促すため、いやむしろ強制的に眠らせるためにイヌホオズキの束をゆりかごに入れるのを常とした。薬草女たちは清めたオキナグサを用いて、いたるところで不吉な業を行い、時おり無知な人間が、その黒光りする実の美しさに惹かれてベラドンナを口にし、狂乱状態に陥った。

そうして私は道端や小川、荒れ野や耕牧地に数多く見られる植物を採集して調査し、命取りとなる餌を食べて死んだ獣の焼けただれた内臓を調べ、観察日記に記録した。ボヘミアの有毒植物の概説書、ならびにこの地域で発見しうる美味な食用キノコと、それよりもはるかに多い有毒キノコについての論文を出版するという高邁な目標が私の眼前にあった。長い間なおざりにされ、最近になってようやくクロムホルツにより類例のないほどさかんになった隠花植物研究こそ、のちの研究領域に向けて私を準備させてくれた。すなわち、隠れた場所における存続の確保である。

私の研究の成果は、観察の中から普遍的な根本法則を導き出すことはできなかったにせよ、おおむね好意的に受け入れられた。控えめな学問的交流が始まり、私は複数の学会に入会を許された新進気鋭の会員として、それがたとえば植物数量学のようにまだほとんど重視されていない分野であっても、あたかも世界の知を蓄積する集団の一員になったかのような錯覚を抱いた。それは良き時代であった。私は植物を採集し、侯爵領の書物を監視し、厳格で模範的な上役ならびに物覚えのいい家臣として活躍した。また、私好みの一人の女人を見つけ、女人の側も十分にその好意に応えて、私の申し出を拒まなかった。月日は流れて行った。穀物の収穫に打穀、ホップの毬花につづいて果物の摘み取り、飼料用の青草の次にはカブの種蒔き。耕地の収量を上げるために私によって生命を吹き込まれた多くの改良は、その狙いを過《あやま》たなかった。森は切り拓かれ、荒野は開墾され、湿原は排水され、沼は泥炭のたまった底まで干拓された。未来と合目的性とを志向するあまり、私の研究は次第に袋小路に迷い込んでいった。拡大鏡で近づいて見れば見るほど、自然はその無数の変化《メタモルフォーゼ》のいずれをとっても、私の目にはますますいかなる支配の手によっても飼い慣らしえない、御しがたい混沌として映るようになっていた——それは理論と実践を融合しようと努める者すべてに起こる現象だった。頭の中でそれを区分し、構成しようと骨を折るうちに、自分では知識の世界を豊かにしているつもりでいながら、そのじつ混乱させていたのだ。

そうして私の心の中で、万物を統《す》べる秩序の輝かしい幻像《ヴィジョン》が、その頃相次いで起きた恥知らずな森林泥棒事件により掻き立てられた名状しがたい卑しい感情と結びついた。損われた幹の一本一本が私の肉に鋭く食い込む破片となり、傷つけられた自尊心のためにまわりに膿が広がっていった——その弱さの毒を、私は森の中をさらに長い時間歩き回ることによって解毒しようと試みた。森の巡察《パトロール》が教会での礼拝に取って代わっていった。ある日曜日、見通しのきかない深いボヘミアの森の中をいつものように見回り、トウヒだけが生える中心部に分け入った。風害による倒木や梢の枝折れのために幹が枯死し、空き地のようになった場所がそこかしこにあった。まるで森が傷ついているように見えた。その時、いま思えば予言的とも言うべき不思議な畏敬の念に打たれて、私はとりわけ見事なシダの葉を一本、地面から引き抜いた。じっと観察するうちに、その気品に満ちた植物の根が、欠けてゆく三日月の形をしていることが明らかになった。それ以来まるで夢のように私の脳裏に焼きついているその瞬間は厳かな静寂の中にくるまれ、歌も呼び声も、かすかな鳥のさえずりもその静けさを乱すことはない。私はこの紛れもなきしるしをただちに高次の力の象徴と認める用意があったが、それではまだ私の精神への重荷が足りないとでもいうかのように、わずか数日後——一八四二年七月八日の早朝——巨大な月の円が灰青色の影を私に投げかけた。当時私がいた場所からは、ほんの百マイル南方で体験できたような皆既日食を楽しむことはできなかったが。あの日、火の玉が若返って一本の痩せ細った線になり、死人のように青ざめたその光が中庭を包んだ時、鶏たちは鳴りをひそめて小屋の中に逃げ込んだ。私は眩暈を覚え、全身の血が一気に心臓へなだれ込むのを感じた。そして瞬時にして眩《まばゆ》いほどの明白さで悟った。植物学という学問の木を細い枝の先まで究めたい、上りつめたいと願う者は、この世のすべてを覆う天空の巨大な現象にも手を伸ばさねばならぬのだ。隠れたところに芽ぐむ植物から、星辰の目に見えない秩序へと関心を移すのがいかに自然なことかを。新しい研究を開始してすぐに私は強く確信した。古来、たいていの錬金術師はまず植物学者であったし、すぐれた錬金術師は同時に占星術師であり天文学者でもあった。植物はすべて天空に双子の星を持つという、あの理論の提唱者もしかり。毒物学と天文学の関係がいかに複雑に絡み合ったものであるかは、あのいまだ謎めいたヨハネの黙示録が示す通りである。黙示録が予言したニガヨモギという彗星の落下によって、地球上の生物の三分の一とともに、周知の通り永遠の手に委ねられたはずのDNA石英ガラス保管庫までもが消滅した。それゆえにここでの私たちの営みが、いっそう緊急性を帯びることになった。もっとも私たちの活動範囲は古より、電算機を必要とする零か一かの一時的状態ではなく、概して連続的な計量方式《アナログ》に分類される物にあえてしぼられているのであるが。あの時人類はまたしても——自らの発明能力の無謬性への信頼を裏切られる形で——己の無知の恐ろしい結末をまざまざと見せつけられた。地球はもはや安全な場所ではなくなったのであり、そして今後も決して安全ではないだろう。

私は一年経つ頃には天空の諸現象に精通したのみならず、すべての天体の中でもっとも近くにある天体である月をとりわけ好むようになり、その傷跡だらけの姿を詳細に観察し、新たな発見をすることと、奇妙に傷ついていると同時に処女のように清らかな光を放つその表面を精密に写生することに私の夜の時間を捧げた。かつて繊細な薄膜の中に隠された胞子を観察したのと同じように、私はバドワイスで手に入れた直径五インチ、焦点距離三フィートの望遠鏡を通して、月面を観察する方法を学んだ。なぜなら近き物は遠き物だからであり――そして高次の真実はあらゆる被造物の中でももっとも目立たぬ物ともっとも遠きにある物において啓示されるからである――顕微鏡と望遠鏡を通して。私はすでに前の研究でも周縁的な現象に情熱を傾けていたので、今度の対象においても周辺領域から始めたことは驚くにあたらない。すなわち、かすかによろめくような、複雑な法則に従った月固有の運動が特定の時期だけ見られる空を観察することである。ペトラルカにとってのキケロ、セネカ、ウェルギリウスのような存在が、私にとっては月のクレーターの眺めであった。日没に比類なき影を作るティコ、早朝の環状周壁プラトン、光の境界線近くにある壁平原ガッサンディ、均整のとれた火口リンネ。忠実な友にして、私の夜ごとの独白の物言わぬ聞き手。彼らが私に答えてくれないということではない！　周知の通り、月の本質は無口だ。しかしそれは慈悲深い沈黙であって、侯爵様のうぬぼれた召使どものように私を軽んじて無視するのではなく、私の敬虔なまなざしにいちいち好意と親切をもって報いてくれるように見えた。

以後、私は毎日を夜のためだけに生き、地上の物を無に帰せしめ星々の輝きを優しく包む闇と、早い日没のおかげで世俗の職務をなおざりにし、その時間を暗黙裡に私の新たな主に捧げることが許される暗い季節とを待ち望んだ。

私が歩んだのと同じ道を行く覚悟のある者は滅多にいない。自分自身についての記憶と役人としての確かな将来を、高次の真理あるいは神聖なるものに到達できるという漠然とした希望と引き換えにするのに必要なのは、勇気ではなく、謙虚さだからである。だれかがその人間のことを覚えている限り、姿を消すのにはかなりの器用さが要求される。クルマウのような領地で、責任のある職務に就いていればなおさらである。しかもクルマウは、政府が農民の賦役のみならずいくつかの農場まで失う結果となったあの運命的な年の後ですらなお、帝国中もっとも素晴らしい領地の一つであった。侯爵様はまるで父親が子どもを見るように、自分の領地を毎年訪れ、その繁栄の様子を監督することで知られていた。それゆえ父なし子で、侯爵様よりほんのいくつか年下の、弟と言ってもいいような私の行動もまた、思いやり深い猜疑心をもって見守っておられた。私が父なし子などでないことは、母が死の間際にそれとなく明かしてくれたのであるが。母の葬列に、さらなる苦痛がつづくことになろう。私はもう二度とかくも辛い列に連ならずに済むように、いつか私たち皆を見舞う運命を自ら選び取ることにした。私の名が判読できぬほどに色褪せるのがいますぐか、それとも四世代後か、四十四世代後かは取るに足りないことだからである。諸般の事情が、私の企てを妨げるよりはむしろ容易にした。私の管轄していた領地の面積は大幅に縮小しており、わが知らせを後代に伝えてくれるはずであった二人の子らは流行り病に命を奪われ、いまや教会の墓地に眠っていた。流行り病も、あの不幸な凶作も、妻は根深い迷信にもとづいて、すべて月の不吉な力のせいにした。私にはそんな妻を教え正すことも、妻の無言の非難のこもった苦しみを和らげてやることもできなかった。妻は妻で、私の月夜症が耐えられず――しかもその突然の死を悲しみ、疑いの目を向けるような親兄弟もいなかった。妻を一緒に連れて行くことは、この世を統べる自然法則に照らしても、いずれにせよ不可能であった。私たちのだれもが、最後の境を越えるように、すべてを捨てて行かねばならないのだ。

私はすべての先人たちや後につづく者たちと同じく、雨の海《マレ・インブリウム》、太陽のない海に辿り着いた。誕生の時にふさわしく、素裸で寒さに凍え、ぜいぜいと喘ぎながら。隔離期間が終わると私はすぐに見習いに任命され、それをもって完全無欠のように私には思われた組織の、もっとも小さい一成員となった。その徹底した規則正しさに魅了されて、私は任された仕事を忠実に果たそうと腐心した。そのもっとも重要な任務は、到着した物を最初の選別にかけることであった。

だれもが知る通り、かつてアリオストは『狂えるオルランド』において、地上で失われた物すべてが私たちのいる月にやって来るという噂を世に広めた。アリオストはそのアイデアをアルベルティから一字一句ほぼそのまま受け継いだのだが、アルベルティはといえば、かつてパドヴァの頭のおかしくなった洗濯女のところでその話を小耳にはさんだという。まことに、三人ともあまりに大げさだ。あの寓話の場所で、自分がひそかに懐かしく思っている物がすべて見つかると信じるとは。過ぎ去った日々、滅亡した帝国、昔の恋、聞き届けられなかった祈り。

遠心力は、本当は逆にはたらいている。地球が月を軌道上に保っているのではなく、月が地球を軌道に乗せているのと同じだ。それゆえ基本的に母惑星という呼び名は月にふさわしいが、それは疑いなく世界を転覆させうるアルキメデスの点である。なぜなら地球は無だからであり、そして恐ろしいまでに依存的な見せかけを持つ月、この沈黙しこわばった鏡は、すべてだからである。いずれにせよ、それも宇宙のトランプがひっくり返り、衛星である月が、この壊れやすい構造の中でじつは初めからひそかに占めていた支配的な役割を、ようやく表立って引き受けるまでの時間の問題にすぎない。なぜなら主を義務によって縛るのは、つねに僕だからである——その逆ではないことは、奉公人と領主の仲介者としての私の経験がたびたび証明している。

周知の通り、ちょうど私の移住の時期に、生理学者マイヤーの最初の貧弱な実験が行われた。すべての運動と熱は同一の力の異なる現象形態にすぎず、したがってエネルギーは失われるはずがないことを示唆する実験であった。このエネルギー保存の基本法則は——月世界の歴史以来、ここではすでに喪失回避の掟として知られていたが——両天体間の包括的な相関関係を規定するものであり、私たちのところに着いたものはすべて独立機関である月・地球局による選別後、地上においては消滅し、公正な、しかし結局のところ不透明な原則に従ってあの世界、すなわち生か死かの太古の分類を免れた、記録庫《アーカイブ》という無重力の中間世界への道を見出す。

到着したものすべてを例外なく保管することは、輝ける太古の短期間だけ行われていた。あらゆる禁令にもかかわらず流布している言い伝えを信ずるならば、その中に含まれていたのはオルメカ文明の石、歴史的なダイダロスの工房で作られたクレタ島の迷宮の粘土模型、アルゴスで行われる、ミューズに仕える女流詩人テレシラを称えるヒュブリスティカの祭を描いた花瓶。その祭では女は男装し、男は女装をする風習があったという。また、ギザのスフィンクスの立派な鼻、長さ二百二十フィートの竜の腸に金文字で書かれた『アルマゲスト』の二つめのアラビア語訳、そしてエウリピデスの戯曲『ポリュイドス』。忘却の闇を貫いて輝きを放つその詩句「だれが知ろう、生とは死にすぎぬのか、死ぬことは逆に生なのか」は、何のために私たちがここで選ばれ、あるいは追放されるのかを表す、まさに正鵠を射た表現のように私には思われる。さらにグリーンランドの氷の中に保存された原子爆弾半ダース、蛙の頭蓋骨の骨十字で作られたちっぽけな十字架像、完全な保存状態ではあるが内容がまったく異なる何種類もの『秘中の秘《セクレトウム・セクレトールム》』の写本、ペトラルカが崇拝した女性ラウラ・デ・ノヴェスの、シモーネ・マルティーニによる技巧に満ちた肖像。その絵は幾重にも賛美された美女が、実際はどれほど自惚れていたかを証明しただけであったという。司祭の他にはだれも読むことができなかった、マヤのグロテスクな写本。そして書名は残念ながらもはや思い出せないが、驚くほどたくさんの女性の作品。

その後に過渡的な時代がつづく。この時期には選別と保管に気を配ることが、一部の選ばれた者たちの義務とされた。私たちの世界の呼び声から逃れられなかったひと握りの卓越した記憶術者たちもこれに含まれたが、やがて同じくらい卓越した忘却術者たちが彼らに取って代わった。責任者たちの間で、押し寄せる物の洪水に対処する才能は忘却術者たちの方が長けているとの認識が深まったためである。

ほとんど地上と変わらぬ有様だった。どの世代も物を新たに分類しなおし、どの支配者も自らの信仰のために新しい思想体系を考案した。実践的活動が後退すれば、代わりに理論が光り輝いた。あえて手を抜いた時代の次に、過保護の時代がつづいた。どちらの時代も多くを達成したが、それ以上に多くの物を失ったとの批判がたびたびなされたが、それはすべての保管庫《アーカイブ》に誕生時からずっとつきまとうスペースの問題という、いかなるシステムも解決し得ない並はずれて困難な課題を見誤っているのだ。というのもここの空間には限界があり、最大の領土を有していた頃のロシア帝国と比べても、さほど大きくはないからである。

ある時は常設の、しかし限りある図書館を模範として物を保管せよとの法令が出され、またある時は修正および縮小した複製によって原物が置き換えられた。しかしやがて選ばれた複製用の素材が、このように包括的な企てに必要なすべての特性を備えていないことが判明し、その結果きわめて完成度の高い複製の一部が使い物にならぬまま、先の老朽化した原物と同様に専門的に処分された。

当局の指示が住人たちを驚愕させることも珍しくなかった。ここの住人は人類のもっとも優れた代表者から構成されているとは言いがたく、むしろ似ても似つかぬ者たちを無造作に寄せ集めた共同体であり、それをつなぎ合わせているのは、かつて彼らが月との間に結んだ細い絆であった。遠くから望む月は、文化圏ごとにまったく異なる姿を見せていた。私が故郷の二つの言葉に従って、月を男性としてしか想像できなかったのに対して、ここの少なからぬ者たちが誘惑的な女性ルナとして思い描いた。満州人たちには月は神の兎と臼に見えた。そしてまことに遺憾ながら、アングロサクソン的な表現によれば「彼」は、夢遊病者と精神異常者をも惑わせ、ここへ来させた。とくに後者は太陽風の悪影響の犠牲になった記念碑を数えながら、いつまでも終わらない数え歌を歌うという冒瀆的悪習に染まりやすかった。それは長い月夜に夜通し行われる呪術めいた慣習で、もっとも堕落した者だけでなく何人かの同志が、私たちがここで送っているものをそう呼ぶとするならば、永遠の命を急に失うことで、その罪を償うことになった。完璧な無歴史性がここでの生活の最上の美徳とされる。地上の憂鬱のわずかな名残たりともこの「上」の世界では許容されず、それにもかかわらずその憂鬱に陥った者は、ここでの存在資格を喪失する。月の資料保管員は地球の保管員以上に、どの対象物にも同じように奉仕し、すべての物の利益のために、自分の心をいずれの物にも執着させないという決まりを厳守することを求められるからである。そうでなくとも時間の貪欲な牙は、ほんの一部の物質にしか、そのかつての形態を一定期間保つことを許さないのであるから。

　当然ながら当局から送られてくる物には終わりがなく、やがてすべての物を保管するためにあらゆる努力をするよう――ゆえにかつてあった物とこれから来る物のための消去不能な記憶装置を設置するよう――指示が出された。私たちの苦労など微塵も知らず、白い雲に包まれたビー玉のように私たちの目の前で淡々と回転をつづける地球への帰還も含め、不可能性の世界へつながるあらゆる未来に備えて。この地球の眺めに次第に耐えられなくなったのは、私一人ではなかった。それゆえ長らく待ち望んでいた昇進を言い渡された際、私はとりたてて抵抗にあうこともなく、保管庫をまず地球とは反対の側へ、そして最終的に完全に地下へと移転させることができた。前任者たちの挫折に意気阻喪すると同時に発奮もして、私は贅沢な湖《ラクス・ルクスウリア》の光の差さない深い地底に、一つの体系を作り上げた。その体系のもっとも輝かしい核心はおそらく、月を題材とした物のみを保管するよう指示したことにあった。私が思うに、月に捧げられた作品の中には、つねに自分の軸のまわりを回転する利己的な惑星地球の歴史がさながら夢の織物のごとく写し取られているというだけでも、これはすでにもっとも価値ある試みと見なしてよかった。なぜなら夢と暗渠は、かつてアリストテレスが想像したように互いに分かちがたく結びついているからであり、単純で貪欲なバクテリアの活発で多様な群れのような、われら月世界の仲間たちの憧れによって養分を与えられている月のクレーターは、夢を産み出すはらわたと同じく、魂の真の座だからである。

得も言われぬ慰めとなったのは、私たちの故郷である月に一度たりとも触れないという許しがたい過ちを犯した物たちを片づけることであった。――それはたとえばロマン派やその多くの後継の組織が行ったような乱用や暗喩という形であってもかまわなかった。私の厳しい選別条件を満たし、かつ従来の規定の狂暴な嵐にも耐え抜いた物は、月の保管庫《ルナリウム》に受け入れられた。その収蔵品の核心部分をなすのは、バビロニアの月食および日食の一覧表、バラ色の太陽の紅炎を描いた日本の墨絵の画帳、『月世界最初の人間』という名の奇妙なサイレント映画、黄金色のケンタウロスにまたがる月の女神セレネの像がついた機械仕掛けのオルゴール、ある月面のクレーターの形が私の故郷ボヘミアに喩えられているガリレイの『星界の報告』の印刷原本、ならびに長く交渉を重ねる間に本質的に改善された送還申請によってようやく取り戻すことができた、無数の月の石。要するにすべてが完璧に整備されていた。だが、当初は賢明に思われた私の規定、すなわち月に言及しているという条件だけでは不十分になり、真に月を取り上げていることが求められるようになった。なぜなら古来のもっともすぐれた月の理論ですら、それらが月に求めているのは地球に他ならず、不十分な自己自身、小さな奇形の双子のかたわれを月の中に見ようとしているにすぎないという欠陥があったからである――それはあの原初の大変動《カタストロフィ》、まだ若い地球が名もない惑星と衝突し、それが地球上にまず生命を芽生えさせた一方で、地球の一部がすさまじい力でもぎ取られ、衛星として独自の軌道に従うこととなった、あの大変動の痕跡だった。晩期産の、できそこないの似姿、見えない鏡、冷たくなった星。

おお、私がかくも取り乱すことがあろうとは！　それは所蔵品を検《あらた》めなおしていた時のことだった。私はネブラの天文盤と、ヴィッテ宮廷顧問官夫人の手になる月の山脈の初期の蠟模型の間に、月面図の束を発見した。そこに何者かの筆跡で私自身の名前が署名されているのを見て、私の身内に戦慄が走った。ケプラーも夢で自らのデーモンに遭遇した時、同じように感じたにちがいない。才能よりは勤勉さを物語るスケッチの中で、長年崇拝してきた月の山脈に再会したことで、地球に置いてきたとばかり思っていたさまざまな感情が私の中に目覚めた。近くで見る月の山脈の眺めは、かつて地上で私の最上の時間を捧げて描いた、はるか遠くからの眺めほどには私の心を揺さぶらなかった。こうして忘却のヴェールの中から、あの至福の午後がもう一度立ち現れた。あの時、千載一遇の好機が訪れ、私が現在活動している場所の陰の面を間接的な地球照のおかげでじっくり観察し、スケッチに留めることができたのだった。眩く光るアリスタルコス、黒くくっきりと浮かび上がる湿りの海《マレ・フモールム》、灰黒色の姿を現すグリマルディ。まどろみから不意に揺り起こされた記憶をゆっくり味わいながら、私はとうに消えていた願望がふたたび心に満ちてくるのを感じた。かつてその願望が私をこの遠い場所へ、光の差さない洞窟の迷宮、複雑に入り組んで絨毛《じゅうもう》の生えた道へといざなったのだった。私ははっきりと悟った。かつての最高の賛美の対象がいまや日々の営みの一つになり、輝かしい未来は溶け去って近づくことのできぬ過去となった。ただ現在だけ、この儚い刹那の花だけがつねに私から姿を隠すすべを心得ていた。

　いまや私は、過去の悦びと苦しみを思い起こさせる貴重な品の数々を一見手中におさめ、仕事の頂点を極めながらも、まるで剥き出しの神経のように敏感になっていた。かつての母の胎内のように私を包み守ってくれていると先刻まで錯覚していたこの身体は一瞬にして冷たくなり、私の崇高な志操《しそう》は露と消え去り、これまで何度も成し遂げられてきた仕事をシジュフォスのごとくもう一度無益に繰り返すことへの嫌悪が膨れ上がった。なぜならいかなる未来の方法をもってしても、いまようやく私の中で悲しい確信へと結実した事柄を秘匿することはできぬからである。すなわちあらゆる保管庫と同じく、月は保管のための場所ではなく、容赦なき破壊の場所、地球の忌まわしい皮剥ぎ場であり、私の浅はかな仕事である月の保管庫《ルナリウム》を不可避の運命――いつの日かさらに厳しく、より入念に作られた規定により処分されることは必定であった――から守る唯一の道は、宣告されるであろう滅亡を自ら先取りするしかないということである。

月を理解するとは、自分自身を理解することを意味する。そして今日わが惨めな存在の最後の淵にあって、私はあえて口にする。私の場合、最初のうちはうまく行っていたと。もっともその悟りはたいていの真実と同じく、自らが産み出す痛みを同時に和らげることはできず、むしろ大量の投与によって薬を毒へと固まらせてしまったのであるが。遅くに得た認識の実は、まだ熟しきらないナスと同じくらい苦い。月は変わらずもとの月のままであり、とうの昔に消滅した星々のつねに瞬く光を灯す宇宙は、永遠に古い、歴史的な場所である。私は他の皆と同様、まるでいつまでも痛みを感じる幻肢のように、月を見ると失われた完全性、誕生の途方もないトラウマばかりを想起してしまう人間であった。誕生の荒々しい力は人間に当然のごとく、逃れられぬ死よりも大きな謎を投げかけてくる。だが記憶術は習得できても忘却術は習得できず、よって私には帰郷の道も断たれていれば、リンネの分類学の信仰や、私のドッペルゲンガーを私と同じ運命から守ったイエスの十字架の信仰に逃避することもできない。かくして私は、もはや人生と呼ぶに値しない、いやもしかすると一度も値したことなどなかったかもしれぬ人生と、厳密に考えれば他のいかなる職業より無益であったとも言い切れぬ職務とに別れを告げる。いまではわかる、恐ろしいことはすでに起きてしまったのであり、これから来るあらゆる恐ろしいことは、すべての発端の必然的な結果にすぎない。中心星である太陽が燃え尽き、それとともに他の天体も蒸発する、あの近くて遠い時間もまたしかり。私のこの死すべき肉体の残骸も、あのストジェッツの森のトウヒの巨木のようになればよいのに、とどれほど願ったことか。木こりがその樹齢百二十五年の健康なトウヒを切り倒した時、その太い幹に見合う長さの鋸がどうしても見つからず、幹を小さく切断することも加工することもできなかった。結局、彼らはその見事な幹をその場に残し、腐敗に委ねるほかなかった。地球の大地に横たわる木の朽ちた体には、やがて必ず苔やキノコのきわめて豊かな植生《フロラ》が根づき、腐敗の熱が生命の循環を絶えず回していく。だが、月のクレーターで処分された物を待っているのは再生ではなく、電気を帯びた灰色の微細な塵への分解にすぎない――それはここのきわめて希薄な、真空に近い大気によって促される、一度限りの不可逆の過程である。

訳者あとがき

ようこそ、ドイツの女性作家ユーディット・シャランスキーの驚異の部屋、ヴンダーカンマーへ。

ヴンダーカンマーというのは、ヨーロッパの貴族や学者の間で十五〜十八世紀に流行した博物陳列室のことだ。大航海時代を背景に、動植物や鉱物の標本、伝説の生物のものとされる骨やミイラ、聖遺物、美術品、精巧な機械など、世界中のありとあらゆる珍奇な品々が集められ、並べられた。こうした宝の部屋を、文章と装丁によって「本」というヴァーチャルな空間内に創り上げようという試みが、作家にしてブックデザイナーでもあるシャランスキーによる新作『失われたいくつかの物の目録』（原題：*Verzeichnis einiger Verluste*）だ。

墓石のようにも見える黒地に銀色の文字の表紙、黒い厚紙で章と章を仕切った宝箱の中におさめられているのは、海に沈んだ島、絶滅した動物、伝説上の生き物、焼失した芸術作品、廃墟《はいきょ》となった宮殿、そして消滅した国・旧東ドイツなど、失われたさまざまな物たちについての十二の物語だ。多様なモチーフに合わせて、文体もエッセイ、ショート・ストーリー、ネイチャー・ライティング、モンタージュなどバリエーションに富む。存在しない物たちの仮想の目録という発想は、十七世紀イングランドの著作家サー・トマス・ブラウンの『封印された博物館』（*Musaeum Clausum* 一六八四年）からヒントを得たものだというが、ブラウンの作品が実在と架空の品々を列挙する収蔵品目録のような形をとっているのに対し、シャランスキーの「目録」はそれをもっとふくらませて、一つ一つの物たちにまつわる物語世界を紡ぎ出している。たとえ不可能であっても、知るべきことがすべて書かれた本を作りたいと願う著者の、これは一つの夢の本だ。

二〇一八年秋に発表された本作品は、ドイツでもっとも権威ある文学賞の一つであるヴィルヘルム・ラーベ賞を受賞した。前作『麒麟《きりん》の首』から七年、準備に五年を費やした渾身の作であり、「あらゆる意味でいまだ若きシャランスキーの集大成」（フランクフルター・アルゲマイネ紙）と見なされている。翌年の「もっとも美しいドイツの本」ベスト5にも選ばれた。

「ユーディット・シャランスキーは自然と詩、知の世界と空想世界、数えあげる《ツェーレン》ことと物語る《エアツェーレン》ことの間の越境者だ。また、本という媒体とそれによって運ばれる内容とをきわめて密接に結びつけている。それはこのラーベ賞に輝いた『失われたいくつかの物の目録』においても当てはまる。この作品はジャンル名を持たないだけでなく、むしろまったく新しいジャンルを提案している。消滅した物たちを詩的に保存《アーカイブ》すること。そうして文学的物語へと変容することにより、消滅した物たちは復活を遂げる。（……）驚くべき奇跡の本」（ラーベ賞受賞理由より）

失われた物たちの物語を、著者は地球の歴史という大きな時間と空間の中で俯瞰《ふかん》しながら、また時には主人公にそっと寄り添いながら語っている。その詩的な世界観、あらゆる生物と無生物の生成と消滅に向けられる天使のようなまなざしに、訳者は一読して心惹かれた。「喪失」と「自然」はシャランスキーの作品における二大テーマだが、著者はあるインタビューの中で、なぜ喪失というテーマにこだわるのかという問いに、喪失とは転換点であり、何かが消滅し、新しい何かはまだ生まれてきていない、その間隙の不安定な状態に興味を惹かれると答えている。また別のインタビューでは両親の離婚、東ドイツの崩壊といった自らの過去に触れ、思春期まで喪失の不安に悩んだと明かしている。母国が消滅した時の、すべての価値体系が一夜にして解体しうるという体験はしかし、トラウマ的というだけでなく、ある意味ユートピア的な美しい瞬間としてその心に刻まれたという。何かについて語ることはその存在を記憶に留めること、保存することにつながる。本書の「はじめに」で失われたものと得られたものが対置されているように、喪失と獲得、破壊と創造はしばしば紙一重だ。

本作品は後述するメルク・ソーシャル・トランスレーティング・プロジェクト、およびシュトラーレン翻訳者会議の対象作品に選定され、現時点で二十か国語で翻訳出版されることが決まっている。

＊

ユーディット・シャランスキーは一九八〇年、旧東ドイツの港町グライフスヴァルトに生まれた。リュックに食べ物をいっぱいに詰めこんで、一人で自然探検に出かける多感な幼少期を過ごした。九歳の時に東ドイツが崩壊。自宅で地図や、両親が買いそろえた百科事典を眺めるのも好きだった。ベルリン自由大学で美術史を、ポツダム単科大学でコミュニケーション・デザインを学ぶ。十九歳の時に初めて足を踏み入れたベルリン州立図書館は、いまもお気に入りの仕事場となっている。

最初に発表した『フラクトゥア、わが愛』（二〇〇六年）は、ドイツの古い書体（フラクトゥア）

を集めたデザインの本だ。ショッキングピンクと黒の大胆な表紙、ページをめくると、さまざまな書体を組み合わせて作られた美しく複雑なデザインがまるで万華鏡のように次々に現れる。

作家としてのデビュー作は『青はおまえに似合わない――船乗り小説』(二〇〇八年)、旧東ドイツの海辺で過ごした著者の幼年時代を素材にした写真小説だ。つづく『奇妙な孤島の物語』(二〇〇九年、日本語版は二〇一六年、鈴木仁子訳、河出書房新社刊)は「私が行ったことのない、生涯行くこともないだろう50の島」という副題が示す通り、著者が地図上に見つけた孤島について、手製の地図と詩的な短い文章で綴った、不思議議な余韻を漂わせる作品である。『麒麟の首』(二〇一一年)はドイツ統一後の東部ドイツの町を舞台に、ドイツ首相アンゲラ・メルケルの双子の姉妹をイメージしたという、昔気質の女性生物教師を主人公にした教養小説である。装丁も自ら手がけた『奇妙な孤島の物語』と『麒麟の首』はいずれも「もっとも美しいドイツの本」に選ばれ、ベストセラーとなっている。

二〇一三年からは「博物学」シリーズの編集発行人、兼ブックデザイナーとしても精力的な仕事をしている。『狼』、『梟《ふくろう》』、『蝶』、『イラクサ』など、アンティーク本のような雰囲気と豊富な挿絵が魅力の、手に馴染《なじ》む小ぶりの本から、図版の見事な大判の本まで、一冊ごとに内容も装丁も違う。同シリーズはこれまでに五十冊以上を数え、自然と人間をめぐるノンフィクション文学としての「ネイチャー・ライティング」のジャンルをドイツで復活させたとして評価されている。

シャランスキーはこれまでにイルムトラウト・モルグナー文学賞(二〇一八年)、ドロステ賞(二〇一五年)、ドイツ文学館賞(二〇一四年)、マインツ作家賞(二〇一四年)、レッシング奨励賞(二〇一三年)、シュピヒャー文学賞(二〇一二年)、ヘルダーリーン奨励賞(二〇一二年)など多数の賞を受け、その作品は二十か国語以上に翻訳されている。

＊

前述のように、本作品はゲーテ・インスティトゥートとメルク株式会社が主催する第二回ソーシャル・トランスレーティング・プロジェクトの対象作品に選ばれた。このプロジェクトはアジア各国の翻訳者をオンライン・プラットフォームでつなぎ、ある共通のドイツ語圏の文学作品を訳出していくという新しい試みで、第一回である一昨年はトーマス・メレ『背後の世界』（二〇一八年、金志成訳、河出書房新社刊）が十一か国で翻訳出版された。今回は対象作品が二つに増え、六か国が本作品に取り組んだ。翻訳者たちはまずソウルで一度顔合わせを行った後、オンライン・プラットフォームにログインする。プラットフォーム上には電子書籍化された作品が、著者による膨大な注とともにアップされている。そこで翻訳者は著者自身や他の翻訳者たちと作品に関する疑問点について話し合いながら、自分のペースで訳出作業を進めていく。とても合理的で理想的な翻訳方法であると思う。最終的にアジア六か国の他にヨーロッパ十か国も加わり、計十六の言語の翻訳者がプラットフォームに参加することになった。ふつう翻訳というとひたすら一人で作品に向き合う孤独な作業をイメージするが、こういう形で世界とのつながりの中で翻訳に取り組めたことは貴重な経験だった。プロジェクトと作品の概要については、ゲーテ・インスティトゥートのこちらのページをご覧いただければと思う。

https://www.goethe.de/ins/jp/ja/kul/sup/sct/jsc.html

また、本作品は二〇一九年度前期のシュトラーレン翻訳者会議でも取り上げられた。ドイツ・ノルトライン・ヴェストファーレン州シュトラーレンにあるヨーロッパ翻訳者コレギウムで年二回開催されるこの会議は、州芸術財団の協賛の下、ドイツ語圏の優れた作家たちを招待して各国の翻訳者とともに具体的に作品を翻訳していくもので、これまでにギュンター・グラス、ユリア・フランク、ユーリ・ツェー、クリストフ・ランスマイアーら有名作家が招かれている。第十八回となる今回はヨーロッパとアジアから十一か国の翻訳者が集まり、著者とともに数日間にわたって二百数十ページある本書をすさまじい勢いで検討していくという、非常に密度の濃い時間を過ごした。その文章の哲学的な深みやインタビュー動画から私が思い描いていた老成した物静かなイメージとは裏腹に、初めてお会いするシャランスキー氏はまるで好奇心旺盛で自由奔放な少年のような、同時に純粋で潔癖な少女のような、しかしもちろんプロの作家としての矜持《きょうじ》を感じさせる、パワフルで率直で思いやり深い、とても魅力的な方だった。各国語の翻訳の完成度を高めるための努力を惜しまぬ熱意と献身的態度には脱帽だった。翻訳者たちの大小さまざまな質問に答え、作品の背後にある膨大な資料や取材時の写真などの具体的な素材を示し、時には個人的な体験の数々までオープンに話してくださった。いずれも作品を理解する上で助けになるような、翻訳者としてぜひとも知っておきたい重要な事柄ばかりで、そうした機会に恵まれたことに大変感謝している。

*

本書の翻訳にあたっては、多くの方々に多大なご助力をいただきました。ソーシャル・トランスレーティング・プロジェクトの間、終始励まし、相談に乗ってくださったゲーテ・インスティトゥート図書館長のミヒャエラ・ボーデスハイム氏、オンライン・プラットフォーム上での議論がスムーズに進むようつねに気を配ってくださったザビーネ・ミュラー氏、シュトラーレンで参加者たちが充実した時間を過ごせるようきめ細かな配慮をしてくださった翻訳者コレギウム所長レギーナ・ペータース博士、司会として翻訳者会議を力強く引っ張ってくださったレナーテ・ビルケンハウアー博士、この翻訳のそもそものきっかけを与えてくださった名古屋学院大学の土屋勝彦先生、今回の企画を出版社につなぎ、また私の初歩的な質問にも一つ一つ丁寧に答えてくださった椙山《すぎやま》女学園大学の鈴木仁子先生、ソーシャル・トランスレーティング・プロジェクトの先輩として快く助言を与えてくださった早稲田大学の金志成先生、日本語の表現などに関してたびたび的確なアドバイスをくださった河出書房新社編集者の島田和俊氏、正確に大量の調べ物をしてくださった校正者の方々に心からお礼を申し上げます。ありがとうございました。

二〇二〇年二月

細井直子

レッシング　テオドア　20
＊1872年２月８日、ハノーファー
†1933年８月31日、マリーエンバート
ドイツの哲学者、作家。
レマルク　エーリヒ・マリア（本名エーリヒ・パウル）　196
＊1898年６月22日、オスナブリュック
†1970年９月25日、ロカルノ
ドイツの作家。
ロシュフーコー　フランソワ・ド・ラ　201
＊1613年９月15日、パリ
†1680年３月17日、同上
フランスの作家。
ロベール　ユベール　19, 88, 89, 90, 93, 94, 95
＊1733年５月22日、パリ
†1808年４月15日、同上
フランスの画家。

ワ行

ワイルダー　ビリー　107
＊1906年６月22日、スハ
†2002年３月27日、ロサンゼルス
アメリカ合衆国の映画監督。
ワシントン　ジョージ　8
＊1732年２月22日、ウェストモアランド郡
†1799年12月14日、マウント・ヴァーノン
アメリカ合衆国初代大統領。

ボンヘッファー　ディートリヒ　138
　* 1906年2月4日、ブレスラウ
　† 1945年4月9日、フロッセンビュルク強制収容所
　ドイツの神学者、レジスタンス活動家。

マ行

マイヤー　ユリウス・ロベルト　234
　* 1814年11月25日、ハイルブロン
　† 1878年3月20日、同上
　ドイツの物理学者。
マゼラン　フェルディナンド　32
　* 1480年2月3日、サブロサ
　† 1521年4月27日、マクタン島
　ポルトガルの航海者。
マニ　155, 156, 160, 161, 162, 163, 164, 165, 166
　* 216年4月14日、マルディーヌー
　† 276年2月14日または277年2月26日、グンディシャープール
マルティーニ　シモーネ　235
　* 1284年、シエナ
　† 1344年、アヴィニョン
　イタリアの画家。
ムッソリーニ　ベニート　196
　* 1883年7月29日、ドヴィア・ディ・プレダッピオ
　† 1945年4月28日、ジュリーノ・ディ・メッツェグラ
　イタリアの政治家。
ムルーア　37, 38, 39, 40
　18世紀後半
ムルナウ　フリードリヒ・ヴィルヘルム（本名フリードリヒ・ヴィルヘルム・プルンペ）　7, 101
　* 1888年12月28日、ビーレフェルト
　† 1931年3月11日、サンタ・バーバラ
　ドイツの映画監督。
モーツァルト　ヴォルフガング・アマデウス　22
　* 1756年1月27日、ザルツブルク
　† 1791年12月5日、ウィーン
モンタギュー　ジョン（第4代サンドウィッチ伯爵）　29
　* 1718年11月3日
　† 1792年4月30日、チジック
　イギリスの政治家。
モンテヴェルディ　クラウディオ　17
　受洗1567年5月15日、クレモナ
　† 1643年11月29日、ヴェネツィア
　イタリアの作曲家。
モンロー　マリリン（本名ノーマ・ジーン・モーテンソン）　107
　* 1926年6月1日、ロサンゼルス
　† 1962年8月5日、同上
　アメリカ合衆国の映画女優。

ヤ行

ヨハネ　洗礼者ヨハネ　72
　1世紀初め
　ユダヤの贖罪説教者。
ユング　カール・グスタフ　197
　* 1875年7月26日、ケスヴィル
　† 1961年6月6日、キュスナハト
　スイスの精神分析家。

ラ行

ライト　ハンナ　130
ラファエロ　サンティ・ダ・ウルビノ　96
　* 1483年3月28日または4月6日、ウルビノ
　† 1520年4月6日、ローマ
　イタリアの画家、建築家。
ラリホス　122
リンネ　カール・フォン　193, 232, 240
　* 1707年5月23日、ロースフルト
　† 1778年1月10日、ウプサラ
　スウェーデンの自然科学者。
ルキアノス　サモサタのルキアノス　130
　* 120年頃、サモサタ
　† 180年以後
　ギリシャの風刺作家。
ルネ　ペーター・ヨーゼフ　138
　* 1789年9月29日、ボン
　† 1866年1月23日、ポツダム
　プロイセンの造園家。

† 紀元前348～347年、アテナイ
フランク　アンネ　8
* 1929年6月12日、フランクフルト・アム・マイン
† 1945年2月または3月初め、ベルゲン・ベルゼン強制収容所
ブラントーム　（本名ピエール・ド・ブルドゥイユ）　132
* 1540年頃、ペリゴール
† 1614年7月15日、ブラントーム
フランスの作家。
フロイト　ジークムント　21, 197
* 1856年5月6日、フライベルク（モラヴィア）
† 1939年9月23日、ロンドン
オーストリアの精神科医。
フロイド　ルシアン　17
* 1922年12月8日、ベルリン
† 2011年7月20日、ロンドン
イギリスの画家。
ベーア　カール・フェリックス・ヴォルデマール・フォン　137
* 1835年7月23日、ベーレンホフ
† 1906年6月10日、同上
ベーア　カール・フェリックス・ゲオルク・フォン　137
* 1804年3月8日、シュトレゾウ
† 1838年6月18日、バンデリン
ベーア　カール・フリードリヒ・フェリックス・フォン　137
* 1865年4月24日、ベーレンホフ
† 1933年9月5日、同上
ベーア　メヒティルド・フォン　138
* 1880年7月17日、カルトロー
† 1955年11月11日
ベーア　ヨハン・カール・ウルリヒ・フォン　137
* 1741年1月1日、バンデリン(ブスドルフ)
† 1807年9月27日、ベーレンホフ
ヘシオドス　121
* 紀元前700年以前、アスクラ（推定）
† 紀元前7世紀（推定）
ギリシャの詩人。
ペトラルカ　フランチェスコ　232, 235
* 1304年7月20日、アレッツォ
† 1374年7月19日、アルクァ
イタリアの人文主義者。
ヘファイスティオン　8
* 紀元前360年頃、ペラ
† 紀元前324～323年冬、エクバタナ
ベルガー　ルートヴィヒ（ルートヴィヒ・バンベルガー）　108
* 1892年1月6日、マインツ
† 1969年5月18日、シュランゲンバート
ドイツの映画監督。
ヘロドトス　12
* 紀元前490～480年、ハリカルナッソス
† 紀元前430～420年、トゥリオイ
ギリシャの歴史家。
ホイットマン　ウォルト　8
* 1819年5月31日、ウェスト・ヒルズ
† 1892年3月26日、カムデン
アメリカ合衆国の詩人。
ホフマン　エルンスト　101
* 1890年12月7日、ブレスラウ
† 1945年4月27日、ポツダム
ドイツの俳優。
ホメロス　121
紀元前8世紀後半または7世紀前半
ホラティウス　（クィントゥス・フラックス）　124
* 紀元前65年12月8日、ヴェヌシア
† 紀元前8年11月27日、ローマ
ローマの詩人。
ポリュグノトス　124
紀元前5世紀
ギリシャの画家。
ポルックス　ユリウス　125
2～3世紀
ギリシャの修辞学者。
ボルヘス　ホルヘ・ルイス　18
* 1899年8月24日、ブエノスアイレス
† 1986年6月14日、ジュネーブ
アルゼンチンの作家。

イタリアの作曲家。
トラヤヌス　マルクス・ウルピウス　84, 96
＊ 53年9月18日、イタリカまたはローマ
† 117年8月8日、セリヌス
ローマ皇帝。

ナ行
ネイソン　エドモンド（本名エドモンド・ネヴィル・ネヴィル）　227
＊ 1849年8月27日、ビバリー
† 1940年1月14日、イーストボーン
イギリスの月理学者。
ネブカドネザル2世　120
＊ 紀元前634年
† 紀元前562年
新バビロニア王国の王。
ノイマン　テレーゼ（通称コナースロイトのレースル）　193
＊ 1898年4月、コナースロイト
† 1962年9月18日、同上
ドイツの女性神秘主義者。
ノヴェス　ラウラ・デ（ラウラ・ド・サド）　235
＊ 1310年、アヴィニョン
† 1348年4月6日

ハ行
バーネイ　ナタリー・クリフォード　133
＊ 1876年10月31日、デイトン
† 1972年2月2日、パリ
アメリカ合衆国出身の女性作家。
ハウ　ジェームズ・ウォン　114
＊ 1899年8月28日、台山
† 1976年7月12日、ロサンゼルス
中国出身、アメリカ合衆国の撮影監督。
パウロ　タルソスのパウロ　159
＊ 10年以前（推定）、タルソス
† 60年以後
ユダヤ教伝道者、キリスト教の使徒。
ハラクソス　122
パラディーノ　エウサピア　197
＊ 1854年1月21日、ミネルヴィーノ・ムルジェ
† 1918年5月16日、ナポリ
イタリアの女性スピリチュアリスト。
ビートン　セシル　104, 106, 108, 109, 110, 114, 115
＊ 1904年1月14日、ロンドン
† 1980年1月18日、ブロードチョーク
イギリスの写真家、舞台美術家。
ピッタコス　123
＊ 紀元前651〜650年
† 紀元前570年頃
ギリシャの僭主。
ヒッツィヒ　フリードリヒ　137
＊ 1811年11月8日、ベルリン
† 1881年10月11日、同上
ドイツの建築家。
ヒュパティア　17
＊ 355年頃、アレクサンドリア
† 415年3月または416年3月、同上
ギリシャの女性数学者、天文学者、哲学者。
ピラネージ　ジョヴァンニ・バッティスタ　8, 85, 86, 87, 94
＊ 1720年10月4日、モリアーノ・ヴェネト
† 1778年11月9日、ローマ
イタリアの画家、建築家。
フィロデモス　119
＊ 紀元前110年頃、ガダラ
† 紀元前40〜35年、ヘルキュラネウム（推定）
エピクロス派の哲学者。
ブーガンヴィル　ルイ・アントワーヌ・ド　31
＊ 1729年11月12日、パリ
† 1811年8月31日、同上
フランスの航海者。
ブッダ　ゴータマ・シッダールタ　121, 159, 164
＊ 紀元前563年、ルンビニ
† 紀元前483年、クシナガル
プラトン　232
＊ 紀元前428〜427年、アテナイまたはアイギナ

† 1981年９月１日、ロンドン
ドイツの建築家。
シュリー　ジョージ　103, 109, 110, 111
＊ 1901年、ザンクト・ペテルブルク
† 1964年、パリ
ロシア出身のアメリカ合衆国の事業家。
シュルテス　アルマン　191
＊ 1901年１月19日、ヌシャテル
† 1972年９月29日、アウレッシオ
ジョンソン　サミュエル　18
＊ 1709年９月18日、リッチフィールド
† 1784年12月13日、ロンドン
イングランドの作家。
秦の始皇帝　18
＊ 紀元前259年２月18日、邯鄲
† 紀元前210年９月10日、沙丘
中国最初の皇帝。
スウェーデンボルグ　エマヌエル　196
＊ 1688年１月29日、ストックホルム
† 1772年３月29日、ロンドン
スウェーデンの神秘主義思想家。
スカマンドロス　122
ストラボン　124
＊ 紀元前63年頃、アマセイア
† 紀元後23年頃、同上
ギリシャの歴史家。
セネカ　ルキウス・アンナエウス　232
＊ 紀元前１年頃、コルドバ
† 65年、ローマ付近
ソクラテス　124
＊ 紀元前469年頃、アロペケ
† 紀元前399年頃、アテナイ
ゾロアスター（ツァラトゥストラ）　159, 164
紀元前13世紀〜紀元前７世紀？
ソロン　120
＊ 紀元前640年頃、アテナイ
† 紀元前560年頃
ギリシャの政治家。

タ行
ダーウィン　チャールズ　197
＊ 1809年２月12日、シュルーズベリー
† 1882年４月19日、ダウン
タスマン　アベル　31
＊ 1603年、ルジェガスト
† 1659年10月10日、バタヴィア
オランダの航海者。
ダヨ　ミリン（本名アーノルド・ゲリット・ヘンスケス）　193
＊ 1912年８月６日、ロッテルダム
† 1948年５月26日、ヴィンタートゥール
オランダのアーティスト。
ツェツェス　ヨアンネス　119
＊ 1110年頃、コンスタンティノープル
† 1180年頃、同上
ビザンチン帝国の学者。
ディオニュシオス　ハリカルナッソスのディオニュシオス　125
＊ 紀元前54年頃、ハリカルナッソス
† 紀元前７年以降、ローマ
ギリシャの学者。
ディキンソン　エミリー　128
＊ 1830年12月10日、アマースト
† 1886年５月15日、同上
アメリカ合衆国の女性詩人。
テミストクレス　15
＊ 紀元前524年頃
† 紀元前459年頃、マグネシア
ギリシャの政治家。
テレーズ　リジューのテレーズ（幼きイエスの聖テレジア）　193
＊ 1873年１月２日、アランソン
† 1897年９月30日、リジュー
フランスの聖女。
テレシラ　235
紀元前５世紀前半
ギリシャの女性詩人。
ドゥーゼ　エレオノーラ　115
＊ 1858年10月３日、ヴィジェーヴァノ
† 1924年４月21日、ピッツバーグ
イタリアの女優。
トセッリ　エンリコ　199
＊ 1883年３月13日、フィレンツェ
† 1926年１月15日、同上

＊ 1728年10月27日、マートン
† 1779年２月14日、ハワイ島
イングランドの航海者。
クラウディウス　ティベリウス・ネロ・カエサル・ドルスス　60
＊ 紀元前10年８月１日、ルグドゥルム
† 紀元後54年10月13日、ローマ
ローマ皇帝。
グラフンダー　ハインツ　209
＊ 1926年12月23日、ベルリン
† 1994年12月９日、同上
ドイツの建築家。
クリュシッポス　125
＊ 紀元前280年頃、ソロイ
† 紀元前207年頃、アテネ（推定）
ギリシャのストア派哲学者。
クレイス　122, 129
グレゴリウス７世　（本名イルデブランド・ダ・ソアーナ）　119
＊ 1025〜1030年
† 1085年５月25日、サレルノ
ローマ教皇。
クロムホルツ　ユリウス・ヴィンセンツ・フォン　229
＊ 1782年12月19日、ホルニー・ポリツェ
† 1843年11月１日、プラハ
ボヘミアの菌学者。
ゲインズバラ　トマス　101
＊ 1727年５月14日、サドベリー
† 1788年８月２日、ロンドン
イングランドの画家。
ゲーテ　ヨハン・ヴォルフガング・フォン　196
＊ 1749年８月28日、フランクフルト・アム・マイン
† 1832年３月22日、ヴァイマール
ゲーリケ　オットー・フォン　65
＊ 1602年11月30日、マグデブルク
† 1686年５月21日、ハンブルク
ドイツの物理学者。
ケプラー　ヨハネス　239
＊ 1571年12月27日（ユリウス暦）、ヴァイル・デア・シュタット
† 1630年11月15日（グレゴリオ暦）、レーゲンスブルク
ドイツの博学者。
孔子　121
＊ 紀元前551年（推定）、曲阜
† 紀元前479年（推定）、同上
中国の哲学者。
コルトーナ　ピエトロ・ダ（本名ピエトロ・ベレッティーニ）　83
＊ 1596年11月１日、コルトーナ
† 1669年５月16日、ローマ
ローマの建築家、画家。
コルトレーン　ジョン　8
＊ 1926年９月23日、ハムレット
† 1967年７月17日、ニューヨーク
アメリカ合衆国のジャズ・ミュージシャン。

サ行
サケッティ　ジュリオ　83, 91
＊ 1587年12月17日、ローマ
† 1663年６月28日、同上
イタリアの教皇庁枢機卿。
サケッティ　マルチェロ　83
＊ 1586年、ローマ
† 1629年９月15日、ナポリ
イタリアの銀行家。
サッフォー　8, 17
＊ 紀元前630年から612年の間
† 紀元前570年頃
古代ギリシャの女性詩人。
ザルマノケガス　15
シモニデス　ケオスのシモニデス　14, 15
＊ 紀元前557〜556年、イウリス
† 紀元前468〜467年、アクラガス
ギリシャの詩人。
シュヴァルツェンベルク　ヨハン・アドルフ・ツー　227
＊ 1799年５月22日、ウィーン
† 1888年９月15日、フラウエンベルク
シュペーア　アルベルト　19
＊ 1905年３月19日、マンハイム

＊ 1877年6月11日、ロンドン
† 1909年11月18日、パリ
イギリスの女性詩人。
ヴィッテ　ヴィルヘルミーネ　238
＊ 1777年11月17日、ハノーファー
† 1854年9月17日、同上
ドイツの女性天文学者。
ウェルギリウス　プーブリウス・マーロー　90, 95, 232
＊ 紀元前70年10月15日、マントヴァ付近
† 紀元前19年9月21日、ブリンディシ
ローマの詩人。
ヴェサリウス　アンドレアス（アンドリース・ヴィティング・ファン・ヴェセル）　86
＊ 1514年12月31日、ブリュッセル
† 1564年10月15日、ザキントス島
フラマンの解剖学者、医師。
ウォリス　サミュエル　31
＊ 1728年4月23日、カメルフォード
† 1795年1月21日、ロンドン
イギリスの航海者。
ヴォルフ　マックス　109
エウリギオス　122
エウリピデス　235
＊ 紀元前485〜480年、サラミス島
† 紀元前406年、ペラ
アッティカの劇作家。
エラスムス　ロッテルダムのエラスムス　132
＊ 1466年、1467年または1469年10月28日
† 1536年7月11日または12日、バーゼル
オランダの人文主義者。
オウィディウス　プーブリウス・ナーソー　123, 165
＊ 紀元前43年3月20日、スルモー
† 紀元後17年（推定）、トミス

カ行

ガスキル　アン　130
カッシウス・ディオ　15
＊ 164年頃、ニカイア
† 229年〜235年
ギリシャの歴史家。
ガリレイ　ガリレオ　238
＊ 1564年2月15日、ピサ
† 1642年1月8日、アルチェトリ
イタリアの博学者。
カルーソ　エンリコ　194
＊ 1873年2月25日、ナポリ
† 1921年8月2日、同上
イタリアのオペラ歌手。
ガルボ　グレタ（本名グレータ・ルヴィーサ・グスタフソン）　107, 111, 113
＊ 1905年9月18日、ストックホルム
† 1990年4月15日、ニューヨーク
ガンサー　ジェイン　106, 109, 110, 116
＊ 1916年8月17日、ニューヨーク
† ？
アメリカ合衆国の女性編集者。
キケロ　マルクス・トゥッリウス　232
＊ 紀元前106年1月3日、アルピヌム
† 紀元前43年12月7日、フォルミア付近
キナウ　ゴットフリート・アドルフ　227
＊ 1814年1月4日、ヴィニンゲン
† 1887年1月9日、ズール
ドイツの牧師、月理学者。
キュリー　マリー　111
＊ 1867年11月7日、ワルシャワ
† 1934年7月4日、パッシー付近
ポーランド、フランスの女性物理学者。
ギルバート　マーサ　128
＊ 1866年11月30日
† 1943年、ニューヨーク
アメリカ合衆国の女性詩人。
ギルバート　スーザン　128
＊ 1830年12月19日、ディアフィールド
† 1913年5月12日
アメリカ合衆国の女性編集者。
偽ロンギノス　121, 125
1世紀
グールモン　レミ・ド　200
＊ 1858年4月4日、バゾッシュ・オ・ウルム
† 1915年9月27日、パリ
フランスの作家。
クック　ジェームズ　32, 33, 34, 37, 41

人名索引

ア行

アームストロング ルイ 22
＊1901年8月4日、ニューオーリンズ
†1971年7月6日、ニューヨーク
アメリカ合衆国のジャズ・ミュージシャン。

アウグストゥス（ガイウス・オクタウィウス） 15, 50, 56, 125
＊紀元前63年9月23日、ローマ
†紀元後14年8月19日、ノラ
初代ローマ皇帝。

アコスタ メルセデス・ド 104, 106, 109
＊1893年3月1日、ニューヨーク
†1968年5月9日、同上
アメリカ合衆国の女性作家。

アテナイオス 125
2～3世紀、ナウクラティス
ギリシャの文筆家。

アナクシマンドロス 120
＊紀元前610年頃、ミレトス
†紀元前546年頃、同上
ソクラテス以前のギリシャの哲学者。

アポロニオス・デュスコロス 125
2世紀前半、アレクサンドリア
ギリシャの文法学者。

アリオスト ルドヴィーコ 234
＊1474年9月8日、レッジョ・エミリア
†1533年7月6日、フェラーラ
イタリアの人文主義者。

アリストテレス 17, 237
＊紀元前384年、スタゲイラ
†紀元前322年、カルキス

アルカイオス 123
＊紀元前630年頃、ミュティレネ
†紀元前580年頃
レスボス島の抒情詩人。

アル＝ビールーニー アブー・ライハーン・ムハンマド・イブン・アフマド 24
＊973年9月4日、カース
†1048年12月9日、ガズナ
ホラズム出身の博学者。

アルベルティ レオン・バティスタ 234
＊1404年2月14日、ジェノヴァ
†1472年4月25日、ローマ
イタリアの人文主義者。

アレクサンドラ（本名ドリス・ネフェドフ） 196
＊1942年5月19日、シルテ
†1969年7月31日、テリングシュテット
ドイツの女性歌手。

アレクサンドロス大王 8
＊紀元前356年7月20日、ペラ
†紀元前323年6月10日、バビロン
マケドニア王。

イエス ナザレのイエス 159, 164, 240
＊紀元前6～4年、ナザレ（推測）
†紀元後30～31年頃、エルサレム

イシドールス セヴィリアのイシドールス 132
＊560年頃、カルタヘナ
†636年4月4日、セヴィリア
ローマの教父。

イタリコス ミカエル 119
†1157年以前
ビザンチンの学者。

ヴィヴィアン ルネ（本名ポーリン・メアリ・ターン） 133

掲載写真等一覧

28頁　エルンスト・デベス作成の地図。「ツアナカ？」との記載がある。アドルフ・シュティーラー編『ハンディアトラス全世界地図帳』、ゴータ、1872年。

46頁　1899年、ベルリン動物園のカスピトラ。

64頁　《クヴェトリンブルク付近で出土した骨格模写》クリスティアン・ルートヴィヒ・シャイトによる銅版画、ゴットフリート・ヴィルヘルム・ライプニッツ『プロトガイア』所収、ライプツィヒ、1749年。

82頁　ユベール・ロベール《サケッティ邸廃墟の奇想曲（カプリッチオ）》、グラファイト鉛筆と水彩、1760年、ウィーン、アルベルティーナ美術館、収蔵番号12432。

100頁　エルンスト・ホフマン主役の映画『青衣の少年』からのスチール写真、1919年。

118頁　オクシリンコス・パピルス第15巻（1922年）1787番テキスト。これらの断片は本文中に引用した断片70番と78番（E・M・フォイクトによる通し番号）を含んでいる。

サッフォーの恋愛歌　引用したすべての断片──フォイクト番号31番、70番、78番、74番、130番、163番、147番──はダニエラ・シュトリグルによるドイツ語訳を使用した〔日本語版もこれに依拠している〕。

136頁　1900年以前のベーレンホフ城、ギュツコウ博物館所蔵。

154頁　4世紀のコプト語によるマニ教写本のページ。本文中に引用した箇所。

172頁　カスパー・ダヴィッド・フリードリヒ《グライフスヴァルト港》、1810-20年。

190頁　アルマン・シュルテスの《心理学の木》、ハンス＝ウルリヒ・シュルンプフによる写真、1971年。

森の百科事典　この物語は、ハンス＝ウルリヒ・シュルンプフが集めたアルマン・シュルテスに関する資料、とりわけシュルンプフの著書『アルマン・シュルテス　ある宇宙の再構築』（エディション・パトリック・フライ社、チューリヒ、2011年）に基づくモンタージュである。

208頁　ドイツ連邦文書館、写真資料番号183-1986-0424-304、ペーター・ハインツ・ユンゲ撮影。

226頁　ゴットフリート・アドルフ・キナウによる月面図。月の南半球の北西部分を描いたもの。『シリウス　アマチュア天文学のための雑誌』（新版第11巻第8冊、1883年8月）に発表された。

著者略歴

ユーディット・シャランスキー

Judith Schalansky

1980年、旧東ドイツの港町グライフスヴァルト生まれ。作家・ブックデザイナー。9歳で東ドイツの崩壊を経験する。大学では美術史とコミュニケーション・デザインを専攻。2006年、ドイツの古い書体を集めたデザイン書『フラクトゥア、わが愛』を上梓。08年『青はおまえに似合わない――船乗り小説』で作家デビュー。09年には、50の孤島を手製の地図とテキストで綴った『奇妙な孤島の物語』を、11年には、教養小説『麒麟の首』を発表し、ともにベストセラーとなる。13年からは、編集者兼ブックデザイナーとして、自然と人間をめぐる「博物学」シリーズも手がけ、すでに50冊以上を数える。作品は20ヶ国以上で翻訳され、本書ではドイツで最も権威ある文学賞の一つ、ヴィルヘルム・ラーベ賞を受賞。「もっとも美しいドイツの本」にも選ばれた。ベルリン在住。

訳者略歴

細井直子（ほそい・なおこ）

1970年横浜生まれ。慶應義塾大学大学院文学研究科ドイツ文学専攻博士課程修了。ケルン大学大学院に3年にわたり留学。訳書に、C・G・ユング『夢分析II』（共訳、人文書院）、C・フンケ『どろぼうの神さま』『竜の騎士』、T・ハウゲン『月の石』（いずれも、WAVE出版）など。

Judith Schalansky:
VERZEICHNIS EINIGER VERLUSTE
Copyright © Suhrkamp Verlag Berlin 2018
Japanese edition published by arrangement through The Sakai Agency

本書の翻訳については、ゲーテ・インスティトゥートの出版助成を受けております。

失われたいくつかの物の目録

2020年3月20日　初版印刷
2020年3月30日　初版発行

著　者　ユーディット・シャランスキー
訳　者　細井直子
装　丁　水戸部功
発行者　小野寺優
発行所　株式会社河出書房新社
〒151-0051　東京都渋谷区千駄ヶ谷2-32-2
電話　(03) 3404-1201〔営業〕(03) 3404-8611〔編集〕
http://www.kawade.co.jp/
組版　株式会社創都
印刷　株式会社暁印刷
製本　小泉製本株式会社

落丁本・乱丁本はお取り替えいたします。
本書のコピー、スキャン、デジタル化等の無断複製は著作権法上での例外を除き禁じられています。本書を代行業者等の第三者に依頼してスキャンやデジタル化することは、いかなる場合も著作権法違反となります。
Printed in Japan
ISBN978-4-309-20794-0